혼자서도
괜찮아

혼자서도
괜찮아

쿄코 지음

혼자 살기,
자신의 삶을 컨트롤 한다는 것

'사람이 서른이 넘으면 집을 나와 살아야 한다.'

이건 내게는 어떤 명제와도 같은 것이었다. 정해진 사실이고, 그렇기 때문에 누구나 따라야 하는 그런 명제. 가족을 사랑하고 그들과 지내는 시간들이 행복하더라도, 성인이 되고 자신만의 세계가 생기는 순간 가족에게서 자신을 떼어 내는 것이 당연하다 생각했다. 가족과 잘 맞지 않는 나로서는 더욱 그랬다.

나는 남들보다 비교적 빨리, 불가항력적으로 가족에게서 떨어져 나왔다. 나는 독립의 시간이 빨리 다가왔다는 데 매우 안도했고, 큰 충돌 없이 결혼 이외의 수단으로 가족에게서 멀어질 수 있었다는 걸 다행으로 생각한다.

약 10년 전까지만 해도 여자가 결혼을 하지 않고 혼자 산다고 하면 의아하게 보는 사람들이 많았다. 하지만 지금은 '결혼 적령기'를 넘긴 여성이 혼자 사는 모습을 보는 것이 그리 어렵지 않다. 지금 20~30대 초반인 주변 동생들의 얘기를 들으면 결혼은 해도 좋지만 안 해도 그만인 어떤 것이다.

전통적인 한국 사회에서 미혼 여성은 결혼을 통해서만 비로소 가족의 품에서 떠날 수 있었고, 가족과 함께 살며 다양한 부분에서 부모의 간섭을 감내해야만 했다. 귀가 시간을 통제하고 이성 교제를 반대하는 부모도 그리 어렵잖게 볼 수 있었다. 딸의 외박을 허용하지 않아 대학 MT조차도 가지 못하게 하고 해외여행을 금지하는 부모도 많았다. 부모의 간섭을 피하고 싶어 결혼을 하겠다는 친구들이 심심찮게 있었을 정도다. 사회와 젊은이의 사고방식이 변하는 속도를 부모 세대가 따라가지 못해서 생기는 일들이다.

이 경우, 결혼을 통한 독립을 독립이라 할 수 있을까? 내가 속한 집단이 가족 1에서 가족 2로 달라지는 것일 뿐, 온전히 자신의 의지대로 자신의 공간을 확보하고 살아가는 삶과는 차이가 있다. 물론 부모가 주가 되고 내가 귀속되어 있는 가족 형태에서 나와 배우자가 주가 되는 가족 형태로 바뀐다는 것은 큰 의미가 있다. 하지만 자유롭게 주체적으로 꾸려 나가는 삶을 원하는 사람에게 과연 결혼이 해결책이 될 수 있을까.

누군가와 함께하는 삶에서 행복을 찾는 사람도 있지만 자신의 뜻대로 자유롭게 살아가는 것에서 행복을 느끼는 사람도 있다. 전통적인 한국 사회는 그런 욕망을 부정해 왔다. '때 되면' 결혼을 꼭 해야 하고, 결혼 적령기에도 결혼을 하지 않으면 '하자 있는' 사람이라는 의식이 팽배했다. 결혼하지 않은 여자는 가족과 살아야 한다는 전통적 가족관이 사회 분위기를 지배했다. 미혼 여성이 독립을 하려면 경제적인 능력을 확보함은 물론이요 가족과의 마찰도 극복해야 했다. 여성이 집을 얻으려면 남성보다 훨씬 더 고려해야 할 조건이 많음에도 그걸 충족시키는 집을 찾기 어려웠고, 1인 가정이 구할 수 있는 형태의 집 자체도 많지 않았다. 1인 가정의 존재를 사회는 부정해 왔다.

하지만 요 몇 십 년 사이 사회는 극적으로 변화했다. 다양한 변화들 가운데서도 우리가 꼭 짚고 넘어가야 할 건 바로 남성과 여성의 교육 수준이 비슷해진 것이다. 자식이 셋 이하인 집이 많다 보니 여성이기 이전에 집에서는 소중하고 귀한 자식으로서 대우를 받는 경우가 많아졌고, 부모 세대가 경제적으로 여유가 생기면서 자식 한둘 대학에 보내는 건 예전보다 덜 힘든 일이 되었다. 덕분에 남성과 똑같이 고등 교육을 받고 자립할 수 있는 능력을 갖춘 여성들이 많아졌고, 원하기만 하면 독립도 꿈이 아니게 되었다.

이렇게 사회는 빠르게 변하고 있지만 안타깝게도 결혼 생활에서 여성이 짊어지는 책임과 해야 할 일들은 아직 많이 변하지 않았다. 때문에 결혼은 더 이상 필수가 아닌 선택이라는 의식이 젊은 여성들 사이에서 점차 확산되고, 결혼 시장에서 낙오되어서가 아니라 비혼의 삶을 주체적으로 선택하는 여성들이 점점 늘어 가고 있다. 꼭 비혼주의자가 아니더라도 혼자만의 삶을 경험해 보고 싶어 하는 여성들도 많다.

혹시 독립을 염두에 둔다면 하루라도 빨리 집에서 나올 것을 권한다. 독립에도 때가 있다. 좀 더 젊고 삶을 즐길 여유가 있을 때 독립하면 삶의 자세에서부터 차이가 난다. 젊어 고생은 사서도 한다는 말을 싫어한다. 젊든 늙든 고생을 안 할 수 있다면 안 하는 게 가장 좋다고 생각하지만, 그래도 선택받은 소수가 아닌 이상 고생을 해야만 한다면 젊을 때 하는 쪽이 유연하게 버티기가 쉽다고 본다. 살면서 살짝 일탈을 할 수 있는 것도 어리고 젊어 체력이 있을 때의 이야기다. 그러니 가급적이면 그 시기에 독립해서 한껏 자유도 누려 보고, 동시에 자신의 삶을 컨트롤하는 법을 배우고 그 삶에 익숙해지는 게 좋지 않을까 한다.

결혼을 부정하는 것은 아니다. 다만 결혼만이 여성이 가야 할 길은 아니고, 혼자서도 행복하게 삶을 만들어 갈 수 있다는 믿음이 있다. 결국 가장 중요한 것은 삶의 형태가 아니라 개인이 주체적으로 행복하게 자신의 삶을 꾸려갈 수 있느냐의 문제 아닐까? 나는 그렇게 생각한다.

20대에 독립해 40대인 지금에 이르기까지 비혼 여성으로서 혼자 살며 많은 것을 겪고 느꼈다. 이제는 여자 혼자 사는 삶에 대해 다른 사람에게 이야기할 수 있는 때가 되었다고 생각해서 이 책을 쓰게 되었다. 나의 경험과 생각들이 혼자만의 삶을 계획하거나 보내고 있는 여성들에게 조금이라도 힘이 되었으면 좋겠다.

나는
혼자가
좋다

◆

한국에서 주류와 다른 삶을 선택하는 건 곧 모난 돌이 되겠다는 뜻이다.
모난 돌이 되기가 두려워 원하지도 않는 삶을 살 것인가?
모두가 내 선택에 대해 긍정하리라는 기대는 내려놓고,
스스로의 욕망에 솔직해질 수 있을 때 비로소 정신적으로도 맷집이 생기고
나 자신의 행복을 위해 살 수 있는 게 아닐까.

내가 선택한
나의 행복

●   나는 올해로 41세. 결혼하지 않은 여자이고 혼자 살기
시작한 지 19년이 되었다. 요새 표현대로 말하자면 나는 흙수
저이다. 부모에게 받은 것도 딱히 없고, 앞으로도 부모에게 받
을 것보단 내가 부모에게 해 주어야 하는 것들이 더 많을 것이
다. 가난하고 불화가 많은 가정에서 자랐다. 인생에서 돈보다는
화목과 행복이 더 중요하다는 생각을 항상 가지고 있다.

물론 돈이 없으면 행복하기 어렵다는 건 잘 안다. 우리 집만
해도 부모님의 불화 원인 중 많은 부분이 돈이었다. 하지만 천
천히 관찰해 보면 꼭 돈만이 문제는 아니었다. 어머니는 아버
지를 무시하고 우습게 여기는 사람이었고, 아버지는 어떤 일을
하든 일단 저지르고 통보를 하는 사람이었다. 조부모는 며느리
를 괴롭히고 무시하는 전형적인 나쁜 시부모였다. 부부 간에
대화가 거의 없었다. 돈이 있었다면 그중 어떤 것은 문제가 되
지 않았을 수도 있겠지만 오랫동안 관찰한 결과, 내 부모는 돈
이 있어도 서로를 이해하지 못한 채 자존심을 할퀴었을 것이고

때문에 궁극적인 문제들은 해결되지 않았을 것이다.

내 부모는 나쁜 사람들은 아니었으나 자신의 부모에게서 분리되지 못한 채 정신적으로 미성숙한 상태에서 결혼을 했고 부모가 될 준비가 되지 않은 상태에서 자식을 낳았다. 집안이 넉넉하고 두 사람이 젊을 때는 그나마 버틸 수 있었으나 삶이 무너지자 곧 서로에게, 그리고 자식에게 분풀이를 하게 되었다. 덕분에 나는 대학생 때까지 부모에게 맞았다.

내가 특별히 문제가 있는 자식은 아니었다. 오히려 사고 한 번 친 적 없는 모범생이었고 공부도 잘하는 편이었다. 부모에게 맞을 때 이것이 납득할 만한 체벌인지 꼬투리를 잡아 때리는 부모의 분풀이인지는 맞는 자식이 가장 잘 안다. 안타깝게도 내 부모의 체벌은 대체로 후자였다. 때문에 나는 부모를 꽤 오랜 기간 증오했으며 아직도 마음 깊은 곳에는 그 분노가 미세한 앙금처럼 남아 있다.

오랜 시간이 지났다. 나는 마흔이 넘었고 나의 부모는 일흔이 넘었다. 둘은 풍파를 많이 겪고 이혼을 하면서 오래 전보단 나은 사람들이 되었다. 이제는 자식을 걱정하고 타인을 배려할 줄 안다. 가끔은 이기적인 태도를 보일 때도 있지만 그 나이대의 노인들이 흔히 보이는 정도 이상도, 이하도 아니다. 화목한 가정에 대한 욕구도 생긴 듯하다.

하지만 내게는 부모가 만든 상흔이 남아 있을 수밖에 없다.

조숙한 어린이였기에 어릴 때부터 부부란, 가정이란 도대체 무엇일까 생각하곤 했다. 두 사람이 만나 괴물이 된다면, 그럴 수밖에 없다면 혼자 사람답게 사는 게 낫지 않을까 생각했다. 그나마 부모 두 사람만 함께했다면 그렇게까지 나쁘진 않았을 것 같다. 하지만 조부모가 끼면 얘기가 달라졌다. 부부 싸움의 많은 원인이 조부모였다. 그 모습을 보면서 결혼이란 서로 좋아하는 마음으로만 성립되는 것이 아니며, 많은 부분들을 책임져야 하는 일이라는 것을 뼈저리게 느꼈다.

가난해도 가족 구성원들이 서로를 존중하고 기꺼이 서로가 가진 것을 나누며 행복하게 사는 '사랑의 가족' 같은 집은 말그대로 동화 속 이야기였다. 주변에 행복하게 사는 가족이 없었던 건 아니다. 하지만 그런 가족들도 '나도 결혼해서 저런 가정을 이루고 싶다'라고 생각하게 할 정도로 괜찮아 보이진 않았다. 지금 생각해 보면 시대적 특성도 있었겠지만, 내가 본 가족들은 권위적이고 대화가 없는 아버지와 그런 아버지에게 일방적으로 맞추면서 자식에게 기대를 쏟는 어머니의 조합이 대부분이었다. 그 모습은 매우 불합리하게 느껴졌다. 자연스레 결혼에 부정적인 감정을 가지게 되었고, 그대로 나이가 들었다.

유년부터 성인이 되는 날까지 나의 꿈은 좋은 남자를 만나 결혼하는 것이 아니라 스스로를 책임질 수 있는 능력이 있는 독립한 여성이 되는 것이었다. 누군가를 좋아한 적이 없는 것은 아니다. 제법 많은 남자친구를 사귀었고 결혼을 얘기한 사람들도 여럿 있었다. 교제 기간도 대부분 꽤 길었다. 하지만 결혼 앞에서 결국 회의하게 되었다.

내가 과연 결혼할 준비가 되어 있나? 상대편은? 냉정하게 고민해 보면 대답은 '아니다'였다. 내가 사귀었던 사람들은 존중할 만한, 객관적으로도 좋은 사람들이었다. 그럼에도 불구하고 결혼식 이후의 '결혼 생활'을 구체적으로 생각하는 사람도 없었고, 한국의 많은 남녀들이 그렇듯 '때 되면 결혼은 당연히 해야 하는데 나는 지금 만나는 애가 좋으니 얘랑 결혼할까' 정도의 막연한 생각을 하는 정도가 대부분이었다. 나도 비슷했다면 이미 결혼을 했겠지만, 나는 결혼 제도에 대해 회의적이었고 확신이 없으면 결혼하지 않겠다는 입장이었으니 당연히 마찰이 생겼다. 같은 갈등을 몇 번 겪으며 어느 순간부터 아예 남자를 만나지 않게 되었다. 남사친, 즉 남자인 친구는 아주 많다.

어쨌든 나는 혼자가 편하고, 남자와의 연인 관계보다 즐겁게 대화를 나눌 수 있는 친구 관계가 더 편하다. 이것이 아직 '일반적인' 삶의 형태가 아닌 것은 안다. 하지만 내게 있어서는 매우 자연스럽고 편안한 형태의 삶이다. 정서적, 경제적으로 곤란을 겪었던 시기도 있었고, 누군가에게 의지하고픈 마음이 들었던 때도 없는 건 아니다. 그럼에도 불구하고 이미 나는 혼자만의 공간과 시간에 익숙하고 지금의 삶이 가장 편안하다. 나는 혼자 사색하고, 좋아하는 음악을 듣고, 집중해서 책을 읽는 시간이 소중한 사람이다. 원하는 시간에 원하는 음식을 먹고 싶고, 기분이 내키지 않으면 설거지는 살짝 미뤄 놓고 싶다. 내 규칙대로 집을 정리하고, 내가 원할 때 친구들을 집으로 초대해 맛있는 걸 나눠 먹으며 수다를 떨고 싶다. 그런 소소한 일상이 내게는 몹시 소중해서 결혼을 위해 이 시간들을 포기하고 싶지 않다.

스물에서 서른 즈음에는 이런 얘기를 하면 아직 철이 없어서, 임자를 못 만나서 그런다는 타박을 듣곤 했다. 저렇게 말하는 애가 제일 먼저 시집간다는 얘기도 심심찮게 들었다. 그때마다 울컥 반감이 들었다. 설령 나중에 결혼을 한다고 해도 무슨 상관일까? 왜 지금의 내가 "혼자만의 삶을 선택하고 앞으로도 그렇게 살고 싶다"라고 말하는 것은 단순히 젊은 여자의 변덕으로 후려쳐지고 부정당해야만 하는 것일까. 그러면서도 궁금했다. 저들이 말하는 대로 나중에는 나도 결혼하고 싶어 안달하고, 대충 적당한 남자와 짝을 맞춰 결혼하게 될까. 그렇게 변하게 될까.

마흔이 넘었지만 나는 아직 변하지 않았다. 가 보지 않은 길이 궁금하지 않은 것은 아니다. 결혼을 하고 아이를 낳고 새로운 가족과 더불어 사는 삶에도 나름의 행복이 있을 것이다. 하지만 내게 있어 결혼이란 '온전한 나'를 포기하고 '공동체 안의 나'를 선택하는 과정처럼 느껴진다. 결혼 이후 삶이 변화하는 정도는 사람에 따라 차이가 있겠지만 아직까지는 아내와 엄마가 된다는 것은 나 자신을 뒤로 밀어 놓는다는 뜻임을 부정하기 어렵지 않을까.

　나는 지금 어릴 때부터 원했던 혼자만의 삶을 살고 있다. 최근 가장 큰 관심사는 건강, 일, 쾌적한 환경 유지, 아파트 대출금 상환이다. 아직도 철이 안 들었는지 결혼에는 관심이 없다. 무슨 일이든 가능성을 완전히 닫는 것보단 유연하게 열어 두는 걸 선호하기에 결혼을 절대 안 하겠다고 다짐하진 않는다. 하지만 내가 소중하게 여기는 것들을 포기하고 타협하면서까지 결혼을 하겠다는 생각은 아직 없다. 나는 지금의 생활이 행복하기에, 이 이상의 행복이 보장되지 않는다면 딱히 다른 삶을 선택하고 싶지 않다. 그래서 아직까지 혼자입니다.

혼자인 게
외롭거나
두렵진 않아?

● 꽤 일찍부터 독립해 살다 보니 혼자만의 삶에 대해 질문을 많이 받는다. 그중 단골 질문 하나는 "혼자 살면 외롭거나 무섭지 않느냐"는 것이다. 내 대답은 "그렇지 않다"이다. 나는 단 한 순간도 혼자 살기를 망설인 적이 없다. 워낙 어릴 때부터 독립을 꿈꿔 왔고, 초라한 반지하 단칸방일지언정 나만의 공간이 소중했기에 독립을 한 그 순간부터 지금까지 아무리 힘든 시간을 겪어도 혼자 살기 시작한 것을 단 한 번도 후회하지 않았다.

내가 인생에서 가장 외롭다고 느낀 순간은 혼자 있을 때가 아니라 지금은 헤어진 애인과 기나긴 얘기를 나눈 뒤 같이 손을 잡고 앉아 있던 때였다. 우리는 서로 좋아함에도 불구하고 너무나 다르고, 아마도 서로를 절대 이해할 수 없으리라는 걸, 그래서 늦건 빠르건 결국에는 헤어져야 한다는 걸 뼈저리게 느꼈던, 외로움에 질식해 죽을 것 같았던 그 순간이 떠오른다. 내게 있어 외로움의 본질은 혼자 있다는 자체가 아니라 둘인 줄 알았는데 결국엔 혼자라는 걸 깨닫는 것이다. 서로를 좋아할수록 외로움은 더 커진다. 좋아하는 마음이 클수록 '이 사람은 나를 이해할 수 있지 않을까' 하는 기대를 품게 되지만, 그 기대가 무너지는 순간 높디높은 벽과 그 벽에 가로막힌 고립감은 더 생생히 다가온다.

인간은 서로 다르기에 타인을 온전히 이해할 수는 없다. 특히 남자들은 자신이 원하는 이상형에 나를 끼워 맞추는 경우가 많았고, 나는 그것을 '진짜 나'를 좋아하는 게 아니라고 생각해 상처를 받았다. 어린 연애였다. 나는 어쩌면 연애 상대가 아닌 친구나 동지를 원하는 것일지도 모른다는 생각도 했다. 하지만 내게 가장 중요한 건 연애도, 친구도, 동지도 아닌 자유와 자립이었다. 그걸 깨닫고 나서는 연인을 만들지 않았고, 외로움을 느끼는 일도 줄어들었다.

이렇게 느끼는 것이 나만은 아닌지 대화를 하다 보면 결혼한 사람들이 의외로 아주 많이 외로워한다는 사실을 알게 된다. 사랑해서 결혼했음에도 연애 감정은 조금씩 사라지고 생활은 타성에 젖어 남편이 어느 순간 타인같이 느껴지는 순간들에 대한 이야기, 본인이 더 이상 남편에게 매력적인 존재가 되지 못하는 것 같다는 이야기, 나는 그냥 아이 엄마에 불과한 것 같다는 그런 이야기들을 들으면 뭐라 위로할 말이 없어 울적해진다. 그런 감정들이 해소되면 그래도 결혼해서 행복하다고 고

처 얘기할 때도 있지만, 가끔은 외로움이 해소되지 않고 깊은 곳에 진흙처럼 가라앉아 두고두고 마음을 짓누르는 듯했다. 아이러니한 일이다. 혼자가 외로워 결혼을 택했는데 결혼해서 더 외로워진다는 건.

내게 있어 가족은 늘 짐이었다. 언제나 내가 나 자신을 챙겨 왔지 누군가 나를 보살펴 줄 거라 기대한 적도 없다. 내가 외로움이나 두려움을 별로 느끼지 않는 건 어쩌면 내가 사람과 삶에 바라는 것이 그렇게까지 대단한 것이 아니기 때문일 수도 있다. 뭔가 크고 훌륭한, 아주 좋은 것이 내 삶에 있으리라곤 생각하지 않았다. 삶이 그리 호락호락할 리가 없지 않은가. 아무리 노력해도 그 노력의 대가마저 항상 돌아오는 것이 아닌데.

그래서 소소하게 행복을 느낄 수 있는 것들에 대해 항상 생각한다. 오늘을 행복하게 보내기 위해 노력하지 않으면 내일이 된다고 해서 행복해질 수는 없다고 믿는다. 지금 살고 있는 하루하루가 모여 삶이 된다. 매일 대단한 행복은 없다 해도 그리 나쁘지 않게, 소소하게나마 웃을 수 있는 즐거운 일들이 있다면 그것만으로도 충분한 것 아닐까.

이런 생각으로 노력해 온 시간들이 쌓인 지금, 과거를 돌이켜 생각하니 과연 현재는 그리 나쁘진 않다. 나는 꽤 오랫동안 꾸준히 일기를 썼고, 스물아홉 살이던 2004년부터 지금까지 일상을 기록하는 블로그를 운영하고 있다. 예전에 썼던 글을 훑어보면 과거의 내가 어떤 삶을 살았고 어떤 마음이었는지가 생생하게 떠오른다. 처음 블로그를 시작할 때만 해도 나는 여러모로 불안하고 불안정했지만 주어진 상황에서 최대한 행복하기 위해 노력했었고, 블로그에는 그 일상들이 고스란히 쌓여 있다. 10년이 넘은 지금, 확실히 예전보다는 안정적이고, 건강하고, 타인에게 뭔가를 나눠 줄 수 있는 삶을 살고 있다. 이 정도면 된 것 아닐까.

물론 항상 긍정적이고 좋을 수만은 없다. 힘들고 괴로운 날도 있다. 가끔은 누가 옆에 있다면 좀 나을까 상상하기도 한다. 하지만 그건 순간이고, 그런 순간들은 언젠가는 지나간다. 나는 다행히 건강한 편이고, 오랜 노력 끝에 나 한 몸 건사할 정도로 돈을 벌 수 있게 되었고, 빚은 좀 있지만 안정적인 주거 환경을 손에 넣었다. 부모의 도움 없이 이 정도까지 해낸 것만으로도 나름의 자부심이 있다.

혼자만의 삶은 분명 불안한 부분이 있다. 경제적인 능력을 갖추지 않으면 버틸 수 없고, 아무리 힘들어도 집안일이며 매일의 식사를 스스로 챙겨야 한다. 하지만 결혼을 한다고 해서 이런 일들로부터 해방되지는 않는다. 특히 한국 사회에서 여자로 산다면 더더욱 그렇다. 맞벌이가 대세인 최근의 분위기를 본다면 돈벌이는 돈벌이대로 하고 가사에 독박 육아에 시댁 챙기기까지 떠맡아 오히려 더 힘들 수도 있다. 독립을 하지 않고 부모와 사는 것도 쉽지 않다. 경제적으로 여유가 있는 부모와 산다면 몸은 좀 더 편하겠지만 일정 부분의 자유는 포기해야 한다. 만약 부모가 경제적으로 여유가 없는 상태로 같이 산다면 자식이 부모를 경제적으로 책임지면서 동시에 부모의 간섭까지 감당해야 하는 경우도 많다.

모든 삶에는 각각의 장단점이 있는 법이고, 결국엔 본인의 마음가짐과 자세에 따라 많은 것이 달라진다. 그러니 딱히 가족과 함께 살거나 결혼해 사는 것에 비해 혼자 사는 것이 더 많이 외롭거나 무서울지도 모른다고 미리부터 걱정할 필요는 없다. 그게 내 생각이다.

타인의 삶은
다른 형태의
삶일 뿐이다

● 　　아직까지 혼자 사는 여성에 대한 시선은 그리 곱지 않다. 하지만 혼자 사는 삶에는 그 모든 걸 감수할 만한 특별함이 있다.

오랜 기간 싱글로 생활하면서 알게 된 건 연애와 결혼 때문에 포기해야 하는 혼자만의 즐거움이 생각보다 크다는 것이다. 누구의 눈치도 보지 않고 자유롭게 좋아하는 것을 보고, 듣고, 먹고, 쉬어 본 사람들은 혼자만의 시간을 갖지 못하면 큰 스트레스를 받곤 한다.

사람은 자신이 갖지 못한 것에 대해 부러움과 동경을 느낀다. 자상한 남편, 귀여운 아이와 함께 사는 사람들을 보면 나보다 훨씬 행복해 보여 부럽기도 하다. 하지만 또 막상 결혼한 사람들은 혼자만의 시간을 가지고 자유롭게 삶을 꾸려 나가는 독신자들을 부러워한다.

내게도 그런 친구가 있다. 남편의 직장도 탄탄하고, 귀여운 아이도 있고, 경제적으로도 비교적 윤택하다. 하지만 연애 때

소울 메이트라 생각했던 남편은 사실 이기적이고 대화가 통하지 않는 사람이었고, 친구는 아기를 낳은 후 재취업을 못하고 전업주부로 살며 남편의 무신경한 태도 때문에 스트레스를 받고 있다. 친구의 SNS에는 귀여운 아이의 모습과 가족끼리 해외여행을 떠난 모습, 그리고 가끔 백화점에서 고가의 물건을 사는 모습의 조각들이 올라온다. 사람들은 너무 행복해 보인다고, 네 팔자가 최고라며 댓글을 달고 부러워한다. 하지만 친구는 사실 불행하다고, 아이도 큰 위로가 되지 않는다고 한다. 내게 이런 이야기를 마치 토해 내듯 털어놓은 뒤 다시 집으로 돌아가는 모습을 보면 여러 생각이 든다.

나도 SNS를 한다. 많은 사람들이 나의 SNS를 보고 혼자서 행복하게 잘 사는 것 같다고, 자유롭게 이것저것 쇼핑을 하고 즐기는 모습이 너무 부럽다는 반응을 보인다. 하지만 SNS에서 보여 주는 모습들은 대체로 그 사람의 가장 좋은 모습, 가장 행복한 모습인 경우가 많다. 나도 마찬가지다. 가끔은 혼자라서 부조리하고 화가 나는 일을 겪기도 하고, 일 때문에 스트레스를 받기도 한다. 하지만 그런 부분을 굳이 불특정 다수가 보는 곳에 자세히 이야기하진 않는다. 그러니 타인이 보여 주는 부분만 보고 '이 사람은 항상 행복하겠지'라고 판단한 뒤 본인과 비교하고 스스로를 낮출 필요는 전혀 없다.

사람이 모든 것을 가질 순 없다. 결국은 선택의 문제다. 나만의 생활과 자유를 중요하게 생각하는지, 아니면 내 자유를 양보하더라도 타인과 함께 하는 삶을 원하는지. 어떤 삶이든 장단점이 있다. 내 삶이 불행하다고 느껴지는 타이밍이 오면 내가 가지 못한 길이 더 행복하고 아름다워 보인다. 하지만 행복해 보이는 모습이 그 삶의 전부는 아니다. 자신이 선택한 길에서 불행한 부분을 찾을 것인가, 아니면 행복한 부분을 찾을 것인가? 불행을 아예 외면해서도 안 되겠지만 자신의 불행만을 들여다보고 타인과 비교하는 건 어리석은 행동이다.

이처럼 스스로를 깎아내려 불행의 카테고리에 자신을 밀어 넣는 경우도 있지만 반대로 타인의 삶을 부정하고 폄훼해 자신의 삶이 우월하다고 믿으려는 사람들도 있다. 그런 사람들은 다른 사람의 행복한 모습을 남들에게 보여 주기 위한 거짓 연기라 생각하고, 눈에 보이는 몇몇 가지를 끼워 맞추며 본인의 판단이 옳다고 어필한다. 예를 들면 이런 식이다. "싱글로 사는 건 뭔가 하자가 있어서야. 행복한 척하지만 그럴 리 없어.", "여자가 그래도 결혼해서 애 낳고 사는 게 낫지. 혼자 저러고 있으면 얼마나 외롭겠어.", "저렇게 쇼핑하고 놀러 다니는 것도 다 마음에 병이 있어서 그래."

타인의 삶 후려치기다. 싱글이 기혼에게 "결혼하니 초라해지고 너무 자기를 버려 두는 것 같아", "너 피곤해 보이고 행복하지 않은 것 같다"라며 은연중에 결혼하지 않은 내 삶이 네 삶보다 낫다는 걸 어필하는 경우도 마찬가지다. 참 부질없는 일이다. 타인의 불행을 먹고 사는 삶이 과연 행복할까?

잠시 냉소에 관해 얘기하자면, 나도 한때 누구 못잖게 시니컬했고 무언가를 긍정하는 것보다는 부정하는 것에 더 익숙한 사람이었다. 사는 게 힘드니 그렇게 되는 경향이 없잖아 있었다. 그러나 시간이 지나면서 조금씩 깨닫게 되었다. 내가 할 수 없는 일에 대해 비난하고 화살을 던지는 건 쉽다. 타인을 긍정하는 것보다 부정하는 게 내가 조금 더 우위에 있는 듯한 느낌을 주는 것도 사실이다. 따뜻한 마음이 밥 먹여 주지 않는다. 누군가를 존중하고 배려해 주면 나를 만만하게 대하는 사람들도 만난다.

그러던 어느 순간 조금씩 알게 되었다. 그렇기 때문에 기본적인 예의와 배려, 남을 긍정하는 마음이 더 소중하고 값어치가 있다는 걸. 이런 시대에 그 끈마저 놓아 버린다면 가장 불행한 건 어느 누구도 아닌 내가 된다는 걸. 모든 일에 냉소를 보내며 기쁨을 찾지 못하고 타인의 선의를 믿지 못한 채 부정적으로 살면 괴로워지는 것은 나 자신이다. 타인의 삶을 지나치게 부러워하는 것도, 지나치게 부정하는 것도 모두 타인의 삶에 휘둘리고 있다는 증거일 뿐이다. 그런 시간에 스스로의 삶에 집중하며 행복해지기 위해 노력하는 게 현명하지 않을까. 다른 사람 아닌 나를 위해서.

아직도 우리는
부모를
두려워한다

•   가끔 간절히 독립을 원하면서도 부모님이 허락하지 않기 때문에 독립이 힘들다고, 어떻게 해야 할지 모르겠다고 상담하는 친구들이 있다. 내 대답은 비교적 간단하다.

"네가 경제적으로 독립이 가능하고 월세 보증금이라도 모아 놨다면 무조건 나와라. 하지만 경제적 능력이 없고 부모님에게 손을 벌려야 한다면 너는 아직 독립할 준비가 되지 않았다."

이게 보통 내가 하는 답이다. 고지식할 정도로 정론이고, 사실 이런 질문에는 정론밖에 할 말이 없기도 하다. 하지만 이렇게 대답하면 이미 경제적인 능력이 있는 친구들이 보통 하는 말이 있다.

"나가고 싶지. 하지만 부모님과 싸우기 싫어. 부모님과 감정적으로 부딪히는 게 싫고 귀찮아."

이럴 때 내가 할 대답은 더 간단해진다.

"후레자식 추천 드립니다. 후레자식 최고임. 아주 편함!"

농담처럼 말하지만 이런 얘기를 들으면 마음이 무겁다. 부모와 사이좋게 지내면 당연히 좋다. 세상을 살아가면서 의지할 수 있고 믿을 수 있는 존재는 얼마 되지 않으며, 부모가 그런 존재라면 정말 복 받은 일이다. 하지만 사이가 좋든 나쁘든 어느 정도 나이가 들면 부모와 나는 독립된 인격체로서 서로 다름을 인정하고 존중해야 한다.

문제는 한국 사회에서 자식이 부모의 종속물로 인식되는 경우가 너무나 많다는 것이다. 현실적인 충고가 아니라 무작정 "여자가 어딜 나가서 살아? 여자 혼자 살면 얼마나 위험한지 알아?", "여자가 시집가기 전에 혼자 나가 사는 거 아니야." 이런 식으로 만류하는 부모들이 얼마나 많은가. 이건 자식이 이미 어른이며 이성을 만나 섹스도 할 수 있고 혼자만의 공간을 필요로 하는 독립된 인격체라는 걸 인정하지 않는 것이다. 부모로서의 걱정이라기보다 자식을 자신의 뜻에 맞게 조종하고 싶은 아집이지만 안타깝게도 많은 부모들은 그것을 자각하지 못한다.

부모가 내 마음에 백 퍼센트 들지 않듯, 나도 언제나 부모에게 사랑만 받을 수 있는 존재는 아니다. 나이가 들고 자기 의견이 생길수록 더더욱 그렇다. 나와 부모는 별개의 존재이기에 똑같은 사안에 대해서도 충분히 다르게 생각할 수 있다. 하지만 부모는 자신이 옳다는 믿음 아래 자신이 원하는 방향으로 자식이 살아 주기를 바란다. 자식이 '일반적'인 삶의 라인에서 벗어나기를 바라는 부모는 없다고 해도 과언이 아니다. 적당히 공부 잘하고, 좋은 학교 가고, 괜찮은 직장에 취직하고, 때 되면 좋은 사람 만나 결혼해서 아이를 낳고 사는 게 보통 부모가 바라는 행복한 삶이기에 미혼 여성의 독립은 부모를 실망시키는 한 걸음일 때가 많다. 그리고 부모가 실망하는 것이 두려워 많은 여성들이 독립을 망설이거나 포기한다.

자식이 언제까지나 부모의 욕망을 이루어 줄 수는 없다. 시기의 차이가 있을 뿐, 인간은 결국 부모와의 마찰을 피할 수 없는 존재 아닐까? 독립은 부모의 기대에 맞서 내 자유를 쟁취하는 일이라는 것을, 마찰이 없는 게 오히려 더 이상한 일이라는 사실을 인정하자. 무조건 부모의 뜻에 맞추며 살아가는 것이 나의 삶이 될 수는 없다. 독립이든 결혼이든 부모가 대신 해 주는 게 아니라 나 스스로가 치르고 실행해 나가야 하는 일이다.

부모와 부딪히는 강도는 사람과 집안 분위기에 따라 강할 수도, 약할 수도 있지만 모두 나름의 괴로움이 있다. 특히 여성들은 타인의 감정에 공감하도록 길러진 경우가 많아 부모의 태도가 부조리하게 느껴져도 부모와 나 사이에 셔터를 내리고 감정을 차단하는 일 자체를 어려워한다. 그러다 보니 많은 부모들이 자식을, 특히 딸을 감정의 쓰레기통으로 이용하는 경우도 많이 본다.

부모도 처음부터 부모로 태어나고 완성되지는 않는다. 자식을 낳고 기르면서 자식과 함께 부모로 성장해 간다. 성장하지 못하고 정신적으로 미숙한 자식이 있듯 미숙한 부모도 분명히 있다. 부모로서 미숙하기에 자식이 나의 분신이 아닌 독립된 자아를 가진 인격체라는 것을 때때로 잊고 자신이 원하는 대로 이끌려고 하는 것이다. 혹시 부모가 이런 성향이라면 더더욱 빠른 독립을 추천하고 싶다. 미숙한 부모일수록 자식을 자신에게서 떼어 놓으려 하지 않고 상처를 주는 경우가 많기 때문에 독립 과정도 많이 괴롭고 힘들다. 하지만 용기를 내어 그 과정을 감수하면 부모 자식 간에도 거리가 생기며 서로의 감정적 의존도도 줄어든다. 자식의 독립은 자식의 성장인 동시에 부모의 성장을 돕는 일이기도 하다.

나의 가족은 해체되고 나서야 비로소 정상적인 관계를 맺게 되었다. 만나면 맛있는 식사를 하며 서로의 안부를 묻고, 서로를 걱정하며 상대편이 듣기 싫어하고 기분 나빠할 말은 가급적 하지 않는다. 약속 없이는 자식의 집에 오지 않고, 내가 부모님 댁에 갈 때도 마찬가지다. 이렇게 서로 거리가 생기며 예의를 차리기 시작하자 부모도 언제까지나 자식을 휘두를 수 없다는 걸 받아들이게 되었고, 나도 부모에게 감정적으로 조종당하지 않고 나 자신에게 집중할 수 있게 되었다. 사람이기에 완전히 바뀌진 않는다. 자식을 컨트롤하고 싶은 마음이 생기는 건 어쩔 수 없는 듯, 여지를 주면 내 생활에 대해 간섭하고 '자식 된

도리'를 얘기하며 정신적으로 금전적으로 자신들에게 베풀기를 요구하리라는 걸 자주 느낀다. 나는 최대한 거리를 두고 무리하지 않는 선에서 마음에 앙금이 남지 않을 정도로만 대접하는 방식을 고수하고 있다. 사람마다 다르겠지만 적어도 내게는, 우리 가족에게 있어서는 이게 맞는 방식이라 생각한다.

얘기가 길었지만 말하고 싶은 것은 결국 이것이다. 부모를 실망시키고 부모에게 미움받는 걸 두려워하지 말자. 부모를 실망시키는 게 후레자식이라면 우리는 늦건 빠르건 모두 후레자식이 될 수밖에 없다. 중요한 건 나 자신의 행복이라는 걸 잊어서는 안 된다.

모난 돌
되었음을
받아들이기

●   살다 보면 놀랄 정도로 많은 사람들이 나의 삶에 아무렇지도 않게 간섭을 한다. 알지도 못하는 사람이 남자친구는 있는지, 결혼은 했는지, 언제 결혼할 건지를 물어보며 지금 결혼해도 노산이라는 얘기를 아무렇지 않게 한다. 남자친구가 있다고 하면 왜 결혼을 하지 않느냐고, 결혼을 하면 아이는 왜 안 낳느냐고 타박을 듣고, 아이를 낳으면 왜 둘째를 안 가지냐는 질문을 받는다.

남들과 비슷한 삶을 살아도 그러하니 조금이라도 남들과 다른 삶을 살고 있다면 곧바로 가십과 흥미의 대상이 된다. 미혼 여성은 그중 특히 만만한 존재라 타인의 입에 오르내리기 더더욱 쉽다. 블로그를 막 시작한 초창기엔 이것저것 쇼핑한 물건 사진들을 자주 올렸었는데 그러자 내 직업이 사실 술집 접대부라는 추측부터 스폰서가 있다는 추측까지 별별 소문이 다 들렸다. 블로그에서는 직업에 관한 얘기를 삼가고 싶어 말을 안 했던 것뿐이었는데 미혼 여성이 스스로 돈을 벌어 비싼 물건을 살 수 있을 리 없다는 선입견을 가진 사람들이 생각 이상으로 많았다.

이런 일들을 여러 번 겪으며 깨달은 건 우리 사회엔 아직까지도 자기 돈으로 비싼 물건을 사거나 생활을 즐기는 여성은 '창녀'임에 틀림없다는 프레임이 존재하고, 여성은 남성에게 기대지 않으면 제대로 자립할 수 없을 거라는 막연한 편견이 있다는 것이다. 거기에 더해 혼자 사는 여성은 여성성을 부정당하거나 폄하당하는 일이 태반이고, 조금만 만만해 보여도 무작정 성적으로 들이대는 사람들도 많다. 경비를 다 댈 테니 같이 여행을 가자는 사람, 섹스 파트너를 제의하는 사람, 혼자 살면 외로우니까 같이 살아 '주겠다'는 사람 등 정말 별 사람들을 다 보았다. 선의의 오지랖으로 포장해 내 삶에 간섭하는 사람들 수는 셀 수도 없다.

안타깝지만 한국은 모난 돌이 정을 맞는다는 속담까지 있는 나라다. 모난 돌로 살아 보니 알겠다. 한국에서 비혼을 택하고 혼자 사는 여성은 아무런 잘못 없이도 손가락질 당한다. 남들과 다른 삶을 선택한 사람에게 관대하지 못한 사회 분위기 때문에 가끔은 공격의 대상이 되기도 한다. 하지만 그런 주변의 시선이 두려워서 내가 원하지도 않는 삶을 살 수는 없다. 타인의 입맛에서 벗어난 삶을 사는 것이 나쁜 년이라고 비난받을 일이 된다면, 그냥 나쁜 년으로 사는 게 낫다. 그것이 내 결론이다.

물론 타인의 시선을 완벽히 신경 쓰지 않을 수는 없다. 그러나 사람은 누구에게나 사랑받을 순 없는 존재라는 사실을 기억해야 한다. 블로그를 오래 하면서 느낀 것 중 하나는 내 블로그를 방문하는 사람들이 전부 다 나를 좋아하고 내 의견에 동의하는 사람들은 아니라는 것이다. 그중 20퍼센트쯤은 우연히 흘러 들어오는 사람들일 것이고, 5퍼센트쯤은 나를 좋아하는 사람들, 10퍼센트쯤은 나에게 어느 정도의 호감을 가진 사람들일 것이다. 50퍼센트쯤은 그냥 관성에 의해 들어오는 게 아닐까 싶다. 하지만 남은 15퍼센트쯤은 분명 나라는 인간에 대한 묘한 악의와 증오, 어디쯤에서 밑바닥을 보여 줄까, 언제 약점을 보여 줄까 하는 기대, 그런 어두운 감정들 때문에 나를 관찰하는 사람들이라는 사실을 간간히 느끼곤 한다. 오프라인에서의 인간관계도 크게 다르지는 않다.

사람들은 얼굴도 잘 모르는 어떤 사람의 작은 일부만 보고도 그 사람을 판단하고 재단하고 싫어할 수 있다. 그렇다고 나를 싫어하고 증오하는 사람들을 매번 의식하고 그들 맘에 들도록 살 수는 없다. 타인과 내가 서로 맞지 않아 마찰을 하게 되는 것은 어쩔 수 없는 일이다. 욕 좀 먹어도 죽지 않는다. 싸우지 않고 뭔가를 얻을 수 없다면 싸워야 한다.

살다 보면 타인에게 실망하고 상처를 주고받게도 되지만, 건

전한 인간관계라면 상처를 봉합하고 그 위에 다시 더 단단한 믿음을 쌓게 마련이다. 그게 안 되는 관계라면 미련을 가질 필요가 없다. 지금까지의 관계가 나 아닌 상대의 눈치를 더 많이 보는 기울어진 관계였다면, 부모와의 관계든 친구나 애인과의 관계든 전반적인 인간관계 재정립이든 변화를 두려워하지 말고 맞서서 서로를 인정하는 관계로 다시 태어나는 게 장기적인 행복을 위해선 꼭 필요하다. 나는 행복하게 살기 위해 비혼과 독립을 선택했다.

한국에서 주류와 다른 삶을 선택하는 건 곧 모난 돌이 되겠다는 뜻이다. 모난 돌이 되기가 두려워 원하지도 않는 삶을 살 것인가? 어차피 타인의 시선과 간섭은 어떤 부분에서든 계속 쫓아오게 되어 있다. 모두가 내 선택에 대해 긍정하리라는 기대는 내려놓고, 스스로의 욕망에 솔직해질 수 있을 때 비로소 정신적으로도 맷집이 생기고 나 자신의 행복을 위해 살 수 있는 게 아닐까. 나는 그렇게 믿는다.

혼자는
즐겁다

● 　　아주 어릴 때부터 혼자 살고 싶다는 소망을 가졌다. 비록 초라하지만 처음으로 나 혼자 살 수 있는 공간을 가졌을 때의 그 기쁨은 잊을 수가 없다. 이제 집 안에서 옷을 챙겨 입지 않아도 되고, 다른 사람들의 생활 패턴에 맞춰 잠을 자지 않아도 되고, 가족의 식사와 집 청소 등을 책임지지 않아도 되고, 늦게까지 책을 읽거나 컴퓨터를 쓴다고 잔소리를 들을 일도 없었으니까. 하지만 그런 생활의 편리함보다 더 기뻤던 것은 이제 나 아닌 타인의 불쾌함과 짜증과 분노를 더 이상 의식할 필요 없고, 눈치를 보며 분위기를 맞추는 행동도 더 이상 할 필요가 없다는 것이었다.

　프라이버시를 존중하는 집에서 살고 있다 해도 문 밖에 가족이 있다면 당연히 가족의 시선을 의식하게 된다. 가족이 함께 어울려 살면 항상 좋은 날만 있는 게 아니다. 가족 구성원의 기분이 나쁘거나 우울하면 나도 자연스레 눈치를 볼 수밖에 없고, 때로는 원하지 않아도 기분을 맞춰야 한다. 부모가 상당한 인격자면 모를까, 가끔은 괜한 짜증을 부려도 받아 주어야 한다. 살면서 생기는 불평불만을 모두 자식에게 쏟아 붓는 부모도 많다.

독립은 이 모든 감정적인 압박에서 벗어나 진정한 혼자만의 자유를 누릴 수 있게 해 주었다. 문을 닫고 내 공간으로 들어와 타인의 시선에서 완전히 분리되는 쾌감은 혼자 살아 보기 전에는 알 수 없는 즐거움이다.

내 경우는 속옷을 입지 않아도 된다는 게 너무 좋았다. 부모님, 남동생과 같이 사는 집에서는 잘 때도 속옷을 갖춰 입어야 했고 실내복 안에도 브래지어를 꼭 해야만 했다. 청소년용 브래지어는 무조건 75A 사이즈만 생산되던 시절에 성장기를 보냈다. 제대로 맞지도 않고 툭하면 와이어가 튀어나와 몸을 찌르는 브래지어는 그 자체가 고문이었지만 아버지와 남동생이 있는 집에서는 감히 벗을 생각을 해 보지 못했다. 집에서 나와 혼자만의 방에 누웠던 첫날, 나는 속옷을 벗고 헐렁한 면 티셔츠 한 장 차림으로 누웠고 오랜만에 숙면을 했다. 그 이후 지금까지 집에서는 브래지어를 하지 않으며, 잘 때는 곰돌이 푸우 패션을 고수하고 있다. 과장하자면 이것만으로도 혼자 살 만한 가치가 있다고 생각한다. 옷을 다 벗고 편하게 누워 있어도 거리낌이 없고, 좋아하는 음식을 자신이 원하는 시간에 언제든 만들어 먹을 수도 있다. 내 취향의 음악과 영화를 마음껏 틀어 놓아도 되고, 내게 필요하고 내가 좋아하는 물건만으로 방을 채울 수도 있다. 타인의 시선에서 자유로우며 모든 걸 내려놓고 쉴 수 있는 공간을 가지게 된다는 하나만으로도 독립은 할 만한 일이다.

집 밖의 생활에서도 자유도가 상승한다. 데이트를 하거나 친구를 만나는 데 있어 허락을 구하거나 눈치 볼 것 없이 일정을 마음대로 조정할 수 있다. 취미 생활이나 쇼핑을 할 때에도 부모의 눈을 신경 쓰지 않을 수 있다는 건 큰 장점이다. 우리 부모 세대는 취미 생활이나 '내 취향의' 물건을 사는 데 돈을 쓰는 것을 잘 이해하지 못한다. 반면 지금의 20~40대는 대체로 알뜰한 부모 밑에서 필요 없는 소비는 죄악이라 배우며 살아온 세대인 동시에 고도 자본주의 사회에서 소비의 즐거움이 얼마나 큰지를 매 순간 겪으며 살아온 세대이기도 하다. 때문에 취미 생활과 좋아하는 물건에 돈을 쓰면서도 문득 '이래도 될까? 과소비 아닐까?'라며 끊임없이 자기 검열을 한다. 부모와 같이 산다면 죄책감과 검열은 심해질 수밖에 없다.

혼자 살면 자신의 인생을 자신의 뜻대로 사는 데서 비롯되는 쓸데없는 죄악감을 가지지 않아도 되고, 매 순간 내 생활을 부모의 기준에 맞춰 검열하지 않아도 된다. 상의해야 할 건 내 지갑과 내 마음뿐이다. 어차피 쓰고 싶고 쓰게 될 돈이라면 스트레스 덜 받고 기분 좋게 즐기는 게 낫지 않나. 그러려고 돈을 버는 것이기도 하고.

우리 부모들은 대체로 낮에는 일하고 밤에는 집에 들어와 저녁을 먹고 TV를 보다 잠 드는 삶을 살았다. 주말에는 보통 집에서 잠을 잤고, 아주 가끔 가족과 외출을 했다. 하지만 지금 우리는 그 외에도 삶에 누릴 수 있는 즐거움이 많다는 것도, 예전에는 상상할 수 없을 정도로 다양한 취미 생활이 존재한다는 것도 알고 있다.

인터넷 덕분에 타인과 교류하는 것도 손쉬워졌다. 인터넷에 접속하면 비슷한 취향과 취미를 가진 사람들을 쉽게 찾을 수 있고, 모임을 통해 지식을 공유하며 즐거움을 추구할 수도 있다. 비혼을 선택해도 예전처럼 사회에서 고립되어 노총각, 노처녀의 라벨을 붙인 채 별 다른 즐거움 없이 나이만 들어가던 그런 시대와는 달라졌다. 특히 인터넷 동호회는 대체로 나이에 상관없이 여러 사람들과 편하게 교류할 수 있는 분위기로, 회원 대 회원은 동등하고 오프라인보다는 조금 더 가벼운 마음으로 인간관계를 맺기 좋다.

온라인에서 공유하는 취미의 반경도 점점 크고 다양해지는 추세다. 각종 운동, 공연, 행사 정보들을 공유하는 곳도 어마어마하게 많고, 맛집 정보를 공유하고 오프라인에서 만나 같이 맛있는 것을 먹으러 가는 모임들도 많다. 블로그, 트위터, 인스타그램, 페이스북 등 다양한 SNS를 이용해 실시간으로 좋아하는 것들에 대한 정보와 감상을 나누며 마음껏 수다를 떠는 것도 즐겁다. 교류는 하고 싶지만 만남이 부담스러운 사람에게 최적의 시스템이다. 물론 원한다면 오프라인 모임도 얼마든지 가질 수 있다. 모르는 동네로 이사를 갔다면 그 지역 친목 동호회도 있다. 온라인 친구와 오프라인 친구의 경계도 점차 허물어지고 있으니 원한다면 가볍게 시간을 공유할 수 있는 사람을 만날 수 있고, 그렇게 만나 뜻이 맞으면 더 깊은 친구 사이로 발전할 수도 있다.

관심을 가지고 주변을 둘러보면 혼자서도 바쁘고 즐겁게 시간을 보낼 수 있다. 타인의 눈치를 보지 않아도 된다. 필요하다면 친구도 얼마든지 만들 수 있다. 혼자는 즐겁다.

집을 찾아
떠나는
모험

◆

가끔 남들과 나를 비교하게 될 때도 있다.
그럴 때는 물질적으로든 정서적으로든 무리하지 않는 선에서
나를 위한 것들을 하나하나 갖춰 나가는 게
내가 추구하는 삶이라는 사실을 되새기며 마음을 다잡는다.

내게 있어
이사란

● 　　나는 이사를 싫어한다. 어려웠던 유년기와 청소년기 동안 계속 이사를 다녔던 기억 때문일 것이다. 이사를 좋아하려면 이사를 통해 조금이라도 나은 환경을 획득할 수 있다는 확신이 있어야 한다. 당장 더 허름한 집으로 이사를 간다 하더라도 그것이 궁극적으로 변화한 환경을 제공하고, 더 나은 삶을 누릴 수 있는 계기가 된다면 나쁜 이사가 아니다.

　불행히도 우리 가족의 이사는 그렇지 않았다. 언제나 고만고만한 방 한 칸짜리 작은 셋집을 전전했다. 2층 양옥집에서 진돗개를 기르며 살던 시절도 있었다. 단정하게 지어진 2층 양옥집에는 작지만 제대로 된 잔디밭이 있었고, 아버지는 포드 마크가 붙어 있는 검은색 마크 파이브를 몰고 다녔다. 분명 존재했던 나날이지만 그 시절은 이제 아주 희미하게 남아 마치 그림자 연극같이 느껴진다. 내게 선명한 기억으로 남아 있는 이사들은 모두 1970년대 후반에서 90년대에 걸쳐, 운 없고 요령 없는 한 가족이 불운에 맞닥뜨리다가 결국 해체 가족으로 거듭난

역사의 기록일 뿐이다.

잠시 희망도 있었다. 수십 번의 이사를 거친 뒤 1995년, 우리 가족은 간신히 분양받은 평촌의 큼직하고 깨끗한 새 아파트에 잔금을 치르고 들어갔다. 이제 힘든 시절은 끝이라고 생각했다. 어머니는 살짝 상기된 얼굴로 내 팔을 끌고 평촌 세반과 뉴코아 백화점을 돌며 GE의 투 도어 냉장고와 32인치 소니 TV, 동양매직의 가스 오븐 렌지, 웨지우드와 광주요의 그릇 등을 골라 새 주소로 배송을 시켰다. 연한 미색의 고급스런 벽지와 화이트 워시된 나무 마룻바닥을 깐 새 집은 깨끗하고 널찍했다. 거실에는 조각한 나무 다리가 달린 가죽 소파, 안방에는 어머니가 원하던 거대한 원목 조각 장롱과 문갑을 놓았고, 동생과 내 방에는 까사미아 가구가 놓였다. 90년대 초중반, 중산층에 편입할 수 있다는 희망을 품은 흔한 가정의 풍경이다.

하지만 그것도 그리 오래가진 않았다. 아버지의 심장 수술과 IMF가 동시에 맞물리며 십 몇 년에 걸쳐 간신히 얻은 집은 사상누각처럼 사라졌다. 헐값에 넘긴 집값은 몇 년 후 고공행진을 시작했고, 팔 때보다 무려 다섯 배 이상 오르는 기염을 토했다. 부모의 상대적 박탈감도 덩달아 커졌을 것이다.

그 시기의 일을 자세하게는 모른다. 난 평촌 집이 처분될 때 학교 핑계를 대고 돈 한 푼 없이 일단 집을 나왔다. 친구 집에서 몇 달 간 입주 가정부 비슷한 일을 했고, 친구 어머니가 소개해 준 숙소가 딸린 도서 대여점에서 일을 하며 아르바이트와 과외로 학비와 생활비를 충당해야만 했지만 혼자 있을 수 있어 행복하다고 생각했다. 평촌 집은 주거 공간으로서는 나무랄 데 없었지만 그 집에서 살던 시기 나는 지독하게 불행했고 부모를 증오했다. 그러니 볕이 잘 들지 않는 반지하 단칸방에서 살지라도 혼자이기 때문에 괜찮다고 느꼈던 것이다.

집에서 떨어져 나와 아르바이트를 하며 대학을 다니던 그 시기, 부모님은 나와 군대에 가 있던 동생에게 아무 말 없이 이혼을 했다. 나는 유학 비용을 벌기 위해 주방에 취직해 등본을 떼었다가 이 사실을 알게 되었다. 이미 이혼한 지 일 년이 훨씬 지난 어느 날이었다. 부모님의 이혼과 함께 어머니가 내 이름으로 진 빚이 있다는 것도 알았다. 유학을 포기하고 말 그대로 개처럼 일해 모든 빚을 갚았다. 당연히 주거 공간은 형편없었다. 석촌동 작은 빌라의 반지하. 집 문을 열면 칙칙한 회색 벽의 부엌이 바로 보였고 형광등은 어두침침했다. 보증금 500만 원에 월세 20만 원짜리 방. 그 보증금을 마련하기 위해 처음으로 친구에게 돈을 빌렸고 하루 종일 주방에서 일해 파김치가 되어서도 밤에는 빚을 생각하며 잠을 이루지 못했다. 미래가 보이지 않는 날들이었다.

주방 일을 시작하고 한 달에 딱 두 번 있는 휴일의 첫 번째 날, 이대로는 안 되겠다는 생각이 들었다. 집 근처의 페인트 가게에서 흰 페인트에 노랑 염료를 섞어 계란색으로 조색한 페인트를 한 통 샀다. 그리고 하루 종일 부엌을 칠했다. 비록 햇빛은 들지 않지만 페인트 덕에 햇빛이 가득한 느낌이 드는 그런 밝은 부엌을 상상했다. 싸구려 수성 페인트로 원하는 효과를 낼 순 없었지만 그래도 칠을 하고 나니 집 전체에 흐르던 숨 막히는 어둠은 조금 엷어졌다. 그것이 처음 내 힘으로 얻은 나만의 방이었다.

그 이후 십 년이 넘는 시간이 지났다. 난 아직도 혼자고, 그 사이 몇 번의 이사를 더 했다. 보기만 해도 불행이 전염되는 것 같은 고만고만한 집들을 보며 미래에 대해 회의하고, 간신히 형편에 맞는 집을 고른 뒤 가지고 있는 짐을 추려내고, 버리고, 처분하고, 포장해서 다시 새로운 삶을 시작하기 위해 떠나는 작업의 반복이었다. 가족과 함께 했던 이사의 기억이 강렬했기에 내게 있어 이사는 오랫동안 그늘진 이미지였지만, 어두운 부엌에 노란 페인트를 칠하듯 스스로 조금씩 나은 환경을 만들어 내는 경험을 하며 조금씩 그 생각이 바뀌어 갔다.

여전히 이사를 좋아하지 않는다. 가급적이면 하고 싶지 않기 때문에 최근에는 무리해서 집을 구입하기도 했다. 그러나 이 책의 첫 부분에 얘기한, 조금이라도 나은 환경을 획득하는 그런 이사가 나의 다음 이사라면 그때는 이사를 조금 좋아할 수도 있지 않을까. 이제는 그런 생각이 든다.

나의
집 매매기

• 　　2015년 여름, 그간 여러 번의 이사를 거친 나는 나이 마흔이 되어 드디어 집을 사기로 결심했다. 살면서 30번이 넘는 이사를 했지만 은행 빚이든 뭐든 빚을 만드는 게 너무 싫어 전월세만 찾아 다녔다. 그러나 나이가 드니 체력을 소모해 가며 이사를 하는 것도 힘들고, 어느 정도 경제적인 능력도 생겨서 큰 고심 끝에 은행 융자를 끼고 집을 사기로 마음먹었다. 집을 사는 것이나 전월세를 구하는 것이나 고려해야 하는 사항들에 기본적으로 큰 차이는 없지만 아무래도 오래 거주하기 위해 매매를 하는 것이니만큼 약간은 다른 부분이 있다. 내 경우 실거주가 목적이고 딸린 식구가 없으며 출퇴근을 하지 않는 직업이라 원하는 집의 조건은 다음과 같았다.

　- 집에 있는 시간이 많으므로 집 자체가 쾌적해야 함.
　- 기관지와 폐가 부실한 편이라 공기가 나쁜 곳은 안 됨.
　- 짐이 많은 편이라 거실과 주방은 넓어야 하고 투 룸 이상.

- 치안이 좋아야 함.
- 출퇴근을 하지 않으므로 교통은 아주 편리하지 않아도 괜찮으나, 서울 강남권 역에 한 시간 내외로 접근할 수 있는 대중교통 수단(버스, 마을 버스, 지하철 등)은 있어야 함.
- 가격이 현재 가지고 있는 금액+너무 무리하지 않는 한도 내에서의 은행 융자 안쪽이어야 함.
- 지은 지 20년 이상 된 곳은 조만간 재건축이나 리모델링 등으로 큰 비용이 발생할 수 있으므로 가급적 지양.

이상의 조건을 먼저 정리한 뒤, 예산에 맞으면서 마음에 드는 집을 찾아 헤매는 여정을 시작했다. 네이버 카페 '피터팬의 좋은 방 구하기'를 뒤지고, 포털 사이트 다음의 지도를 켜 놓고 각종 아파트들을 찍어 보고 로드 뷰를 확인하며 내 한 몸 뉘일 곳을 열심히 찾아보았다.

그중 경기도 용인의 한 빌라촌이 원래 살던 집에서 가깝고 환경도 나쁘지 않아 보여 인터넷으로 직거래 매물을 확인하고 바로 집을 보러 가기로 약속을 잡은 뒤 출발했다. 길이 깔끔하게 잘 뚫려 있고 신도시 분위기가 나는 비교적 널찍한 도로라 첫인상이 좋았다. 산이 있어 공기도 맑았다. 동네 분위기와 대중교통 동선을 파악하고, 빌라촌 초입에 있는 부동산의 연락처를 메모한 뒤 집으로 돌아와 다시 지도를 보며 주변 단지 등을 열심히 검색하기 시작했다. 포털 사이트의 지도에 나타나는 아파트들을 클릭하면 입주년도와 평수, 가격 등을 확인할 수 있다. 미터당 가격이 싸면 큰 평수고, 가격이 저렴하다 싶으면 너무 오래된 아파트일 때가 많다. 또 인터넷의 부동산 정보는 가격이 저렴하게 올라와 있어도 실제로 가면 싼 매물이 없는 경우가 많아 그 정보를 그대로 믿고 집을 구하면 안 된다. 반드시 실제로 방문해 보는 과정이 필요하다.

미리 메모해 둔 부동산에 전화를 해 방문 약속을 잡고 본격적으로 투어를 시작했다. 집을 보러 다니거나 계약할 땐 가급적 혼자 다니기보다는 일행이 있는 편이 좋다. 내가 살피지 못한 부분을 볼 수도 있고, 의견을 교환하는 것도 도움이 된다.

부동산에는 전화 통화로 미리 원하는 빌라의 조건을 말해 놓았다. 꼭대기 층이어도 괜찮지만 이 경우엔 천장이 높아야 하고, 엘리베이터는 없어도 괜찮으며, 방은 두 개 이상이어야 하고, 부엌과 거실이 큰 편이 좋다. 매매와 전세, 반전세 다 의향이 있다. 중개인은 내가 원하는 조건의 빌라가 매우 많다고 큰소리를 치면서 오면 바로 볼 수 있게 해 주겠다고 약속을 했다. 하지만 약속 시간에 친구들과 부동산을 방문했더니 그때서야 여기저기 전화를 돌리는 남자의 모습에 나는 깨달았다.

'내가 부동산을 잘못 찍었구나……. 망했어요…….'

미덥지 않은 전화 몇 통이 끝난 뒤 집을 보러 출발. 동네에는 한참 분양 중인 빌라들이 매우 많았는데도 결국 실제로 방문한 집은 두 곳이 전부였다. 중개인의 차를 타고 이동했는데 차가 너무 더럽다. 이쯤 되자 이 분이 소개시켜 주는 집이 제대로 된 집일지 그것부터 의심스러웠다. 속이 울렁거리는 냄새가 나는 공포의 차량은 언덕길을 한참 올라갔고, 영동 고속도로 건너편 산기슭 어느 신축 빌라 앞에 섰다.

멀쩡한 빌라들이 평지에 잔뜩 있는데 왜 그곳들은 보여 주지 않고 차가 다닐지조차 의심스러운 언덕길로 날 데려갔는지 알다가도 모르겠다. 어쨌든 하염없이 계단을 따라 올라갔는데, 빌라는 신축이라는 말이 무색하게도 현관문 실리콘과 벽에 이미 금이 가 있는 날림 건축물이었다. 여기까지 왔으니 집은 보고 가자는 생각에 꼭대기 층까지 가서 현관문을 열자 눈을 절로 의심하게 되는 집 구조가 펼쳐졌다. 집이 삼각뿔 형태였던 것!

다락방도 아니고 똑바로 서 있기도 힘든 높이의 삼각뿔형 집이라니. 30번의 이사를 하면서도 이런 집은 처음 봐서 말문이 막혔다. 가운데 가장 높은 부분이 2미터가 조금 넘을 듯했고 처마 쪽은 다섯 살 어린이도 똑바로 못 서 있을 높이라, 키가 150센티미터대 중반밖에 안 되는 나도 처마 쪽 벽으로 가서 창문을 닫으려면 몸을 폴더처럼 접어야 했다. 거실, 방, 화장실이 모두 그 상태. 원래 4층 높이로 인가받은 빌라를 불법으로 한 층 더 늘려 증축한 것이 분명했다. 과연 가격은 얼마일까? 전세

1억 2천을 불렀다. 평지의 빌라들과 같은 가격이었다. 너무 어이가 없어 웃음을 참고 둘러보니 일행들은 거의 넋이 나갔다. 중개인은 그래도 새 집이고 구조도 특이하며 고객님이 조용한 집을 원한다고 하셨고 어쩌고저쩌고 횡설수설하는데, 앞으로 아무리 좋은 집을 보여 준다 해도 이 부동산과 거래할 생각은 눈 녹듯 사라졌다.

예의상 다음 집도 구경했지만, 거실과 부엌이 너무나 협소했다. 전화로 원하는 조건을 상세히 말했지만 전혀 반영이 안 되었다는 사실을 다시금 확인한 뒤 얼른 중개인과 인사를 나누고 헤어졌다. 아저씨 안녕히 계세요, 다시는 만나지 말아요. 그리고 웬만하면 새 직업을 알아보셨으면 좋겠습니다…….

이사를 워낙 많이 다니다 보니 직거래를 할 때도 있고, 부동산을 끼고 계약을 할 때도 있었는데 어떤 경우든 큰돈이 오가는 것이니만큼 신중, 또 신중해야 한다. 부동산에 가서 상담을 받아 보고 이상하다 싶으면 절대 해당 부동산과 계약을 진행하지 말 것. 여자 혼자 집을 보러 다니면 은근히 협박조로 계약을 강권하거나 일부러 잘 나가지 않을 만한 매물만 골라 소개하는 중개인도 있다. 또 요즘은 집을 보러 다니는 여성을 노리는 범죄도 종종 일어나므로 반드시 일행을 만들어 함께 보러 다니는 것이 좋다.

부동산이 한 군데도 아니고, 요즘은 한 집의 정보를 여러 부

동산이 공유하는 경우가 많다. 그러니 상담을 받아 보고 촉이
이상하다 싶으면 소중한 시간을 낭비하지 말고 과감히 다른 부
동산으로 향하도록 하자.

꼬장에는
법으로!

●   다행히 두 번째로 만난 부동산 중개인들은 매우 훌륭했다. 금요일에 잠시 통화만 했을 뿐, 원하는 조건이나 방문 시간대를 미리 얘기하지 않고 방문했는데도 그 자리에서 바로 내가 제시한 예산에서 크게 벗어나지 않는 집을 추린 후 세입자 및 집주인과 통화를 하고 빠르게 이동했다. 둘러본 집들은 나쁘지 않았지만 조금 더 알아본 뒤 결정해야 할 것 같아 재방문을 하기로 약속을 잡았다.

마침 부동산에 들른 은행 대출 상담사와 주택 구입 대출에 대한 의논을 했다. 지금까지 은행 빚 같은 걸 져 본 적이 없는지라 아는 것도 제대로 없고 막막했는데 상담을 통해 대충 어떤 식인지, 대출 진행은 어떻게 해야 하는지 감을 잡았다. 정상적인 부동산이라면 이처럼 내가 원하는 금액 안쪽, 혹은 그 금액에서 아주 약간만 넘는 선에서 원하는 조건의 집을 보여 주고 대출이 필요한 경우 은행과도 연결해 준다. 원하는 집에 융자는 있는지, 하자는 없는지 등을 알아봐 주는 건 물론이다. 반면 중개 수수료에만 관심이 있는 부동산은 어떻게든 거래를 성사시키는 게 우선이기에 무작정 집을 보여 주고 이만한 집이 없다며 계약을 종용하곤 한다. 중개업자가 보여 주는 집을 보고 어느 정도 대화를 나눠 보면 전자인지 후자인지 금방 알 수 있다.

약속한 재방문의 날, 처음 방문 때에는 자가용을 타고 갔었지만 재방문 때는 버스를 이용했다. 대중교통으로 시간이 얼마나 걸리는지도 궁금했고, 정류장에서 집까지 걸을 때 체감 시간 등도 알고 싶었다. 아파트 단지를 볼 때는 옆에 상가가 형성되어 있는지, 적당히 큰 마트가 있는지를 살폈다. 상가에 어떤 가게가 입점해 있는지도 확인. 아파트 입구에서 구입 후보로 생각 중인 집이 있는 동까지 걸어가는 시간도 재 보았다.

아무래도 비슷비슷한 집들을 계속 보다 보면 좋은 점이고 나쁜 점이고 모두 뒤죽박죽이 되어 버린다. 여러 집을 둘러본 뒤 최종적으로 첫 번째 방문 때 본 집 하나를 다시 보여 달라고 요청했다. 결국 첫 번째 방문 때 본 집으로 낙찰. 집주인 통장으로 가계약금 일부를 넣고 문자 등으로 기록이 남게끔 확인 절차를 밟았다.

이틀 후, 정식 계약을 위해 다시 부동산을 방문했다. 그런데 집주인이 갑자기 그 가격엔 못 팔겠다고 하는 게 아닌가. 원래라면 영업도 하지 않는 일요일에 중개인 두 사람이 모두 나오고, 나도 일행 둘과 같이 간 상황이었다. 정 팔기 싫다면 헛걸음이나 하지 않게 미리 알려 주기라도 했어야지. 직접 와서 정중하게 사과를 해도 화가 날 상황인데 전화로만 그 가격에는 못 팔겠다는 말만 반복하는 태도가 굉장히 불쾌했다.

중개인은 "와서 뻗대고 우기고 딴소리 하는 경우는 있어도 아예 오지도 않고 이러는 경우는 드물죠"라며 긴 한숨을 쉬었다. 그렇다고 이대로 포기하고 가기에는 화가 가라앉지를 않았다. 직접 집주인과 통화를 했다.

"뭐가 문제세요?"

"남편이 그 금액엔 팔 수 없대요."

"그럼 진작 얘기를 하셔야죠. 아무리 그래도 나오지도 않으시고 전화로 이러시면 되겠어요?"

"집이 멀어서 가기가 힘들어서요. 계약 안 할래요."

"그래요. 그럼 제가 드린 계약금 반환하시고 위약금도 무시면 되겠네요."

잠시 침묵이 흘렀다. 이어 집주인은 "위약금 못 준다. 우리가 가서 계약서 쓴 것도 아닌데 무슨 위약금이냐"라고 우기기 시작했다.

"계약하신다고 말씀하신 거 녹취 다 되어 있고, 계약에 동의하셔서 계좌 보내 주셨고, 입금 확인 문자까지 주셨잖아요. 제가 계약 성립도 안 됐는데 왜 먼저 계약금을 보내겠어요? 그게 법적 효력이 있으니 그런 거죠."

"그래도 못 줘요."

"그럼 내일 내용 증명부터 보내고 소액 소송 들어갈게요."

전화를 끊었다. 바로 내용 증명 보낼 서류를 뽑아 들고 점심 먹으러 가는 길에 부동산에서 전화가 왔다. 조금 더 비싸게 팔려다가 생각보다 세게 나와 잘못하면 계약금만 두 배로 물어주게 생겼으니 그냥 파는 쪽으로 마음을 바꿨다는 것이다. 절로 헛웃음이 나왔다.

이런 일이 있을 수도 있기에 거래 과정은 최대한 기록을 남기고 가능하면 녹음하는 것이 최선이다. 이쪽에서 먼저 이렇게 해 달라고 요구하지 않아도 꼼꼼하게 챙기고 증거를 만드는 데 도움을 주는 부동산을 만나는 것도 매우 중요하다. 결국 며칠 있다 무사히 계약 완료했고, 지금은 이사 와서 잘 살고 있다. 이제 은행 빚만 갚으면 된다……

공간이
주는
행복

● 　한국에서 '내 집 마련'은 참 커다란 의미를 가지고 있다. 고도성장기 시절, 내 집 마련은 많은 사람들의 인생의 목표였다. 집을 마련하기 위해 삶의 소소한 즐거움을 포기한 채 돈을 모았고, 그렇게 장만한 집값이 떨어지느냐 오르느냐에 신경을 곤두세웠다. 부동산 왕국이라고까지 표현되는 한국에서 집은 가장 쉽고 안전한 재산 증식의 수단이었고, 부동산 투자로 재테크에 성공한 부모 세대는 자꾸만 지금의 우리에게도 "빨리 돈을 모아 내 집 마련을 하라"고 종용한다. 그러나 이제 부동산 신화는 말 그대로 신화일 뿐이고, 봉급을 모아 내 집을 마련하기엔 집값이 만만치 않다. 때문에 대부분의 우리들은 내 집 마련의 꿈은 꿈으로 남겨둔 채 남의 집을 전전하며 살아야만 한다. 나 역시 오랫동안 빌린 집에서만 살아왔다. 그러다 간신히 나이 마흔에 은행의 힘을 빌려 집을 구입하게 되었다.

내가 무리해서라도 집을 사기로 결심한 것은 부동산 투자를 위해서도, 내 집 마련을 인생의 큰 목표로 삼았기 때문도 아니다. 좀 더 효율적으로 살고 싶었기 때문이다. 이사는 사람의 기력을 엄청나게 소모시키는 작업이다. 내가 쓸 수 있는 에너지는 정해져 있는데 일과 생활에 쓰기에도 모자란 에너지를 억지로 쪼개 이사에 쓰는 일은 그만하고 싶었다. 그렇게 마련한 집은 꿈에 그리던 완벽한 집은 아니지만 더 이상 떠나지 않아도 되는 공간이라는 점에서 확실히 마음 편하다. 한정된 금액 내에서 구입한 집이라 타협할 수 있는 부분은 적당히 타협했지만, 그래도 어느 한 구석이라도 특별히 마음에 드는 부분이 있는 집을 고르기 위해 애썼다. '값이 오를 것 같은 집'이 아닌 '내가 즐겁고 행복하게 살 수 있는 집'을 찾았다.

그렇게 찾은 집에서 가장 마음에 드는 공간은 침실이다. 지금 사는 집의 침실은 특이하게도 양쪽에 베란다가 있다. 그중 북쪽 베란다는 바로 산에 면해 있어 창문을 열면 울창한 나무가 보이고 각종 새 소리가 들린다. 본 순간 이 방에서라면 행복한 마음으로, 나답게 머무를 수 있을 것 같은 기분이 들었다.

아침에 일어나 커튼을 젖히면 나무들이 보이고, 창문을 열면 맑은 공기가 밀려 들어오는 방. 베란다에 작은 책상과 의자 등을 놓고 일을 하거나 책을 읽기도 좋고, 고양이들과 함께 오후의 늦은 햇살을 받으며 멍하니 앉아 있기도 좋아 보였다. 침실을 본 순간, 이 공간에서 하루를 시작하고 끝낼 수 있다면 조금 더 행복해질 수 있을 것 같다고 생각했다.

이사하자마자 침실부터 정리했다. 누워서도 창문이 잘 보이게 침대를 배치하고, 깨끗이 세탁하고 잘 말려 햇빛 냄새가 나는 이불을 깔았다. 서랍장과 협탁, 거울을 최대한 공간 낭비가 없도록 배치하고 이케아에서 사 온 흰색 면 커튼과 커튼봉을 뚝딱뚝딱 달았다.

베란다에는 조립식 마루를 깔고 작은 학교용 책걸상을 놓았다. 특별히 비싼 가구도, 으리으리한 조명도 소품도 그림도 없는 평범한 방이다. 하지만 내 힘으로 장만했고 내가 필요로 하고 좋아하는 것들이 놓여 있는, 소박하지만 거슬리는 것 없이 편히 쉴 수 있는 방이라 나는 내 침실이 참 맘에 든다.

내가 집에 기대하는 건 삶에 기대하는 것과 비슷하다. 삶이든 집이든 완벽할 순 없고, 완벽을 추구하지도 않는다. 나도 사람이기에 가끔은 남들에게 내보일 정도로 멋지고 훌륭하고 비싼 집과 가구 등을 갖고 싶을 때도 있지만, 그럴 때는 '빨간머리 앤'을 떠올린다. 앤에게 꿈의 집은 으리으리한 대리석 집이 아니라 근처에 나무가 많고 오솔길이 있고 실개천이 흐르는, 옛스런 뜨락이 있는 집이었다.

가끔 남들과 나를 비교하게 될 때도 있다. 그럴 때는 물질적으로든 정서적으로든 무리하지 않는 선에서 나를 위한 것들을 하나하나 갖춰 나가는 게 내가 추구하는 삶이라는 사실을 되새기며 마음을 다잡는다. 침대에 누워 잠들기 바로 전의 고즈넉

한 시간을 보낼 때마다 이런저런 것들을 생각하고 내일은 오늘보다 나은 내가 되기를 바라며 하루를 마치곤 한다.

나의 침실은 내가 지향하는 삶의 축소판 같은 장소이다. 오직 내가 필요로 하는 것들만이 갖춰져 있고 애정을 기울일 수 있는, 짐을 내려놓고 편히 쉴 수 있는 장소. 그런 장소를 가지고 있다는 것만으로도 삶은 살 만한 가치가 있다는 생각이 든다.

내게 맞는
집 찾기

•   30번이 넘는 이사를 하면서 다양한 주거 환경을 거쳐 왔다. 이제 막 독립을 준비하거나 이사를 준비하는 사람들에게 는 나의 경험이 도움이 될 수 있을 것 같다.

○ 보증금을 마련하기 힘들고 프라이버시에 예민하지 않다면
— 셰어 하우스

말 그대로 집을 다른 사람과 나누어 쓰는 것이다. 아파트, 빌라 등에 남는 방이 있을 경우 취사 등을 금지하고 방만 세를 놓기 도 하고, 방 하나를 함께 사용할 룸메이트를 구하기도 한다. 거 실이나 부엌 등을 공용 공간으로 사용하며 방만 개인 공간으로 나누어 쓰는 셰어 하우스도 있다. 서울, 수도권은 집값이 워낙 비싸다 보니 셰어 하우스들도 상대적으로 활성화되어 있고 지 방의 경우에는 대학교 주변에서 구하기가 비교적 쉽다.

셰어 하우스의 공통점은 상대적으로 월세와 보증금이 저렴 하다는 것이다. 대체로 방 하나를 나누어 쓰는 경우가 가장 저

럼하고, 독방을 사용하게 되면 조금 더 가격이 올라간다. 일반 주택을 나누어 쓰는 경우가 많으므로 고시원이나 원룸텔보다 시설이 좋고, 여럿이 사는 형태라 치안과 안전 문제에서 걱정이 덜해 여성들에게 유리한 부분이 있다.

보증금도 통상 월세 2~3개월 어치 정도만 받는 식이라 소액으로도 바로 독립이 가능하다는 장점이 있다. 하지만 프라이버시가 지켜지지 않는 경우가 많고, 집을 나누어 쓰는 사람과 생활 습관이나 마음이 맞지 않는 경우 매우 불편하다.

내 경우 독립 초기 때 대학교 근처 아는 사람 집에서 몇 달간 셰어 하우스 생활을 했는데 집안일 분담과 프라이버시 문제가 상당히 부담스러워 집은 잠만 자는 공간으로 이용하다가 보증금을 어느 정도 모은 뒤 바로 반지하 원룸을 얻어 나왔던 기억이 있다. 특성상 당장 독립은 하고 싶은데 목돈이 없는 경우에 고려해 볼 만한 주거 형태이다.

° 보증금을 마련하기 힘들지만 프라이버시는 지키고 싶다면
— 고시원, 원룸텔

고시원과 원룸텔 역시 셰어 하우스처럼 비교적 적은 돈으로 바로 독립이 가능한 주거 형태이다. 한 명이 방 하나를 사용하는 형태다 보니 셰어 형식에 비해 프라이버시를 지키기는 좋지만 방 자체가 작은 편이라 환기 등이 어렵고 방 벽이 매우 얇아 소

음에 취약하며 취사와 샤워, 세탁은 공용 공간에서 해결해야
하는 경우가 많다. 방 안에 샤워실이 딸린 경우도 있으나 그 경
우에는 가격이 많이 올라간다.

잠만 자는 용도로 방을 구하는 직장인이나 학교 근처에 방을
구하는 학생들이 주로 이용한다. 보증금이 적으면서도 혼자 쓰
는 공간을 얻을 수 있다는 점에서는 매력적이나 불특정 다수의
사람들이 드나드는 편이라 싱글 여성의 경우 너무 도심 한가운
데에 위치하지 않은 여성 전용 고시원이나 원룸텔을 찾아 보
고, 가급적 추가로 자물쇠 작업을 하는 걸 추천한다.

。보증금을 500만 원 이상 지출할 수 있다면
─원룸과 오피스텔
원룸은 방 하나에 부엌과 화장실이 딸려 있는 형태의 집으로,
주로 위치와 층수에 따라 가격이 정해진다. 때문에 같은 동네
의 비슷한 층수라면 평수나 집의 상태는 가격에 영향을 크게
끼치지 않으므로 발품을 많이 팔수록 좋은 집을 구할 확률이
높아진다.

보증금은 천차만별이지만 대체로 500만 원 이상이고, 보통
천만 원대가 많으므로 어느 정도 목돈이 있어야 한다. 보증금
이 저렴하면 월세가 높은 경우가 많다. 집주인에 따라 보증금
을 올리고 월세를 깎아 주는 경우도 있으니 독립을 계획한다면

보증금은 사정이 허락하는 한 최대한 넉넉히 준비하는 것이 좋다. 가끔 가뭄에 콩 나듯 전세로 나오는 원룸도 있지만 대부분의 원룸들은 건물주가 수익을 올리기 위해 건설한 경우가 많기에 거의 월세 형태이다.

오피스텔은 원룸과 비슷한 형태지만 시설과 치안 등이 훨씬 쾌적한 편이다. 역시 월세 형태가 많으며, 월세와 관리비가 원룸보다 비싸다. 1층에는 대체로 상가가 있다 보니 편의시설 등도 어느 정도 갖춰져 있으며 에어컨, 세탁기, 냉장고 등 기본적인 가전 가구가 준비되어 있는 경우가 많아 초기에 지출하는 비용이 적은 편이다. 주차도 편리하다.

다만 주거용 오피스텔이 아닌 경우에는 바닥 난방이 안 되기도 하고, 원래 주거용 건물이 아니기 때문에 법적 문제를 방지하기 위해 집 주인이 전입신고를 허용하지 않기도 한다. 창문이 활짝 열리지 않아 환기가 잘 안 되고, 창문의 크기가 크고 통창인 구조가 대부분이라 여름에는 덥고 겨울에는 추운 경우가 많으므로 꼼꼼히 살펴야 한다.

∘ 전세를 노린다면─아파트
다른 주거 형태들에 비해 압도적으로 편리한 아파트. 음식물 쓰레기, 재활용 쓰레기 처리가 용이하고 엘리베이터가 있어 이동이나 짐 나르기가 편하다. 집에 문제가 있으면 관리 사무소

에 연락하면 되고, 부재시 택배를 수령하기도 좋다. 치안 문제
도 상대적으로 안전하다. 살풍경하다, 인간미가 없다는 의견들
도 있지만 현대 사회에서 이웃과 인간적 교류를 하는 것 자체
가 드문 일이고, 정해진 규격의 구조가 주는 편안함도 무시할
수 없다고 본다.

아파트의 가장 큰 단점은 공동주택이기 때문에 일어나는 층
간 소음이다. 윗집, 옆집, 아랫집, 심지어는 대각선 건너의 집에
서 나는 소리도 전달이 되는 경우가 많다 보니 소음에 예민하
면 힘들다. 물론 잘 지어진 아파트에 살거나 좋은 이웃을 만나
면 소음이 문제가 되지 않겠지만 막상 살아 보기 전엔 파악할
수 없어 복불복인 것이 문제. 소음이 아니더라도 다른 집의 영
향을 상대적으로 많이 받는다. 다른 집의 담배 연기가 흘러 들
어오거나 음식 냄새가 퍼지기도 하고, 다른 집의 바퀴벌레가
옮겨 오기도 한다. 기본적으로 다수가 사는 공동주택이고 원룸,
오피스텔 등 1인 생활자들을 대상으로 한 집에 비해 요리, 육아
등 살림을 하는 가족들이 많이 거주하는 공간이라 그에 따른
단점이 있다.

다양한 주택 형태 중 가장 가격이 비싼 편이고 기본적으로
갖추어진 물품이 없다 보니 모든 살림을 개인이 다 장만해야
한다. 기본 관리비도 비싼 편이다. 살아 본 바에 의하면 평수를
고려하면 오피스텔이 관리비가 제일 비쌌고, 아파트가 오피스

텔과 비슷하거나 조금 쌌다. 세대수가 적은 아파트라면 기본
관리비가 더더욱 비싸다는 점도 염두에 두어야 한다.

◦ 전월세 다양하게—빌라

원룸 전용부터 아파트와 비슷한 구조까지 그 형태와 평수가 다
양한 빌라. 빌라는 공동주택이므로 기본적으로 아파트와 장단
점이 비슷하지만, 아파트와 달리 베란다와 엘리베이터가 없는
곳이 많다. 4~5층짜리 빌라도 엘리베이터가 없는 경우가 많으
므로 고층이면 오르내리기가 힘들 수 있다. 경비실이 없고 아
파트처럼 체계적인 관리를 기대하기 어렵다. 따라서 상대적으
로 방범, 쓰레기 처리, 부재시 관리 등에 취약하다. 하지만 평수
대비 가격이 낮고 내부는 아파트만큼 쾌적한 곳도 많으며, 전
월세가 다양하게 분포되어 있고 고정 관리비도 저렴하므로 자
신의 경제적 사정에 맞춰 둘러보면 좋다.

◦ 낭만적이지만 큰 리스크—단독주택

도심에서는 점점 찾아 보기 힘들어지고 있지만 최근 수도권과
지방 등을 중심으로 다시금 각광받는 주거 형태인 단독주택.
그러나 혼자 사는 여성이 선택하기에는 좀 어려운 주거 형태이
다. 일단 독립된 집에서 혼자 살아야 하기 때문에 방범, 치안에
취약하다. 집 전체의 유지, 보수, 관리를 스스로 해야 한다는 점

도 단점이다. 하지만 사생활 보호를 중요시하거나 동물을 키우는 사람에게는 매력적이다. 특히 대형견 등 몸집이 큰 동물을 키울 때 가장 이상적인 주거 형태이다.

혹시 싱글 여성이 단독주택에 살게 된다면 가장 신경 써야 할 것은 첫째도 둘째도 셋째도 치안! 여건이 된다면 대문 근처에 CCTV를 달고, 경비 회사에 경비를 신청하자. 현관과 창문 등에 자물쇠, 방범창, 경보 장치 등을 꼭 달아 둘 필요가 있다. 집안 보수나 관리는 문제가 생긴 뒤에라도 돈을 들이면 해결되지만 방범과 치안은 일을 당한 다음에 준비하면 이미 늦다.

예쁜 집이 좋다고?
인테리어는
내가 하면 된다!

●　　　잘 지어진 집이든 아닌 집이든 같은 지역이라면 생각
보다 가격 차이가 크지 않다. 비슷한 가격대의 집이라도 상태
는 천차만별이다.

특히 빌라에 이런 경우가 많다. 튼튼하고 꼼꼼하게 지어진
빌라와 벽이 얇고 날림으로 지은 빌라가 비슷한 가격에 매매되
는 걸 보면 기분이 묘해진다. 날림 건물을 내 소중한 터전으로
삼지 않으려면 이 함정을 잘 파악해야 한다.

건물은 탄탄하게 지어졌지만 안이 허름한 집보다 허술하게
지어졌지만 내장재가 새것 같아 보이고 인테리어가 그럴싸한
집이 먼저 팔리는 경우가 많다. 나도 그런 집을 본 적이 있다.
인터넷에 올라온 매물 사진으로는 꽤 예쁜 신축 빌라였고 가격
도 괜찮은 데다 사진으로 봐서는 특별히 인테리어를 손대지 않
고 짐만 갖다 놓고 살아도 될 정도로 내부 완성도도 높았다. 층
고가 제법 높은 복층이었고 복층 안쪽에 침실로 만들 수 있는
큼직한 방이 있다는 점도 마음에 들었다.

그러나 직접 방문해 꼼꼼히 뜯어 보니 이게 웬일. 도저히 타협할 수 없는 단점이 몇 가지 있었다. 인테리어는 사진 그대로였으나 침실로 쓰려고 했던 복층 안쪽 방은 창문이 매우 작아 환기가 잘 되지 않았고, 실외기를 달 곳이 없어 에어컨을 설치하기도 힘든 구조였다. 여름엔 덥고 겨울엔 추울 것이 불을 보듯 뻔해 침실은커녕 창고로밖에 쓸 수 없는 방이었다.

더 놀라운 건 집의 만듦새. 옆집과의 경계 벽을 손으로 두들겨 보니 탄탄한 옹벽이 아닌 가벽에서 나는 텅 빈 소리가 났다. 그렇잖아도 공동주택은 층간 소음이 문제인데 옆집에서 나누는 대화까지 들릴 지경이었다. 창틀을 보니 외부 벽 두께도 얇아 보이고 주위 환경도 그리 좋지 않았다. 여러모로 이 집은 아니라는 결론을 내리고 돌아온 뒤에도 대체 그렇게 허술하게 지은 집에 누가 들어와 살까 싶어 유심히 지켜보았는데, 겉보기에 깔끔하고 예쁘다 보니 세입자가 금방 나타났다. 그나마 전월세의 경우 정 불편하면 손해를 보더라도 다른 집을 구하면 되지만 이런 집을 매매하게 되면 답이 없다.

비슷한 집이면 깨끗하고 예쁜 집이 더 인기가 많은 것은 당연하다. 문제는 허술한데 겉모습만 살짝 꾸며 감쪽같이 사람을 속이는 경우가 있다는 것이다. 집을 볼 때는 얼마나 깔끔하고 예쁜가를 보는 것이 아니라 쉽게 변화시킬 수 없거나 내가 고치기에는 돈이 너무 많이 드는 부분을 중심으로 살펴야 한다.

남향이 좋은가 동향이 좋은가, 베란다를 확장할 것인가 그냥 둘 것인가, 저층이 좋은가 고층이 좋은가 같은 부분은 개인의 취향이고 선택이다. 흔히 남향을 선호하지만 아침에 햇빛이 잘 들어오는게 좋아 동향을 선호하는 사람도 있고, 보통은 중층이나 고층을 선호하지만 저층이 살기 편하다고 좋아하는 사람들도 있다. 그러나 이건 집 자체가 튼튼하게 잘 지어졌을 때의 얘기고 집 자체에 결함이 있다면 얘기가 다르다. 집을 구할 때 가장 주의해서 살펴보고 타협해서는 안 되는 부분은 예를 들자면 이런 것들이다.

- 집의 구조는 내가 원하는 라이프 스타일에 맞는가.
- 수리해야 할 부분은 얼마나 있는가.
- 결로와 곰팡이는 없는가.
- 베란다 벽에 물이 샌 자국은 없는가.
- 창틀은 탄탄하게 잘 맞물리고, 벽과 창틀 사이에 틈은 없는가.
- 벽과 바닥은 두껍고 탄탄하게 지어졌는가.
- 구조적으로 비효율적이고 문제가 있는 부분은 없는가.

이런 부분에서의 문제들은 집 자체의 결함으로 생기기도 하지만 층수와 방향에도 영향을 받기 때문에 많은 사람들이 중간 이상의 층수에 남향을 선호하는 것이다. 1층은 상대적으로 사

생활 보호와 치안에 취약하며 습하고 벌레가 많고, 고층은 춥고 결로가 잘 생기는 경우가 많다. 남향이 아닌 집은 낮에 어두컴컴하고 빛이 잘 들어오지 않다 보니 습기와 곰팡이에 약할 확률이 높다. 튼튼하게 잘 지어진 집이라면 큰 문제가 없지만 부실한 집일수록 이런 부분에 큰 영향을 받는다는 점을 기억하고, 혹시 저층이나 고층, 동향이나 서향 등의 집을 얻을 때는 집 자체가 잘 지어진 집인지 꼼꼼하게 확인하는 작업이 필요하다는 걸 잊지 말 것.

혼자 사는 여자,
가장 신경 써야 할 부분은
안전!

●   앞에서 한 이야기들은 집을 구하는 싱글이라면 모두 주의해야 할 부분이다. 그러나 혼자 사는 여성이 집을 구할 때 가장 중요한 부분은 따로 있다. 그것은 안전! 첫째도 안전, 둘째도 안전, 셋째도 안전!한 집을 구하는 것이 그 모든 것보다 중요하다.

집이 아무리 내 취향으로 예쁘게 지어졌고 가격이 좋아도 우범 지대에 위치하고 출입문이 허술하다면 혹해서는 안 된다. 여성으로 산다는 것은 불특정 다수에 의한 각종 추행과 폭력에 노출되어 있다는 얘기와도 같다. 이렇게 얘기하면 그런 일을 겪는 사람이 얼마나 되냐고, 과장된 게 아니냐고 할 사람이 있을지 모르겠지만 목숨은 하나밖에 없고 내 몸은 소중하며, 확률이 얼마건 내가 그 피해자가 될 수 있다. 내가 살 공간을 구할 때는 아무리 조심해도 나쁠 것이 없다. '안전'을 기준으로 집을 구할 때는 염두에 두어야 하는 부분들을 얘기해 본다.

◦ 주변 환경부터 살피기

가급적 주택가에 집을 구하자. 주택가와 유흥가 사이의 집은 분위기부터 다르다. 유흥가는 유동 인구가 많다 보니 치안이 좋지 않고, 집에 가는 길에 취객과 시비가 붙을 수도 있다. 멀쩡히 길 걸어가는데 괜히 어깨를 치고 가면서 시비를 거는 경우부터 눈이 마주치니 큰소리 내며 삿대질하는 등 불쾌한 경험을 해 본 사람들이 꽤 많을 것이다. 여성들은 말할 것도 없다. 찍소리도 못 내게 때려눕히고 싶은 마음이야 굴뚝 같지만 그러기도 힘들 뿐더러 그랬다가는 나도 경찰 조사를 받아야 할 테니 어쩌겠나. 가급적 그런 일을 안 당하도록 최대한 피하는 수밖에.

유흥가 근처의 집은 피하자. 공장 지대도 마찬가지다. 유흥가에는 취객이 많고 공장 지대에는 사각 지대가 많다. 집을 보러 다닐 때 방문했던 한 예쁜 빌라촌은 공장들이 모여 있는 사이로 올라가는 언덕 위에 있어 집으로 가려면 매번 공장과 창고 사이를 지나가야만 했다. 집이 아무리 좋아도 치안에는 마이너스다. 주택가라도 좁고 어두운 골목 안쪽으로 굽이굽이 들어가는 집은 위험할 수 있다. 잘 살펴보고 최대한 안전한 위치에 있는 집을 고르자.

◦ 반지하의 경우

흔히 여자 혼자 살면 반지하나 1층, 옥탑방을 피하라고 하는데 맞는 말이지만 좀 서글퍼지기도 한다. 누구든 예산이 넉넉하다면 안전하고 편리한 집에 살고 싶지 애초에 반지하나 옥탑을 고려하지도 않을 것이다. 주머니가 가벼워 어쩔 수 없이 반지하나 옥탑방을 구한다면 다음의 사항들을 주의하자.

출입문이 튼튼한지 확인한다. 집을 보러 다니다 보면 의외로 나무로 된 문 하나만 열면 바로 방으로 들어가게 되어 있는 반지하 집이 많다. 철문에 자물쇠가 제대로 달린 집이 아니면 피하자.

창문이 통행로 쪽으로 나 있는 집도 가능하면 피한다. 실내등 상태를 보면 안에 사람이 있는지 없는지를 쉽게 알 수 있고, 환기를 위해 창문을 열면 밖에서 안이 바로 보인다. 예전에 이런 반지하 방에 산 적이 있다. 직업 특성상 밤늦게까지 일하느라 새벽 세 시까지 불을 켜 놨더니 지나가는 사람이 밖에서 창문을 두드리는 바람에 혹시 누가 집에 침입할까 봐 휴대폰을 한 손에 쥐고 부들부들 떨었다. 취객이 지나가다 불이 켜져 있으니 괜히 두드려 본 것 같지만 반 층만 내려와 문 하나만 열면 바로 내가 있는 방이다 보니 그냥 넘어갈 수 없었고, 한동안 밤에 불을 켜 놓는 게 몹시 꺼려졌다. 십 년이 넘게 지난 지금까지도 기억에 남는 일 중 하나이다.

○ 옥탑의 경우

가급적 옥상으로 올라오는 중간에 문이 설치되어 있고 그 문을
잠글 수 있는 곳을 찾자. 건물 내에 사는 다른 사람들이 흡연,
빨래 널기 등 다양한 이유로 옥상에 드나드는 경우가 있는데
계약 전 주인에게 양해를 얻고 옥상은 옥탑에 사는 사람만 사
용할 수 있도록 합의를 보는 게 중요하다.

항시 열려 있는 옥상은 범죄의 장소가 될 수도 있고, 외부인
이 침입해 에어컨 실외기 뒤 등에 숨어 있어도 알아채기 힘들
다. 그러니 집 안에 있을 때나 외출할 때나 옥탑 출입문 자체를
꼭 잠그고 있는 것이 안전을 위해 필요한 팁이다.

○ 1층의 경우

1층을 얻을 돈이 있다면 발품을 좀 더 팔면 2층 이상을 얻을 수
있으므로 좀 더 수고를 들이자. 부득이하게 1층을 얻게 된다면
자물쇠 보강, 안전 창문 작업 등이 꼭 필요하다. 사실 여자 혼자
사는 집이라면 이 작업들은 어디에 살든 꼭 하는 것이 좋다. 억
지로 문을 열었을 때 큰 소리로 경보음이 울리게 작업을 해 두
는 것도 좋고, 전자 키를 쓰더라도 아래쪽에 열쇠를 따로 다는
것도 좋다. 넉넉지 않은 상황에서는 안전 비용부터 절감하려는
경향이 있지만 어떤 때든 이 부분에는 가장 돈을 아끼지 않아
야 한다.

싱글 여성의
시골 살이,
아직은 시기상조?

●   나는 동물을 좋아하고 사생활을 중요하게 여긴다. 이
것저것 만드는 것도 좋아하고 목공 일과 전기 배선 등에도 관
심이 많다. 벌레도 그리 무서워하지 않고 요리 등 가사 전반에
능숙한 편이다. 그러다 보니 단독주택에 대한 로망이 있다. 마
당 한쪽에 꽃과 과실수를 심고 큰 개를 기르고 싶다. 천장이 높
고 널찍한 거실을 만들고, 거실 벽은 짜 맞춘 책꽂이로 가득 채
우고 싶다. 거실 가운데에는 3미터쯤 되는 크고 긴 식탁을 놓아
일도 하고 친구들을 잔뜩 초청해 맛있는 것을 나누어 먹고 싶
다. 그런 꿈을 꽤 오래 전부터 가지고 있었지만 서울이나 서울
근교에서 내가 원하는 조건의 단독주택에 살려면 감당하기 힘
든 금액이 필요하다.

   그래서 한동안 시골에 땅을 사서 집을 짓거나, 시골 주택을
사서 개조를 하는 방법도 알아보았다. 어차피 프리랜서라 출퇴
근도 필요 없고 일한 결과물은 이메일이나 우편으로 보내면 되
니 물리적으로 불가능하지는 않았다. 하지만 이미 시골 살이

중인 친구에게 조언을 구하고 다방면으로 고민하며 다양한 현실적 문제 앞에 부딪힌 결과, 시골에 사는 것을 포기했다.

시골은 외부인을 배척하는 정서가 아직 남아 있다. 가족이나 친척들이 연고가 있으면 좀 낫지만 그게 아니라면 사람들의 시선과 참견, 배척을 각오해야 한다. 현재 시골에서 사는 친구는 서울에서 나고 자랐지만 결혼을 한 뒤 귀농에 관심이 생겨 시댁 소유의 빈집에서 살고 있는데, 젊은 부부 둘이 시골에 살겠다고 내려온 것이다 보니 시부모가 그 마을의 유지임에도 불구하고 사람들의 배척과 간섭이 상당히 심하다고 한다.

놀러 가서 본 친구의 집은 정말 좋았다. 천장이 높고 책꽂이가 가득하고 시원스레 뚫린 거실이 인상적인, 내가 항상 꿈에 그리던 집이었다. 집 앞에는 각종 꽃과 나무가 있고 흰색 진돗개를 기른다. 집만 보면 더할 나위 없다. 하지만 실제로 살게 되면 이야기가 달라진다. 친구 부부가 마을에서 젊은 축이라는 이유로 공동 행사 등에 노동력을 제공해 달라는 요구도 여러 번이었고, 이곳에 살게 되었으니 마을 잔치를 열고 음식을 대접하는 게 예의라는 얘기도 듣고, 대문이 열려 있으면 동네 사람들이 집에 마음대로 들어와 기웃대며 살림을 구경하고 참견하는 일도 벌어진다. 왜 아이를 가지지 않냐고 참견하고, 밭에 작물을 꼼꼼하게 심지 않고 밭을 놀린다고 지적하고, 허브 등 특수 채소를 기르면 어린애들이 소꿉장난한다는 식으로 잔소리를 하기도 한다. 워낙 여러 부분에 참견하는 제3자들이 많다 보니 친구는 매우 무던한 성격임에도 스트레스를 많이 받고 있었다.

그나마 친구는 결혼을 했고 남편이 친구의 '보호자'로서 역할을 하는데도 불구하고 이런 일이 일어나니 여자 혼자 산다면 넘어야 할 벽이 더 많을 것이다. 나이가 좀 더 든 다음 시골에서 사는 것도 고려해 보았지만 나이가 50이 되어도 시골에선 젊은 나이이다 보니 결혼하지 않은 여자가 혼자 집을 짓고 살면 거의 상상할 수 없을 정도로 많은 관심(?)과 간섭을 직접적으로 받을 거라는 게 친구의 말이었다. 도시에서는 상상하기 힘든 일들이다.

치안 문제도 고려하지 않을 수 없다. 도시에서는 옆집의 가족 구성원이 몇 명인지조차 잘 알지 못하고 사는 경우가 많지만, 시골은 여자 혼자 사는 집이라는 정보가 이사와 동시에 온 동네에 퍼질 수밖에 없다. 고령 인구가 많다 보니 아무래도 여성 인권과 사생활 보호 등에 둔감한 사람들도 많다. 그런 점들을 고려하면 결혼하지 않은 여성이 시골에서 혼자 사는 건 아직은 장점보다 단점이 훨씬 많다.

흔히 문화적 혜택을 누리지 못한다, 편의시설들이 너무 적다, 병원이 멀다 같은 이야기들을 시골 생활의 단점으로 거론하는데, 그런 단점들보다는 오히려 사생활이 보장되지 않고 치안의 사각에 위치하고 있다는 점이 여자 혼자 사는 입장에서는 더 큰 문제로 다가온다. 만약 꼭 탈 서울, 탈 수도권을 해야겠다면 지방이라도 대도시, 세종시나 제주도처럼 외지인의 비율이 높은 곳이 여자 혼자 살기에는 더 적합하다. 다만 그런 곳은 서울보다 조금 저렴할 뿐 집값이 만만치 않다는 점을 염두에 두어야 한다.

요즘은 노년층에서도 1인 가구의 비율이 높아지면서 실버타운과 소형 타운하우스 등이 수도권과 지방에도 계속 건설되는 추세라 단독주택도 단지화가 되는 분위기이다. 몇 년 후엔 지금보다는 싱글의 시골 살이도 조금 더 안전하고 편해질 수도 있지 않을까? 지방의 어느 지역을 가도 안전하게 싱글 생활을 즐길 수 있는 그때가 빨리 오기를 바란다. 하지만 싱글 여성의 시골 생활, 역시 아직은 시기상조라는 생각이다.

지금 사는 집에서
가장 마음에 드는 공간, 침실.
수면의 질도 높아진 기분.

베란다 밖 풍경이 좋아 작고 낡은
책상과 의자를 가져다 놓았다.
함께 사는 고양이들도 무척 좋아하는 공간.

내 주변에
숨어 있는
아름다움을
찾아서

◆

하지만 미래는 모르는 법이고 인생에 나중은 없으며,
인생의 어느 시기이든 버려도 되는 시간은 없다.
지금 매일의 생활에 윤을 내고 작은 즐거움을 추구하는 건 생각보다 중요한 일이다.
비록 잠깐 사는 공간, 남의 집일지라도
약간의 투자와 노력을 통해 집에서 지내는 시간을
쾌적하고 행복하게 보낼 수 있다면 전반적인 삶의 질이 올라가지 않을까?

소공녀 세라의
다락방

•   직접 내 방을 꾸민 가장 오래된 기억은 중학교 1학년 때의 것이다. 유년 시절 우리 집은 가난했고, 나는 유년기의 대부분을 단칸방에 네 식구가 옹기종기 끼어 생활하고 잠을 자며 보냈다. 정식으로 내 방을 처음 가져 본 것이 대학생이 되어 아파트로 이사 간 뒤였으니, 어린 시절 가장 큰 소원은 늦게까지 불을 켜고 책을 읽을 수 있는 내 방을 갖는 것이었다.

그 소원이 아주 잠시 이뤄졌던 기간이 있었다. 이모가 집을 비우게 돼 사촌 오빠들의 식사 준비와 생활 전반 살림을 책임지는 조건으로 온 가족이 잠시 이모 집에서 살았던 시기이다. 그 집에는 사용하지 않는 재래식 부엌이 있었는데, 한 평이나 될까 싶은 아주 작은 공간으로 어두침침하고 바닥은 시멘트만 발려 있어 주거 공간으로 사용하기는 어려운 곳이었다.

어린 나는 그 공간이나마 내 방으로 만들어 보겠다는 생각에 부모님에게 허락을 받았다. 그리고 어느 주말, 부엌 시멘트 바닥에 미리 얻어 놓은 벽돌을 깔고 그 위에 널빤지를 올린 뒤 비닐 장판을 오려 깔아 바닥을 만들었다. 벽에는 흰 페인트 칠을 한 다음 좋아하는 영화와 만화 포스터를 붙였다. 커다랗고 튼튼한 종이 박스를 주워와 그 위를 아끼던 천으로 덮었다. 낡은 책상용 스탠드를 놓고, 플라스틱 물통에 흰 칠을 한 뒤 말린 안개꽃을 꽂았다.

지금 생각하면 한껏 꾸몄다고는 해도 참으로 초라한, 방이라고 이름 붙이기도 힘든 장소였지만 어렸던 내게는 밤이면 호화롭고 따스한 공간이 되는 소공녀 세라의 다락방 마냥 마법 같은 장소였다. 나 혼자 간신히 누워 잘 정도의 작은 크기에 냉난방이 되지 않아 여름에는 덥고 겨울에는 추웠지만, 좋아하는 것들로만 꾸민 그 공간에 혼자 있을 때 나는 행복했다. 이것이 내 인생 첫 번째 셀프 인테리어의 기억이다.

어둡고 낡은 부엌에 불과했던 장소가 나의 몇 가지 노력으로 초라하되 아늑하고 밝은 공간으로 변한 경험은 강렬한 기억으로 남았고, 그 기억을 고스란히 가진 채 어른이 되었다. 많은 이사를 해야 했고, 꽤 오랜 기간 동안 내 힘으로 얻을 수 있는 집은 대체로 도시 빈민이라는 말을 부정할 수 없는 초라한 집들이었다. 만약 내가 예쁘고 좋은 집에서만 살던 사람이었다면 이런 집밖에 얻을 수 없다는 현실에 좌절하거나 울적했을지도 모르겠다. 그러나 나는 최초의 셀프 인테리어가 주었던 기쁨을 기억하고 있었다. 아무리 초라한 공간이더라도 노력에 따라서는 나아질 수 있다는 것, 애정을 가지고 내가 좋아하는 것들로 채운다면 몹시 나빠 보이는 집도 마법처럼 좋아질 수도 있다는 것. 그런 비밀 아닌 비밀을 알고 있다는 것이 내가 처한 환경을 극복하는 데 큰 힘이 되었다.

지금도 나는 주변과 생활을 아름답게 만드는 걸 매우 중요하게 생각한다. '내 집이 아닌데 꾸며 봤자 무슨 소용이야?', '어차피 1~2년만 살다 이사 갈 건데'라는 생각으로 되는 대로 적당히 짐을 늘어놓고 사는 경우도 왕왕 본다. 지금은 대충 살아도 돈을 많이 벌고 좋은 집으로 이사를 가면 그때는 정말 예쁘게 꾸며 놓고 잘 살 것이라고 말하는 사람들도 있다.

하지만 미래는 모르는 법이고 인생에 나중은 없으며, 인생의 어느 시기이든 버려도 되는 시간은 없다. 지금 매일의 생활에 윤을 내고 작은 즐거움을 추구하는 건 생각보다 중요한 일이다. 비록 잠깐 사는 공간, 남의 집일지라도 약간의 투자와 노력을 통해 집에서 지내는 시간을 쾌적하고 행복하게 보낼 수 있다면 전반적인 삶의 질이 올라가지 않을까? 어제까지 먹었던 음식이 오늘의 내 몸을 만드는 것처럼 내가 살아온 환경과 생활 태도가 현재의 나를 만든다. 인생의 어느 시점부터 삶이 아름다워지기를 기대하기보단 지금 내가 처한 환경에서 최대한 아름다움을 추구해 보자. 내 삶의 아름다움은 내가 찾아주기만을 기다리고 있을지도 모른다.

마음껏
로망을
가지자

●   집을 예쁘게 꾸미고 물건을 잘 고르고 싶은데 영 감각이 없다며 한탄하는 사람들을 자주 본다. 어느 정도 금전적 여유가 생기고 의욕도 생겼지만 내 집에 어울리고 내게 필요한 게 무엇인지를 정확히 알지 못한다. 전체적인 조화를 생각하지 않고 예쁘고 괜찮아 보이면 일단 사다 보니 전체적인 가구와 소품이 다 따로 놀기도 한다.

집을 꾸미는 것도 결국 나를 위한 것이다. 처음부터 완벽하게 잘하려고 하지 말고 조금씩 살림을 늘려 가면서 본인의 취향을 탐구해 보자. 잘 모르겠다면 일단 벽은 단색으로 깨끗하게 유지하고 전체적인 색깔과 소재만 통일해도 정돈되어 보인다. 작은 집이라면 흰색 벽에 밝은 나무색 가구를 놓고 빨강이나 노랑, 검정 등 좋아하는 원색 혹은 모노톤의 소품이나 액자로 포인트를 주면 간단하면서도 그럴싸하게 집을 꾸밀 수 있다.

충동구매 후 가장 후회하게 되는 품목이 바로 가구이다. 옷이나 소품은 쉽게 바꾸고 처분할 수 있지만 가구는 그렇지 않다. 일단 집에 들여 놓으면 색깔이 어울리지 않고 사용하기 불편하다고 해도 바꾸기가 힘들다. 공간은 한정되어 있기에 마음에 든다고 무작정 살 수도 없다. 마음에 쏙 들고 예뻐 보인다고 해도 먼저 사이즈를 측정해서 공간에 무리가 없는지를 살피고, 집에 이미 자리 잡고 있는 것들과 어울리는지를 확인하지 않으면 아무리 예쁜 가구라도 전체적인 조화를 해치는 침략자가 될 수 있다. 두 조건 중 하나라도 충족하지 않으면 아무리 마음에 드는 가구라도 포기하는 것이 낫다. 요즘은 집 도면과 사이즈를 그리고 가구 사이즈를 재서 가상으로 배치하는 시뮬레이션 프로그램도 있으니 직접 간단하게 그림을 그려 봐도 좋다.

거실에는 TV, 부엌에는 식탁 같은 전형적 가구 배치에서 벗어나 오직 나만을 위한 과감한 배치를 하는 것도 혼자 사는 생활의 즐거움이다. 나는 20대 중반 자취를 시작하면서 지금까지 단 한 번도 집에 텔레비전을 둔 적이 없는데, 텔레비전이 거실을 지배하는 분위기를 싫어하기도 하고 잘 보지도 않기 때문이다. 대신 가장 큰 방이나 거실에 큼직한 식탁을 놓고 거기서 일도 하고 식사도 한다. 거실에 텔레비전이 없고 덩치 큰 식탁이 놓인 모습을 본 사람들은 거실이 너무 썰렁하지 않냐고 묻기도 하고, 식탁이 집에 비해 너무 크다고 평가하기도 한다. 하지만 손님들이 자주 놀러 오다 보니 널찍한 테이블에 이것저것 음식을 올리는 일이 많고, 집에서도 데스크톱이 아닌 노트북으로 일하다 보니 내 생활 습관과 생활 방식에는 딱 맞는 배치였다. 집이 아늑한 카페처럼 연출되는 것도 마음에 들었다.

조금 더 욕심을 부려 남들과 다른 특별히 예쁘고 멋진 집을 원한다면 센스도 센스지만 노력이 필요하다. 세상에는 공짜가 없다. 어느 날 갑자기 '이제 돈이 생겼으니 집을 멋있게 꾸며야지'라고 생각한다고 해서 집이 저절로 환골탈태하진 않는다. 집을 잘 꾸미려면 먼저 자신의 생활에 대한 관심을 갖고, 본인에게 필요한 것이 무엇인지 분석하고, 다양한 물건들 중에서 본인에게 어울리는 물건을 골라내고, 그중 주머니 사정이 허락하는 물건을 체크하면서 본인의 취향을 만드는 작업이 필요하다. 그 과정에서 시행착오를 겪는 건 너무나 당연하다. 그래도 꾸준히 좋은 것들을 보고 관심을 가지면 보는 눈도 조금씩 생기게 된다. 본인의 생활을 분석하면 내게 필요한 물건을 취사선택하는 데도 도움이 된다. 저렴하고 작은 물건이라도 오리지널리티가 있는 잘 만든 물건을 하나하나 늘려 나가면서 훈련을 해 보는 것도 좋다.

당장은 어렵더라도 혼자만의 삶에 대한 로망, 나의 생활을 내 취향에 맞게 가꾸어 나가는 것에 대한 로망을 품고, 위시 리스트를 꾸준히 채우며 안목을 기르는 그 과정 자체도 독립 생활의 즐거움이라는 걸 잊지 말자. 이것은 단순히 집 꾸미기가 아니라 내 생활에 스스로 관심을 가지는 첫걸음이기도 하다.

물건에
빛을 찾아 주는
정리 정돈

●   꾸미는 것보다 중요한 것은 깨끗한 것이다. 멋진 인테리어를 하려면 돈과 센스가 필요하다. 하지만 청소는 다르다. 시간만 들이면 누구나 깨끗한 집에서 살 수 있다. 예쁘게 인테리어를 해 놓았어도 바닥이 끈끈하고 이불이 눅눅하고 냄새가 난다면 의미가 있을까? 차라리 다소 초라하지만 깨끗하게 정리된 집에서 보송보송한 이불을 덮고 잠을 자는 편이 훨씬 쾌적할 것이다.

아름다운 물건과 인테리어도 집이 깨끗해야 빛나게 되어 있다. 너무 물건이 많아도 묻혀 버린다. 작은 소품이나 예쁜 꽃병이 돋보이려면 그 주변이 충분히 비어 있어야만 한다. 그런 의미에서 부끄럽지만 내 집은 엉망이다. 예쁜 물건을 좋아하다 보니 이것저것 사 모으는 것들이 정말 많은데, 제대로 정리되지 않다 보니 예쁜 물건들도 빛을 잃고 그저 지저분한 짐 덩어리로 보이는 경우가 많다. 그래도 몇 년 동안 물건을 덜어 내고, 물욕을 버리고, 신경 써서 청소를 하는 노력 끝에 지금은 옛날

보다는 많이 나아졌다.

다년간의 고민과 경험을 통해 내가 내린 결론은 집이 아름다워 보이고 집안일을 편하게 하려면 일단 모든 물건이 제자리를 가지는 것이 제일 중요하다는 것이다. 책 한 권, 손톱깎이 하나라도 그 물건을 위한 자리가 있다면 청소는 쉬워진다. 나는 이렇게 모든 물건이 제자리를 갖고, 그 자리에 있는 상태를 '정리의 최적화'라고 부르고 있다. 한 번만 최적화를 구축해 놓으면 아무리 집이 지저분해져도 흐트러져 있는 물건들을 제자리에 갖다 놓기만 하면 기본 정리를 끝낼 수 있다. 그 다음은 지저분한 곳을 쓸고 닦기만 하면 된다. 먼저 정리를 하는 게 우선이고 청소는 그 다음이다.

하지만 최적화라는 게 말처럼 쉽지 않다. 공간은 한정되어 있지만 물건은 계속 늘어나기 때문이다. 정리 정돈이란 쓸모없는 물건을 버림으로써 여유 공간을 만들어 늘어날 물건에 대비하는 과정이기도 하고, 최대한 물건을 늘리지 않는 싸움의 과정이기도 하다. 쇼핑을 할 때는 물건을 수납할 공간이나 사용할 범위 등을 고려하는 습관을 들이자. 마음에 들더라도 놓을 자리가 없거나 정확한 쓰임새가 애매하면 일단은 뒤로 물러서서 쇼핑을 멈추는 연습을 해야 한다. 내 경우 이렇게 마음먹고 실천에 옮긴 지 4년 정도 되었는데, 확실히 예전보다는 처치 곤란한 물건들이 많이 줄어들었다.

청소는 정리에 비하면 더 단순노동에 가깝다. 정리를 하고 청소를 하는 게 효율적이지만, 완벽하게 정리가 되어 있지 않다고 해서 청소도 하지 않는 것은 금물. 혹시 청소 전에 먼저 정리를 해야겠다고 생각하고 여기저기 손을 대다가 어느덧 시간이 다 가서 '내일 마저 정리하고 그 다음에 청소기 돌려야지'라고 생각하며 얼렁뚱땅 넘어가게 되는 경우는 없었는지? 이렇게 되면 어설픈 완벽주의의 함정에 빠지는 것이다.

정리를 한 번에 할 수 없다는 사실을 인정하자. 적당히 조금 정리한 뒤 바닥이 보이는 곳을 쓸고 닦고, 다음 날 남은 부분을 정리한 뒤 역시 간단히 쓸고 닦기를 반복하며 청소 영역을 넓혀 나가는 것이 훨씬 낫다. 조금씩 꾸준히. 청소와 정리 정돈의 제1원칙이다.

나만의
청소 규칙을
세우자

•   청소는 본인의 생활 사이클에 맞춰 규칙을 만드는 게 좋다. 나의 경우를 예로 들면 이런 식이다.

- 하루 한 번씩 청소기를 돌린다.
- 샤워할 때 욕실을 가볍게 청소한다.
- 설거지는 그때그때 하기도 하고 모아서 하루 한 번만 하기도 하지만 다음 날로 넘기진 않는다.
- 이틀에 한 번씩 바닥 걸레질을 한다.
- 3일에 한 번 의류 빨래를 한다.
- 일주일에 한 번 전체적으로 먼지를 털고 청소한다. 베개 커버와 침구 커버도 다른 것으로 갈고 세탁한다.
- 2주에 한 번 냉장고 정리를 한다. 욕실을 꼼꼼히 청소하고 욕실과 싱크대 배수구 등 각종 배수구에 락스를 부어 놓는다.
- 한 달에 한 번 창틀과 레인지 후드 청소를 한다.
- 계절이 바뀌기 2주 전에 신발장과 옷장 정리를 한다.

- 1년에 한 번 책꽂이와 그릇장 정리를 한다.

대충 이런 패턴인데 이건 순전히 내 생활에 맞춘 패턴이므로 참고만 하면 된다.

물론 힘들고 피곤할 때는 정해진 일들을 안 하고 넘어가는 날들도 있고, 대충대충 하고 손을 놓을 때도 있다. 두세 가지 일 중 한 가지만 할 때도 있다. 완벽하게 하려면 한도 끝도 없는 게 집안일이다. 너무 힘줘서 완벽하게 하기보다는 상황에 따라 유연하게 대처해야 지치지 않을 수 있다.

집안일이 너무 싫고 소질이 없다면, 혹은 여러 가지 집안일 중 정말 내가 하기 싫어하는 일이 있다면 가사도우미를 부르는 것도 나쁘지 않다. 가사도우미를 어떻게 써? 비싸지 않나? 하고 지레 겁을 먹을 수도 있지만 짧은 시간 일을 맡기는 것은 생각보다 저렴하다.

요즘은 청소를 도와주는 도구들도 많이 나왔다. 로봇 청소기, 흡입력 좋은 무선 청소기, 먼지 흡착 청소포, 젖은 걸레 대용 청소포, 전기 물걸레, 성능 좋은 각종 세제 등 조금만 관심을 가지고 활용하면 한결 청소가 쉬워지는 물품들이 가득하다. 전용 세제나 다양한 도구의 존재에 대해 관심을 갖자. 생각보다 훨씬 다양하고 재미있는 물건들이 준비되어 있다. 무언가를 하겠다고 마음먹으면 관련 용품부터 쇼핑하는 사람이 많은데 그건 그 과정 자체가 즐겁기 때문이다. 청소용품도 마찬가지다. 내 생활에 맞는 제품을 장만하는 것도 재미있고, 그걸 사용해 손쉽게 청소를 하면 더 즐겁다.

평소에는 본인의 편의와 사이클에 맞춰 각종 도구를 이용해 적당히 청소하고, 날을 정해 놓고 가끔씩만 꼼꼼하게 청소하면 충분하다. 바닥은 청소기를 돌리고 한 번 닦으면 오케이. 유선보단 무선 청소기가 사용이 편하니 집이 넓지 않으면 무선 청소기를 권한다. 바닥을 닦는 것도 굳이 걸레질로 빡빡 닦아야 한다는 강박관념에서 벗어나 젖은 청소포를 활용하면 아주 쉽고 빠르게 바닥을 닦을 수 있다.

창틀 같은 곳은 청소하기 어려울 것 같지만 요즘은 청소 전용 물티슈가 나와 있어 그것으로 슥슥 닦으면 생각보다 금방이다. 가스렌지 삼발이 등도 싱글 생활 초보들은 씻어야 한다는 생각을 못하거나 어떻게 닦아야 할지 엄두를 내지 못한다. 설거지할 때처럼 세제를 푼 수세미로 박박 닦아도 웬만한 것은 잘 닦이지만 기름기가 많고 금속이기 때문에 연마제나 쿡탑 클리너 등의 전용 세제를 사용하면 더 좋다.

하수구는 냄새의 주범. 설거지를 한 다음 마무리로 수세미질만 간단히 해 둬도 한결 깨끗하게 유지할 수 있다. 집에서 왠지 좋지 않은 냄새가 난다 싶으면 첫 번째로 하수구를 의심해 보자. 깨끗하게 닦아도 냄새가 올라오는 경우가 있는데 이럴 경우 하수구 커버를 사용하는 것도 방법이다.

내가 집에서 가장 신경 써서 청소하는 곳은 화장실이다. 생각보다 화장실 청소는 어렵지 않다. 샤워할 때 5분 정도만 더 할애하면 금방이다. 머리에 샴푸 거품을 얹어 놓고 바닥과 유리에 세제를 칙칙 뿌려 부드러운 수세미나 솔 등으로 가볍게 문질문질. 샴푸 거품을 씻어 내면서 바닥과 유리에 물을 뿌리면 기본 청소는 끝! 물이 튀지 않도록 샤워 커튼 등을 이용하고, 다 씻고 난 뒤 유리 청소용 고무 밀대 등으로 물기를 훔치거나 걸레로 가볍게 물기를 제거한 뒤 화장실 문을 열어 놓으면 금방 보송하게 마른다. 변기도 샤워할 때 세제를 뿌리고 전용 솔로 슥 문지르면 금방 깨끗해진다.

실리콘에 시커멓게 곰팡이가 피어 있다면 락스나 곰팡이 세제를 뿌린 뒤 그 부분에 휴지나 걸레를 얹어 놓고 다음 날 훑어 내면 감쪽같이 깨끗해진다. 너무 지저분하거나 낡았다면 커터 칼로 떼어 내고 새로 실리콘을 쏴도 된다. 실리콘 시공은 생각보다 어렵지 않은 작업으로, 인터넷에서 검색해 따라하면 간단하게 할 수 있다.

바닥 타일 줄눈은 쓰다 보면 깨져 나가고 지저분해지는 경우가 많은데, 줄눈용 시멘트를 사서 물에 개어 줄눈에 바르고 잘 말린 뒤 닦아 내면 한결 깨끗해진다. 타일 전체를 교체하는 건 돈이 많이 들지만 실리콘과 시멘트 작업을 새로 하면 적은 비용으로 한결 깨끗해진 욕실을 이용할 수 있다. 반나절도 걸리지 않지만 하고 났을 때의 만족도가 매우 큰 작업들이니 시간적 여유가 있다면 꼭 해 보길.

가사는 생활의 일부이며 살아 있는 동안은 계속해야 하는 긴 싸움이다. 아무리 피곤하고 몸이 아프고 바빠도 집안일에 할애해야 하는 시간은 발생한다. 사람들은 종종 그 시간을 없어도 되는 시간처럼 무시하고 살아가다가 어느 순간 지쳐 자신의 생활을 놓아 버린다.

중요한 건 자포자기해서 손을 놓지 않는 것이다. 모든 집안일은 손을 놓는 순간 커다란 짐으로 변해 사는 사람을 걷잡을 수 없이 깔아뭉갠다. '지저분해도 딱히 상관없다'라고 생각하는 시간이 길어질수록 삶의 질은 내려가기 시작한다. 건강에도 좋지 않고, 무엇보다도 불편하다. 그렇게 살기 위해 독립한 것은 아니지 않나. 집이 깨끗해서 나쁠 건 하나도 없다.

지저분한 집은
사람을 무기력하게
만든다

●   나는 내 집보다 남의 집을 청소하는 걸 좋아한다. 지저분했던 집이 약간의 청소로 처음과 완전히 달라진 모습을 보면 엄청난 쾌감으로 뿌듯해진다. 친구들이 기뻐하는 모습을 보는 것도 좋다. 그러다 보니 친구네 집에 놀러 갔다가 집이 너무 지저분하다 싶어 허락을 받고 청소를 한 적이 몇 번 있다. 이것을 알게 된 다른 친구들이 민망함을 무릅쓰고 청소 SOS를 요청해 와 지저분한 집을 볼 기회가 많았다. 이사를 준비하며 집을 보러 다니다가 절대로 새 세입자를 맞을 수 없을 것 같은 상태의 더러운 집들을 보고 충격을 받은 것도 여러 차례였다.

한 친구는 가족이 모두 청소에 관심이 없었다. 빈 과자 봉지가 창틀에 껴 있어 꺼냈더니 동생이 15년 전에 먹고 끼워 놓은 과자 봉지였다고 할 정도다. 작은 집에 여럿이 살다 보니 물건이 많고 어수선한 건 어쩔 수 없었지만, 기본적인 청소도 전혀 하지 않아 잘 때는 바닥의 쓰레기와 물건을 옆으로 밀어 놓고 잠을 자야 하는 지경이었다. 한 집에서 20년이 넘게 살았는데

대청소를 한 번도 안 했다고 했다. 이사를 가고 싶어도 도저히 부동산에 집을 보여 줄 수 있는 상태가 아니라 가스 사고로 위장해 집을 폭파해야 이사를 갈 수 있을 것 같다는 얘기를 농담으로 할 정도였다.

또 다른 친구는 역시 정리 정돈이 서투르고 물건을 쟁이는 부모와 함께 살았다. 개도 길렀는데 배변 훈련을 하지 않아 여기저기 실례를 해도 그때그때 치우지 않고 방치했고, 그 위에 다시 물건을 쌓았다. 여러 대의 냉장고에는 식재료가 빈틈없이 꽉 차 있었는데, 냉장고 정리도 안 하고 음식을 버리지도 않아 이제 30대가 된 친구가 초등학생 때 샀던 마요네즈가 아직도 냉장고에 있다고 했다. 밖은 2016년이지만 냉장고 안은 〈응답하라 1988〉의 세계였다.

한 친구는 아파트의 보일러가 고장 났음에도 집이 너무 더러워 수리공을 부르지 않고 그냥 추위를 참고 살았다. 이사를 나올 때는 도저히 본인들이 치울 수가 없어 청소 업체에서 사람을 두 사람 불렀다. 20평대의 아파트에 사람을 둘이나 부르니 일이 간단하고 편할 줄 알고 즐겁게 방문했던 청소 업체 직원들은 집 꼴을 보고 너무나 큰 충격을 받고 결국 한 사람은 도망갔다고 한다.

이 친구의 집에 처음 갔을 때는 너무 놀라 "부모님은 뭐라고 안 하시냐"고 물어 보았다. 친구는 웃으며 어머니가 지내는 방을 보여 주었는데 방바닥에 갈색 카펫이 깔려 있었다. 그런데 조금 이상해 자세히 보니 카펫이 아니라 땅콩 껍질이었다. 이불에 누워 땅콩을 까먹은 뒤 껍질을 바닥으로 던져 놓고 그대로 방치한 것. 위에서 이야기한 세 집 모두 온 가족이 청소와 정리 정돈과 청결에 대한 의지 자체가 없고, 워낙 엉망진창이니 손을 댈 엄두가 나지 않아 되는 대로 내버려 둔 지 몇 년 된 케이스였다.

세 친구 다 지금은 독립을 했는데 아무리 비좁은 공간이라도 집보단 나은 것 같다고 말한다. 청소가 습관화되어 있지 않다 보니 자취 중인 집도 그리 깨끗하진 않다. 기본적으로 청소에 대한 회로가 끊겨 있는 느낌이다. 깨끗한 집에 대한 열망은 있지만 어디서부터 어떻게 손을 대야 할지 모르겠다고 한다.

그런 집들의 청소를 해 주면서 친구들과 많은 얘기를 나누었다. 그리고 깨달은 사실 몇 가지. 지저분한 집을 깨끗하게 치운다고 해도 끝이 아니다. 집이 그렇게 더러워진다는 건 결국 생활 습관의 문제이다. 바닥에 버려서는 안 될 것을 버리고, 방치하면 안 되는 물건을 그대로 방치하고, 바닥에 끈적한 것을 흘려도 바로바로 닦지 않는다. 냉장고든 장롱이든 물건이 한 번 들어가면 나올 줄 모르고, 환기를 하지 않고, 옷을 입었다가 벗으면 제자리에 걸어 놓지 않는다. 그렇게 며칠 지나면 아무리 청소를 깨끗하게 해도 도로 지저분해지는 건 시간문제다.

청소는 쉽다. 하지만 사람은 바꾸기 어렵다. 습관 자체를 조금씩 바꾸지 않는 한 집은 깨끗해지지 않는다. 청소에 관심이 없고 습관이 잘못 든 가족들과 같이 살면서 집을 깨끗하게 만드는 건 불가능에 가깝다. 하지만 나 혼자 사는 집에서는 조금만 습관을 바꾸고 노력하면 얼마든지 깨끗한 집을 유지할 수 있다.

많은 경우, 인간이 자신의 삶을 위협할 정도로 주변을 청소하지 않고 방치한다는 건 정신적으로 위험하다는 신호이다. 물질적·정서적 결핍, 스트레스, 우울, 무기력. 그 모든 것이 나를 방치하는 이유가 된다. 나만 해도 정서적으로 피폐하고 힘들었던 시기에는 청소도 요리도 모두 놓고 주로 누워만 있었다. 하지만 환경이 사람을 만든다. 지저분한 집에서 우울을 떨치는 것은 깨끗한 집에서 떨치기보다 몇 배 힘들다. 그럴수록 정신을 다잡고 분연히 떨치고 일어나 자기 몸과 주변을 간수해야 하는데 스트레스와 무기력이 몸과 마음을 지배하다 보면 그러기가 쉽지 않다.

이럴 때는 뭔가 계기를 만들어야 한다. "집이 더러워서 친구를 초대하기 창피하다"라고만 생각하지 말고 과감하게 친구를 초대해 어떻게든 청소할 계기를 만드는 것도 좋다. 주변 사람들이나 온라인에서 뜻을 모아 청소 동호회를 만들거나 찾아 봐도 좋다. 메신저 단체 채팅방이나 SNS 계정을 만들고 주기적으로 청소 비포 애프터 사진을 찍어 올리고 자랑하는 것이다. 3일이든 일주일이든 날짜를 정하고 정해진 날짜에 정리된 구역 사진을 찍어서 올리며 서로 소통해 보는 건 어떨까. 혼자가 아닌 다른 사람들도 내 공간을 볼 수 있다는 사실을 인지하고, 그걸 치웠을 때 호응과 격려를 받는다면 청소를 할 의욕도 생긴다. 물건이 너무 많다면 공개적으로 버리기 활동을 하는 것도 좋다. 하루에 하나든 두 개든 쓸모없는 물건을 추려 내고 버리기 전에 사진을 찍어 올리는 것이다.

앞에서 말한 세 친구들도 지금은 아주 깨끗하지는 않지만 예전과는 비교가 안 될 정도로 정리된 집에서 살고 있다. 자신이 더럽히지 않는 이상 집이 지저분해지지 않는다는 것도 깨달은 듯하고, 무엇보다 의지와 심경의 변화가 생긴 듯하다. 정말 다행이다.

인테리어의
힘

● 　사람이라면 누구나 아름다운 집에 살고 싶어 한다. 외국처럼 창이 크고 천장이 높은 멋진 방에서 살 순 없다고 해도 체리색 몰딩, 옥색 싱크대, 비닐 장판은 참기 힘든 세대가 지금의 20~40대가 아닌가 싶다. 하지만 가족과 함께 산다면 내 마음대로 집을 꾸미기가 힘들다. 집을 꾸미는 데 있어서도 함께 사는 가족의 취향과 필요를 먼저 고려해야만 하고, 집을 꾸미는 주체도 내가 아닌 부모인 경우가 많다. 그런 면에서도 독립은 무척 매력적이다. 비록 집 자체는 가족과 살 때보다 좁고 초라해질지 몰라도 도배, 조명, 소품, 주방용품 등 집을 꾸미는 물건들을 백 퍼센트 내 취향대로 마련할 수 있는 기회이기 때문이다.

　남의 집이라 손대기가 신경 쓰인다면 미리 집주인의 허락을 받으면 된다. 세입자는 빌린 집을 변형했을 때 원상회복시킬 의무가 있으나 그건 세입자의 실수로 내장재나 내장 기물이 부서진 경우에 적용되는 것으로, 살면서 자연스럽게 낡은 부분이

나 지저분해진 벽지, 바닥 등을 완벽하게 복구할 필요는 없다. 하지만 집주인에 따라서는 못 하나 박는 것까지 간섭하는 경우도 있으므로, 셀프 인테리어를 시도하는 경우 집주인에게 허락을 받자. 내 경우는 다행스럽게도 그런 집주인을 만난 적은 없기에 구두로 허락을 받아도 별 문제 없었지만 가능하면 계약서에 조항 첨부를 하는 게 가장 확실하고 안전하다.

만약 나갈 때 원상회복이 가능하다면 대부분은 집주인에게 허락을 받을 필요도 없다. 벽에 못을 박았다면 퍼티 등으로 메우면 되고, 조명을 갈았다면 떼어 낸 기판을 보관했다가 나가기 전에 바꿔 달아 주면 된다. 괜히 주인에게 꼬투리 잡힐까 봐 겁먹고 손을 대지 않을 필요까진 없다는 얘기다. 집이 깨끗하고 예쁠수록 다음 세입자를 얻기도 수월해지기 때문에 막 지은 신축이 아닌 이상 세입자가 집을 꾸민다고 하면 집주인도 대체로 좋아한다. 혹시 입주 조건에 도배가 포함된다면 나중에 마음에 들지 않는 벽지를 보며 아쉬워하지 말고 도배지를 직접 고르게 해 달라고 미리 얘기해 보자. 내 경우 직접 페인트칠을 할 테니 도배 값을 집세에서 조금 빼 달라고 해서 금액을 조정한 적도 있다.

셋집에 돈을 들이는 게 아깝게 느껴질 수도 있다. 하지만 적은 돈으로 분위기를 바꿀 수 있는 방법은 생각보다 많다. 셀프 인테리어를 시도했던 집 중 특히 기억에 남는 집은 2005년쯤에 얻었던 방 두 칸짜리 15평 주공 아파트다. 그 전에는 오피스텔에서 살았는데 크게 손볼 곳 없이 깨끗하고 깔끔하긴 했지만 환기가 잘 안 되고 요리하기가 불편하다는 단점 때문에 새로 찾은 집이었다. 하지만 살던 지역의 소형 평수 아파트들은 대부분 지은 지 20년 이상에, 주로 전세나 월세로 돌리다 보니 관리도 잘 되지 않아 지저분한 곳이 많았다. 내가 얻은 곳도 그런 아파트였다. 곳곳에 때가 긴 지저분한 옥색 싱크대, 오래된 기판의 형광등, 베이지색 벽지, 비닐 장판을 모두 갖춘 집이었다. 그런데도 집주인은 벽지와 장판이 깨끗한 편이라 도배를 새로 해 줄 순 없다고 했다. 이 집에서 2년을 살지, 몇 년을 살 지는 모르겠지만 이대로 산다면 심각하게 생활의 질이 떨어질 것 같았다. 그렇다고 남의 집을 대대적으로 뜯어 고칠 수는 없는 일이었다.

고민 끝에 최대한 적은 금액을 들여 셀프 인테리어를 하기로 마음을 먹었다. 집주인에게 연락해 벽과 문, 문틀, 싱크대에 페인트칠을 해도 된다는 허락을 얻은 뒤, 친환경 수성 페인트와 문틀에 칠할 유성 페인트, 싱크대와 문짝에 칠할 벤자민 무어의 에그셀 페인트를 샀다. 15평을 전부 칠하는 데 이런저런 도구까지 합쳐 10만 원이 채 들지 않았지만 효과는 놀라웠다. 하늘색과 흰색으로 칠하자 집은 훨씬 넓고 깔끔해 보였고, 문과 싱크대를 연한 레몬색으로 칠하고 난 뒤에는 도저히 같은 집이라고 생각할 수 없을 정도였다. 개당 천 원 정도를 투자해 싱크대 손잡이를 바꾸고, 형광등 기판을 깔끔한 흰색으로 바꾸고, 부분적으로 플로어 스탠드를 놓자 집 분위기가 확 바뀌었다. 거기에 좋아하는 소품들을 놓고 정리를 하니 오래되고 흔한 아파트가 나만의 집으로 변신했다.

그 집에서 4년을 살았다. 좋은 일도, 그렇지 않은 일도 있었지만 대체로 좋은 일이 더 많았던 시간이었다. 집주인이 사정상 집을 매매해야 한다고 해서 집을 보러 여러 사람들이 드나들었다. 같은 단지 내 여러 집을 돌아다녔지만 이 집만큼 예쁜 집이 없다고 두세 번 보러 오는 사람들도 있었다. 그리하여 매매가 순조롭지 않은 시기였음에도 집주인은 제법 좋은 가격을 받고 집을 매매하는 데 성공했다.

사실 나라면 그 아파트 단지에서 굳이 내가 살던 집을 구입하지는 않았을 것이다. 복도식 아파트에서 엘리베이터와 가장 가까운 집이라 소음이 좀 있었고, 층수도 중간에서 살짝 낮은 층이었기 때문이다. 나라면 조금 더 높은 층의, 복도 끝에서 두 번째 정도의 집을 찾아보았을 것이다. 하지만 집의 '화장발' 덕에 단지 내 다른 집보다 먼저 매매에 성공했으니 이것이 인테리어의 힘이 아닐까 한다.

간단하게
분위기 바꾸기

●   집을 꾸미는 방법은 무궁무진하다. 손재주가 좋은 사람들은 싱크대도 직접 설치하고 바닥 타일을 까는 작업까지 전부 셀프 시공을 하기도 한다. 하지만 그건 인테리어에 대한 지식과 시간과 열정이 모두 있는 사람의 경우이고, 셀프 인테리어 초보자들에게는 너무 크고 높은 산이다. 물론 요즘은 A부터 Z까지 셀프 시공 방법을 친절하게 잘 알려 주는 책이나 블로그가 많아서 하겠다는 의지만 있으면 초보자라도 불가능하지는 않다. 그래도 여기서는 그런 전문적인 셀프 리모델링이나 인테리어 방법보다는 돈이 적게 들고 간단하면서도 집 분위기를 많이 바꿔 주는, 노력 대비 효율이 좋은 인테리어 팁 몇 가지만 짚어 보려고 한다. 아주 힘이 들거나 큰 기술이 필요하지 않고 여자 혼자서도 충분히 할 수 있는 것들이라 약간의 센스만 있다면 더 나은 집에서 살 수 있다.

◦ 페인트칠

도배가 힘들 때, 혹은 이미 도배된 벽이 마음에 들지 않을 때,
가구의 색깔이 마음에 들지 않을 때, 문틀과 창틀이 지저분하
고 낡았을 때 가장 간단하고 적은 비용으로 만족스러운 효과를
낼 수 있는 방법이 페인트칠이다. 페인트칠을 하면 냄새가 나
지 않을까 걱정하는 경우도 많은데 친환경 수성 페인트는 냄새
도 나지 않고 마르기 전엔 물로도 지워지므로 간단하게 시공이
가능하다.

국산 친환경 수성 페인트들은 가격이 매우 저렴하고 품질도
좋으며 예전에 비해 선택할 수 있는 색깔의 범위도 넓어져 단
색으로 큰 면적에 칠할 때 부담 없이 시공이 가능하다. 수입 페
인트들은 국산에 비해 비싸지만 특이하고 예쁜 색깔이 많고 조
색도 다양하게 할 수 있다. 벽에 전체적으로 바르는 아이보리
나 화이트 계열은 국산 페인트로, 포인트로 좁은 면적에 칠할
특이하고 예쁜 색깔은 수입 페인트 중에서 고르는 걸 추천하고
싶다.

벽지가 군데군데 벗겨지거나 들뜨지 않았다면 벽지 위에 바
로 페인트를 발라도 되는데, 한 번에 다 칠하려고 하지 말고 수
성 페인트를 한 번 바른 뒤 완전히 말린 후 다시 덧칠하는 방식
으로 2~3회 칠하면 깔끔하고 예쁘게 마무리할 수 있다. 문, 문
틀 등은 베이스로 젯소를 먼저 바르고, 수성보다는 반광이나

유광 페인트를 바르는 게 좋다. 나무나 플라스틱 위에 수성 페인트를 시공하면 쉽게 벗겨질 수 있기 때문이다. 꼭 수성 페인트를 바르고 싶다면 베이스 코트인 젯소 시공 후 수성 페인트를 얇게 여러 번 도포한 뒤 톱 코트를 바르는 걸 추천한다. 매니큐어 바르는 과정을 생각하면 쉽다. 먼저 베이스를 바르고, 얇게 여러 번 매니큐어를 바르고, 마르면 톱 코트를 바르는 것과 똑같다.

페인트 작업은 시간 날 때 부분별로 조금씩 할 수 있어서 도배와는 달리 조금씩 시공을 하는 것도 가능하다. 벽지 색이 맘에 들지 않고 창틀이 지저분하다 싶으면 한 번 도전해 보자.

◦ 싱크대 새 옷 입히기

원룸 등 작은 집일수록 싱크대가 집안 분위기에 큰 영향을 끼친다. 하지만 싱크대 전체를 교체하는 것은 돈이 많이 들고 꽤 큰 공사라 집주인들은 좀처럼 손을 대려 하지 않는다. 그렇다고 내 돈을 들일 수는 없고, 포기하고 살자니 아무리 집을 깨끗하게 정리하고 꾸며도 칙칙한 싱크대 때문에 전체적인 분위기가 어수선하고 초라해 보여 신경이 쓰인다. 대체로 셋집의 싱크대는 오래되고 지저분한 경우가 많아 더더욱 그렇다.

이런 오래된 싱크대는 일단 깨끗하게 전체를 닦고 페인트칠을 하거나 시트지를 붙이면 한결 깔끔해진다. 오래되고 낡은 손잡이를 예쁜 손잡이들로 갈기만 해도 낡은 싱크대가 새로 태어나는 경험을 할 수 있다. 손잡이는 인터넷에서 5천 원 안쪽으로 구매 가능하다. 싱크대 유리가 너무 촌스럽고 지저분하면 예쁜 천으로 가리는 것도 좋은 방법이다. 오래되어 문짝이 비뚤어지고 좌우가 심하게 맞지 않는 경우는 경첩이 내려앉은 경우가 많으니 경첩만 사서 새로 달면 된다. 생각보다 간단한 작업들이니 지저분한 싱크대 때문에 속상하다면 과감하게 용기를 내 보자.

◦ 조명 바꾸기

인테리어의 꽃은 조명이다. 벽 색깔이 깔끔하고 조명만 은은하면 그 인테리어는 반은 성공했다고 봐도 된다. 반면 이것저것 화려하고 예쁘게 꾸며 놓았어도 그냥 하얀 형광등 불빛 아래서는 분위기가 죽는다.

조명을 교체한다고 하면 어렵게만 느껴지겠지만 조명의 종류에 따라 쉽게 교체할 수 있는 것들도 많고, 미리 인터넷이나 조명 가게 등에서 마음에 드는 조명을 구입해 전기 기술자를 불러 설치를 의뢰해도 된다. 남의 집이라는 점이 신경 쓰이고 전체적인 조명 교체가 힘들다면 형광등을 백열등 불빛 색으로 바꾸고, 부분적으로 스탠드 조명 등을 놓기만 해도 분위기가 확 바뀐다. 비싼 디자이너 조명이 아닌 이케아 등에서 판매하는 저렴한 제품이라도 충분하다.

조명에는 공간 분리 효과도 있다. 소파 근처에는 긴 플로어 스탠드를, 침대 옆에는 작은 테이블 스탠드를 놓고 필요할 때마다 켜고 끄면 원룸에서도 공간이 분리되는 느낌을 만들 수 있다. 바닥에 조명을 놓기 어려우면 벽걸이 조명도 있으니 집의 크기와 분위기에 맞춰 선택하자.

'그냥 다 비슷한 실내등 아냐? 그게 뭐 대단한 효과가 있다고'라고 생각하는 사람도 있을 텐데, 속는 셈 치고 바꿔 보자. 놀랄 것이다. 이렇게 구입한 조명은 이사를 갈 때 떼어서 가져갈 수 있다. 원래 있던 조명을 잘 보관했다가 도로 끼워 주기만 하면 된다. 손쉽게 분위기를 바꿀 수 있고 집 전체에 아늑함을 더해 주면서 계속 가지고 다니며 사용할 수도 있으니 가격대가 좀 있는 제품이라도 마음에 쏙 드는 조명이라면 하나쯤 장만해도 좋을 것이다.

○ 패브릭 바꾸기

벽지와 조명보다도 더 간단하게 집안 분위기를 바꿀 수 있는 방법이 있다. 그건 바로 집 안의 패브릭 소재 제품을 바꾸는 것. 특히 원룸이라면 이불의 색이 방 분위기에 끼치는 영향력은 매우 크다.

파릇파릇 상큼한 색 침구를 깔면 봄 분위기가 물씬 나는 방이 되고, 겨울에는 따뜻하고 보송한 재질의 모노톤 침구를 두는 것만으로 방 온도가 2도쯤 올라가는 기분이 든다. 커튼도 마찬가지다. 산뜻한 리넨 소재 커튼은 시원스러우면서도 로맨틱한 느낌이 들고, 두툼한 면 소재나 암막 커튼은 따뜻한 분위기를 조성하며 실제로 외풍도 막아 준다. 커튼 대신 블라인드를 달면 현대적인 분위기를 연출할 수 있다. 블라인드도 재질에 따라 금속 재질은 모던한 느낌을, 나무 재질은 온화한 느낌을 준다.

의자나 소파가 있다면 원하는 분위기에 맞춰 소파 커버와 쿠션 커버를 교체하는 것도 좋다. 따뜻한 느낌을 내고 싶다면 양털이나 울 소재 러그 등을 활용하자. 가구를 새것으로 바꾸기도, 리폼을 하기도 여의치 않을 땐 패브릭을 적극 활용하는 것이 가장 손쉽게 집 분위기를 전환할 수 있는 방법이다.

◦ 바닥 바꾸기

가장 고난이도 방법이다. 바닥 공사 자체가 큰 공사고 돈도 많이 들다 보니 내 집이라면 모를까 셋집에서는 좀처럼 시도하기 힘들다. 하지만 누런 비닐 장판이 깔려 있어 집을 꾸며도 영 분위기가 살지 않거나 바닥이 너무 지저분해 돈을 좀 투자해서라도 분위기를 바꾸고 싶다면 원래 바닥 위에 장판을 까는 것도 추천한다. 요즘은 색깔과 무늬가 예쁘고, 진짜 나무 느낌이 나는 두꺼운 장판도 많이 나온다.

　장판의 좋은 점은 청소가 쉽고, 원래의 바닥 위에 바로 깔아도 돼 시공도 쉬우며, 시공할 때 먼지도 나지 않고, 원룸에 까는 정도의 양이라면 그리 비싸지도 않다는 것이다. 질 좋은 장판이라면 이사 갈 때 걷어서 둘둘 말아 가져가도 된다. 새로운 방 크기와 모양에 잘 맞으면 그냥 깔아도 되고, 재단이 애매하다면 적당히 잘라 베란다 등 필요한 곳에 깔아 재활용도 가능하다.

　장판을 까는 것이 여의치 않다면 다양한 러그나 카펫을 활용하자. 겨울철에 러그나 카펫을 깔면 보온에도 도움이 되고, 예쁜 디자인의 러그는 집 분위기를 바꿔 주는 일등 공신이다. 혹시 비염이나 알레르기가 있어서 러그나 카펫 먼지, 오염이 신경 쓰인다면 세탁기로 간단하게 빨 수 있는 제품이나 브리타 러그처럼 PVC 소재를 짜서 만든 제품들도 많다는 것을 알아 두자. 카펫과 러그는 생각보다 선택의 폭이 넓다.

마음에 드는 원단들은 여름 이불로도,
커튼으로도 다양하게 변신한다.

왼쪽은 이사 오기 전 셋집 거실, 오른쪽은 지금 집의 거실.
흔하디흔한 한국의 아파트지만
조명의 색과 모양, 위치에 따라 분위기를 변화시킬 수 있다.

집 구석구석을 차지하고 있는 내가 좋아하는 물건들.
모으다 보니 너무 많아져 버린 그릇들,
TV를 보지 않음에도 디자인이 예뻐 장식용으로 놓아 두고 있는 레트로 TV,
좋아하는 그림이 담긴 액자,
작지만 따스한 소리를 내는 티볼리 라디오.
물건 모으는 걸 좋아하다 보니 집 안이 포화 상태라 항상 줄이기 위해 노력 중이다.

'혼밥'은
맛있다

◆

밖에서 남이 만들어 준 안주에 마시는 것도 좋지만
혼자 산다면 역시 집에서 마시는 게 최고다.
더운 여름, 샤워를 마치고 마시는 차가운 맥주 한 캔만큼
맛있게 느껴지는 술은 드물다.
추워지면 집에서 끓인 오뎅탕에 따뜻한 청주 한잔을
기울이는 순간도 거부할 수 없을 정도로 매력적이다.

나는 어떻게
요리를 하게
되었을까

•   어릴 때부터 음식에 관심이 많았다. 『초원의 집』이며 『빨강머리 앤』 같은 소설을 읽으며 외국 홈 메이드 음식에 대한 로망을 키웠고, 당시 집집마다 있던 두툼한 어머니들용 요리책을 보고 또 보곤 했다. 먹어 보기는커녕 실물조차 본 적이 없는 책 속 요리 사진들을 보면서 책에서 음식이 툭 튀어나오면 얼마나 좋을까 상상했었다.

처음 밥을 지어 본 건 초등학교 1학년 때였다. 그때 우리 집은 가스레인지가 아니라 풍로를 사용했는데 용케 불을 붙였다. 처음이라 쌀을 얼마나 씻어야 하는지 몰라 물을 열댓 번 갈며 씻은 뒤 밥을 했던 기억이 생생하다.

초등학교 5학년 때는 집에 전자레인지 겸 오븐이 생겼다. 요리책에서만 보았던 디저트들을 만들어 보고 싶었지만 구할 수 없는 재료가 너무 많았다. 쿠키 재료 정도는 구할 수 있겠다는 생각에 쿠키 만들기에 도전했다. 박력분이 없어 다목적 밀가루로 사용하던 중력분에 달걀과 버터와 코코아 가루를 어찌어찌

섞어 구웠는데 돌덩이처럼 딱딱한 쿠키가 되어 나왔다. 지금 생각해 보면 오븐을 예열하지도 않았고 버터를 충분히 유화시키지도, 밀가루를 체에 치지도 않고 마구잡이로 섞었으니 그럴 법도 하다. 하지만 내 손으로 직접 만든 과자라는 사실만으로도 뿌듯해서 동네 친구들을 모아 놓고 선심 쓰듯 쿠키를 나눠 주었고 모두 함께 갉작갉작 갉아 먹었다. 그래도 달콤하고 버터 향이 향긋했던 쿠키는 생각보다 먹을 만했고, 친구들도 좋아해 주었기에(친구들이 참 착했다…) 첫 번째 베이킹은 즐거운 기억으로 남아 있다.

그 뒤로도 꾸준히 요리를 했다. 용돈을 모아 요리 잡지도 사고, 식재료를 사서 이것저것 만들어 보기를 반복했다. 샌드위치를 만들어 친구와 나누어 먹기도 하고, 콜드 파스타를 만들어 학교 도시락으로 싸 가기도 했다. 볶음밥과 떡볶이도 단골 메뉴였다. 조금씩 할 줄 아는 요리 가짓수가 늘어났고 맛도 점점 먹을 만해졌다.

대학에 들어가서도 요리는 계속되었다. 지방에서 올라와 자취하는 친구가 아파서 집에 누워 있을 땐 죽과 미역국을 가득 끓여 주었고, MT에 가서는 과일 소주를 들통에 제조했다. 남자친구가 생겼을 때도 직접 음식을 만들어 주었다.

내게 있어 요리는 타인과 소통하고 마음을 나누는 수단 중 하나였다. 혼자 먹는 것보단 나누어 먹는 게 맛있고, 내가 만든 요리를 내가 좋아하는 사람들이 맛있다고 해 주는 것도 정말 기뻤다.

하지만 요리가 싫어졌던 시기도 있었다. IMF의 칼바람을 맞으며 대학을 졸업한 뒤 압구정에서 양식 요리사로 일했던 2년간이 그랬다. 벌써 16년쯤 전 일이다. 식당이 대부분 그렇듯 하루 열다섯 시간 이상 일했고 한 달에 두 번 쉬는 힘든 직장이었다. 지금 생각하면 한 달도 버티기 힘든 곳이었다. 그때는 아마 희망이 있었기에 버틸 수 있었을 것이다.

사장이 부자였던 덕에 신라호텔에서 요리를 배웠다. 6개월간 주 3회 신라호텔 연수원의 언덕길을 올라가 네 시간씩 프랑스 요리와 이탈리아 요리, 일본과 한국의 일품요리를 배웠다. 수업이 끝나면 다시 가게로 돌아와 일해야 했기에 몹시 힘들었지만 보람도 있었다. 요리에 재능이 있을지도 모른다고 생각했다.

일한 지 5개월 정도 지나자 조금씩 인정을 받기 시작했다. 샐러드와 디저트에 재능이 있다는 평가를 받았다. 칼이나 불을 무서워하지 않았기 때문에 기술도 늘어 많은 양의 요리를 혼자 만드는 게 가능해졌다. 8개월쯤 지나자 수프, 샐러드, 메인 요리, 디저트의 약식 코스는 혼자 30인분도 만들 수 있게 되었다. 급여는 높지 않았지만 투자한다는 생각으로 유명한 레스토랑과 호텔은 거의 다 방문해서 다양한 요리를 먹어 보고 경험치를 쌓았다. 언젠가 나만의 작은 레스토랑을 차리면 어떨까 상상하기도 했다. 그러면 행복해질 수 있을 것 같았다.

일한 지 1년째, 주방장이 말도 없이 가게를 그만두며 내가 주방장이 되었다. 어린 나이와 거의 전무하다시피 한 경력을 생각하면 파격적인 일이었다. 단골 손님과 친한 손님도 많이 생겼다.

그러나 어린 나이에 주방을 맡게 되자 부장, 컨설팀장과의 알력이 생겼다. 아니, 그들이 일방적으로 나를 견제했다. 많은 여성 직원들이 나를 언니로 따르며 의지했고, 어린 여직원들을 감쌀 사람은 나밖에 없는 상황이어서 계속 마찰이 생겼다. 사장은 분점을 만드느라 바빠 가게를 돌아볼 틈이 없었다. 나 혼자서는 감당할 수 없을 정도로 힘들었고, 바빴고, 그래서 지쳐갔다. 몇 백만 원씩 돈을 들여 신라호텔에서 연수를 받게 해 준 사장에게는 미안했지만 가게의 상황이 나를 지치게 했다. 원래 그리 좋지 못한 체력도 한몫했다.

2년 가까이 일한 끝에 모든 게 피곤해졌다. 한때는 좋아하던 요리도, 내 가게에 대한 꿈도, 사람들과의 만남도.

그렇게 주방 일을 그만둔 후, 아예 요리와는 관계없는 다른 직업을 구했다. 요리에 질렸던 것 같다. 그만두고도 꽤 오랫동안 요리를 하는 것이 지독하게 싫었다. 집의 주방은 엉망이 되었고, 매일의 식사도 대충 때웠다. 1년에 한두 번, 생일이나 크리스마스 정도에만 가끔 본격적인 레스토랑 음식을 만들었다. 하지만 딱 거기까지였다. 음식을 만들어 나누어 먹는 즐거움, 좋아하는 음식을 음미하는 즐거움을 어느 순간부터 놓아버렸다.

그렇게 일 년 이상의 시간이 훌쩍 지난 어느 날, 그날도 대충 끼니를 때우자는 생각에 집안에 굴러다니던 비빔면을 끓였다. 먹다 보니 맛이 이상했다. 봉지를 살펴보자 유통기한이 몇 달 지나 있었다. 순간 '이렇게 살면 안 되겠구나'라는 생각이 들었다. 나는 요리를 남들보다 잘하는 사람이었다. 혼자서 끼니를 챙기는 것도, 친구와 음식을 나누어 먹는 것도 좋아했다. 일이 힘들었고, 그렇게 그만둔 것이 허무하지만 그렇다고 요리를 즐길 수 없는 건 아닌데, 난 어릴 때부터 정말 요리를 좋아했는데 왜 이렇게 되었을까?

그 뒤로는 다시 요리를 하기 시작했다. 하지만 예전보다는 조금 느슨하게, 내가 즐거울 정도로만 했다. 요리를 부담스러운 어떤 것으로 만들고 싶진 않았다. 무엇을 먹는가도 중요하지만 어떤 기분으로 먹는가도 중요하다고 생각했다. 그렇게 매일의 끼니를 챙겨 먹고, 친구들에게 가끔 특식을 대접하며 지금까지 왔다.

지금은 다시 요리를 좋아한다. 하지만 기분이 내키지 않으면 김밥으로 한 끼를 때울 때도 있고, 빵과 우유 정도를 먹고 마는 날도 있다. 치킨을 시키기도 한다. 친구와 약속이 있으면 근사

한 곳에서 외식을 하는 날도 있다.

하지만 대부분의 식사는 영양 균형을 고려해 직접 만들어 먹는다. 몇 끼 이상을 방만하게 먹지 않기 위해 노력한다. 맛있는 걸 좋아하기에 날씬하진 않지만 그렇다고 크게 살찐 것도 아니다. 건강도 어릴 때보다 많이 좋아졌다. 시간 여유가 되면 친구들을 불러 홈 파티를 하곤 한다.

이제는 안다. 내가 바란 건 나의 가게가 아니라 맛있는 걸 나누어 먹을 수 있는 장소와 그 시간의 행복을 나눌 수 있는 좋은 친구들이었다는 걸. 이제 나는 친구들을 초대할 수 있는 장소도 있고, 친구들에게 대접할 음식도 큰 부담 없이 장만할 수 있다.

언제나 어제보단 나은 오늘이길 바라고, 내 스스로가 어제보다 나은 사람이 되었으면 좋겠다고 생각한다. 나 자신과 다른 사람을 위한 요리를 하고 있으면 조금은 그렇게 된 것 같아 기분이 좋다. 지금의 내가 예전의 나보다 나은 사람이 되었다면, 거기에는 요리의 공로도 있을 것이다.

나만을 위한
식탁

●   친구들이 놀러 와 여럿이 밥을 먹는 날도 있지만 당연히 그렇지 않은 날이 훨씬 더 많다. 나는 혼자 먹든 같이 먹든 매 끼니를 전부 소중하게 생각하는 편이다. 혼자 먹더라도 모양새를 갖추고 그럴싸하게 차려 먹으려고 노력한다.

혼자서 식사할 때도 예쁜 그릇에 먹음직스럽게 음식을 담아내는 걸 좋아한다. 밥을 차린 뒤 먹기 전에 사진도 찍어 놓고 자료 삼아 저장도 하고 블로그에 '집밥 시리즈'로 정리해 올리기도 한다. 그렇게 식사를 하고 나면 나 자신에게 뭔가 대단한 일이라도 해 준 양 뿌듯해진다.

요리를 하다 보니 예쁜 그릇 모으는 것도 취미가 되었다. 요리를 좋아하는 사람 중에서 그릇에 관심이 없는 사람은 아마 없을 것이다. 열심히 만든 요리가 예쁘고 맛있어 보이기를 원하는 건 당연한 얘기. 그릇의 힘은 생각보다 크다. 음식은 어떤 그릇에 담아내느냐에 따라 느낌이 확 달라진다. 냉장고에 넣어 둔 반찬통을 통째로 꺼내 식탁에 늘어놓는 것보단 먹을 만큼만 접시에 덜어 먹으면 훨씬 보기도 좋고 남은 반찬도 쉽게 상하지 않는다. 혹시 설거지가 귀찮다면 큼직한 접시 하나에 반찬을 조금씩 골고루 담아도 된다. 보기도 좋으면서 접시는 한 장만 씻으면 된다.

빵 한 쪽에 달걀 프라이 하나 먹는 게 전부라고 해도 예쁜 접시에 담으면 왠지 좋은 음식을 먹는 것처럼 느껴진다. 음식을 다양하게 골고루 담아낼수록 예뻐 보이기 때문에 구석에 토마토 한 쪽이라도 더 올려 보게 되고, 예쁜 그릇 한 번 더 써 보고 싶어 요리도 한 번 더 하게 된다. 그러니 혼자 살더라도, 아니 오히려 혼자 살수록 자주 쓰는 그릇은 마음에 쏙 드는 것으로 구입하라고 말하고 싶다. 저렴하면서 예쁜 그릇도 많고, 주머니 사정이 허락한다면 큰맘 먹고 좋은 그릇을 장만하는 것도 괜찮다. 내 경우 모던하우스나 코렐 등에서 구입한 심플한 흰색 그릇부터 1800년대 후반에 만들어진 빈티지 웨지우드까지 정말 많은 그릇을 구입해 쓰고 있는데, 가격을 떠나 내 식생활과 취향에 맞는 디자인이라 쓸 때마다 기분 좋은 그릇이 있다. 마음에 드는 접시에 매일의 식사를 담아내고, 예쁜 컵에 우린 차 한 잔을 마시고 있노라면 그릇에 투자한 돈이 아깝지 않다. 그릇의 중요함을 깨닫게 되면 자연스레 테이블 매트, 커트러리 등에도 눈길이 간다. 점점 아름다운 식탁에 대한 욕심이 생긴다. 즐거운 개미지옥의 시작이다.

가방, 옷, 구두 등이 '나'를 꾸미는 것이라면 그릇은 조금 다르다. 나 스스로에게도 즐거움을 주지만 집에 놀러 온 손님들에게도 큰 즐거움을 주는 것이 그릇이다. 예쁜 그릇에 잘 차려진 음식은 누구에게나 특별한 존재로 대접 받는다는 느낌을 준다. 혼자만의 식탁이든 여럿이 어울린 식탁이든 요리에 잘 어울리는 아름다운 그릇은 그래서 중요하다.

처음에는 그릇에 홀려 내가 그릇을 다루는 것이 아니라 그릇이 나를 휘둘렀다. 그릇 쇼핑에 푹 빠져 밥 먹듯이 해외 직구를 했고, 정신을 차려 보니 하루에 외국에서 오는 택배가 다섯 개가 넘기도 했다. 미국, 영국은 물론이요 핀란드, 러시아, 독일, 호주, 심지어는 이스라엘 텔 아비브에서도 택배가 왔다. 포장이 잘되어 무사히 오는 것도 많았지만 말도 안 되는 허술한 포장에 박살이 나서 온 그릇들도 엄청나게 많았는데, 그럼 짝을 맞추겠다고 똑같은 그릇을 또 구입하기도 했다. 그러는 사이 통장에서는 웬만한 자동차 값이 빠져나갔다. 좁아터진 집은 그릇으로 신음하고, 나도 빈 통장을 보며 신음하던 날들이었다. 결국 그릇에 치여 죽을 것 같은 상태가 된 다음에야 자주 쓸 것, 가장 마음에 드는 것들만 남기고 대규모로 처분을 강행했다. 주변 사람들에게 선물로 주기도 하고 팔기도 했다.

그러면서 알게 된 건 실제로 음식을 담았을 때 잘 어울리고 손이 가는 그릇은 따로 있다는 것이다. 보기에는 아름답지만 내 식탁에는 어울리지 않는 그릇이 생각보다 많았고, 그런 그릇은 그릇 외적인 부분까지 제대로 세팅이 되어야 비로소 빛을 발하는 그릇들이었다. 영국 로얄 크라운 더비의 이마리 시리즈나 프랑스 하빌랜드 리모쥬 같은 경우가 그랬는데, 그릇 자체는 말 그대로 예술품이지만 막상 쓰려고 하니 요리며 집안 환경이 받쳐 주지 않아 더 잘 사용해 줄 곳으로 떠나 보냈다.

이런 시행착오 끝에 현재 가장 많이 잘 쓰고 있는 그릇 브랜드는 아라비아 핀란드, 로스트란드, 구스타브스베리, 호가나스 등 북유럽 제품들이다. 북유럽 그릇들은 대체로 한식 식탁에 잘 어울리는 편인데 그중에서도 아라비아 핀란드의 빈티지 제품들은 다양한 색감과 패턴을 자랑하고 특유의 따스한 느낌 때문에 가장 편하게 손이 많이 가는 그릇들이 되었다. 같은 계열 회사인 이딸라의 제품들도 좋아하지만 그래도 역시 아라비아 핀란드의 1900년대 중반 생산된 빈티지 그릇들이 묵직하니 두툼하면서도 소박하고 따스한 느낌이라 내가 추구하는 식탁 분위기에 가장 잘 어울리는 것 같다. 예전에 구입했던 영국과 독일의 본차이나 제품들은 디저트 타임과 티타임에 기분전환으로 사용한다.

더 이상은 늘리지 않겠다고 항상 다짐하지만 못 보던 패턴을 발견할 때마다 욕망에 지고 마니 그릇장도 이제는 포화 상태. 하지만 그릇장에 차곡차곡 쌓여 있는 그릇들을 보면 절로 행복해지고, 친구들이 올 때는 어떤 그릇으로 세팅을 할까 생각하는 게 너무나 즐거우니 어쩌면 좋을까. 참 큰일이다.

하지만 모두가 이렇게 그릇 홀릭이 될 수는 없고, 될 필요도 없다! 요는 자신에게 유용하고 편한 그릇을 선택하는 것이다. 여기에 더해 간단하게 식탁 분위기를 바꾸고 싶다면 꽃 한 송이를 식탁에 올려놓는 것도 추천. 많이도 필요 없이 컵에 작은 꽃 딱 한 송이만 꽂아 식탁에 올려놓아도 기분이 달라진다. 정확히 말하자면 식탁 앞에 앉은 사람의 마음가짐이 바뀐다. 꽃이 있는 식탁을 보면 그 위에 적당히 반찬통을 꺼내 놓고 허겁지겁 한 끼니 때우기보다는 이왕이면 정갈하고 예쁜 상차림을 해 보고 싶은 마음이 들게 마련이다.

큼직한 식탁이든 작은 식탁이든 바닥에 놓고 쓰는 소반이든, 항상 그 위는 깨끗하게 유지하자. 잡동사니를 늘어놓은 먼지 쌓인 식탁보다는 꽃 한 송이 꽂혀 있는 깨끗한 식탁 위에서 먹는 밥이 조금 더 맛있게 느껴지는 건 나뿐만이 아닐 것이다. 이런 매일의 작은 즐거움이 쌓이면 삶은 조금 더 행복하고 풍성해진다. 행복은 멀리 있지 않다.

'혼밥족'의
외식 생활

●　　　요리가 내키지 않으면 외식도 한다. 갑자기 약속을 잡기 힘들 때도 있고 혼자 홀가분하게 나가서 밥을 먹고 싶은 날도 있기에 혼자서도 외식을 곧잘 하는 편이다. 하지만 이런 얘기를 하면 깜짝 놀라는 사람들이 의외로 많다. "어떻게 혼자 밥을 먹느냐"며 그것만은 못 하겠다고 하는 사람들도 있었다.

나는 이왕 외식을 하는 거라면 맛있는 걸 먹고 싶고, 타인의 시선을 그리 신경 쓰지 않는 편이라 가게에 폐가 되지 않는다면 미리 양해를 구하고 프렌치 풀코스도 혼자 먹으러 가지만, 확실히 레스토랑이든 고깃집이든 어디든 혼자 가서 밥을 먹고 있으면 주변 사람들이 의아하게 바라보는 때가 많다. 그런 시선이 느껴지지 않는 곳은 패스트푸드점이나 커피숍 정도일까. 하지만 요 몇 년 사이 그런 시선도 조금씩 사라지고 있음을 느끼고 있다. 혼자 밥을 먹으러 갔을 때 식당 안에 나 아닌 다른 사람도 혼자 와 있는 경우를 심심찮게 본다.

최근 '혼밥족'이란 말이 인기를 얻고 있다. 혼자서 밥을 먹는 사람들이라는 뜻이다. 이제 1인 가구는 더 이상 특별하지 않고 계속 늘어나는 추세이다. 덕분에 한 사람을 위한 음식들도 점점 다양해지고 있다. 편의점 도시락들도 점점 종류와 선택지를 넓혀 가고 있으며 혼자서 갈 수 있는 음식점도 많아졌다. 경쟁적으로 스몰 비어들이 생기면서 퇴근길에 혼자 맥주 한 잔 하는 모습도 낯설지 않다. 혼밥과 혼술의 시대다.

혼자 밥먹기, 혼자 술 마시기는 해 보기 전엔 알 수 없는 장점들이 많다. 먼저, 다른 사람 눈치 보지 않고 자신이 먹고 싶은 걸 골라 먹을 수 있다. 또 혼자서 천천히 먹으면 음식과 술의 맛에 집중할 수 있어서 좋다. 원하는 만큼 딱 적당량을 먹을 수 있는 것도 마음에 든다. 여럿이 먹다 보면 일단 이것저것 잔뜩 시켜 놓고 남기기 아까워 과식하게 될 때가 많다.

사람을 만나 수다를 떨고 싶을 때도 있지만 조용히 있고 싶을 때도 있는 법. 이럴 때 혼자 하는 식사나 음주는 불필요한 대화로 에너지를 낭비할 필요가 없어 마음이 편안해진다. 좋은 사람들과 맛있는 걸 나누어 먹는 것도 즐겁고 행복한 일이지만, 온전히 자기 자신만을 위해 맛있는 음식을 천천히 음미하고, 지친 몸에 기운을 모으며 힘든 일과를 마무리하는 것도 참 행복한 일이다. 이런 즐거움을 타인의 시선 때문에 포기하고 시도도 해 보지 않는 것은 너무 아깝지 않을까?

다행스럽게도 혼자 음식점에 오는 사람들을 이상하게 바라

보는 시선은 줄어들고 있고, '혼자 먹기'를 다루는 드라마나 만화 등 매체가 많아지면서 일부러라도 혼자 먹고 마시기를 시도해 보는 사람들이 늘어나고 있다. 앞으로는 더더욱 1인 식사 인구가 늘어날 분위기이니 더 이상 남의 시선에 신경 쓰지 말고 혼자만의 식사를 즐겨 보자. 일단 먹기로 마음먹었다면 눈치 보지 말고 평소에 먹고 싶었던 맛있는 음식을 선택하자. 혼자서 누릴 수 있는 작지만 즐거운 사치다.

혼자 마시는 술,
그 각별한 맛

● 　　술을 좋아한다. 술자리도 좋다. 높은 분을 모신 회식
자리 같은 불편한 자리는 물론 예외지만 마음 맞는 친구들과
모여 앉아 술 한잔 하면서 하염없이 수다를 떠는 건 인생의 큰
즐거움 중 하나다. 하지만 나 혼자만의 음주, 즉 '혼술'의 즐거
움을 알게 되면 푹 빠지는 것도 시간문제다. 일과 인간관계에
서 생겨난 긴장감, 다른 사람에 대한 관심을 모두 내려놓고 한
잔 마시고 있노라면 팽팽히 조였던 몸과 마음의 매듭이 사르르
풀린다.

　밖에서 남이 만들어 준 안주에 마시는 것도 좋지만 혼자 산
다면 역시 집에서 마시는 게 최고다. 더운 여름, 샤워를 마치고
마시는 차가운 맥주 한 캔만큼 맛있게 느껴지는 술은 드물다.
추워지면 집에서 끓인 오뎅탕에 따뜻한 청주 한잔을 기울이는
순간도 거부할 수 없을 정도로 매력적이다. 밖에서는 가격이
부담스러워 쉽게 사 먹기 어려운 스테이크와 와인 조합도 집에
서라면 비교적 저렴한 금액으로 즐길 수 있다. 꼭 특별한 요리

가 없어도 좋다. 그냥 적당히 사 온 시판 반찬이나 김밥 한 줄에도 반주를 곁들이면 음식이 더 맛있게 느껴진다.

하지만 혼술에도 조심할 점이 있으니 그건 바로 너무 많이, 자주 마시지 않는 것. 누구나 알다시피 알콜 중독은 무서운 병이다. 피곤하고 지칠 때 술을 마시면 확실히 몸과 마음의 긴장이 풀리지만 그것에 너무 의지하면 어느 순간 알콜 중독으로 가는 특급 열차에 올라탔다는 걸 깨닫게 될 것이다. 다른 사람의 간섭 없이 편안한 분위기에서 자기를 풀어 놓고 마시다 보면 아차 하는 사이 과음하기 쉽다.

소주 한 병, 와인 한 병 등 혼자 마시기에는 많은 양을 오픈한 뒤 남기면 보관하기 힘들고 버리기는 아깝다는 이유로 억지로 꾸역꾸역 마시기도 하는데 제발 그러지 말자. 혼자 술을 마실 때는 자신의 몸에 무리가 가지 않는 정도의 양을 정한 뒤 그만큼만 먹고 정리하자. 차라리 버리면 버렸지, 먹을 것이 아깝다는 이유로 몸에 좋지 않은 일을 굳이 할 필요가 있을까.

며칠 연속으로 마시기도 삼가자. 많은 양의 술을 가끔 마실 때보다 소량의 술을 연속으로 계속 마실 때 더 쉽게 알콜 중독에 빠진다는 사실을 잊어서는 안 된다. 혼자 술을 마시는 자신의 모습을 상상해 보자. 밝고 호젓한 분위기에서 적당량의 맛있는 안주와 술을 딱 좋을 만큼 먹으며 혼자만의 시간을 즐기고 있는 모습이 그려지지 않는가? 과음으로 인해 숙취에 시달리거나 혼자 마시다가 지나치게 취해 비틀거리며 주정을 하는 모습을 상상하는 사람은 없을 것이다. 가끔 일탈도 하되 과하지 않게 적당히. 혼술에서 가장 중요한 포인트이며, 이것을 지킬 때 혼술의 진짜 매력도 살아난다.

식생활의 일반론,
가능하면 지키자

● 　　혼자 사는 사람들의 가장 큰 고민이 경제적 고민, 즉 돈 문제라면 그 다음가는 고민은 식생활이다. 어느 누구도 대신 내 끼니를 챙겨 주지 않는다. 부모님과 함께 살 때와는 달리 비가 오거나 춥거나 아파도 내 밥은 내가 알아서 차려 먹어야 한다. 물론 외식을 해도 되고 배달 음식을 시켜도 된다. 하지만 밖에서 판매하는 음식은 특성상 염분이 많고 설탕 등 조미료도 많이 쓰기 때문에 장기적으로 섭취하면 몸에 부담이 된다.

　혼자 살 때 가장 중요한 건 건강이고, 요리는 그 건강을 지켜 주는 큰 한 축이다. 그럼에도 불구하고 금전적으로 쪼들리고 요리에 능숙하지 않은 싱글족들은 어쩔 수 없이 '파는 음식'에 의존하게 된다. 집에서 해 먹는 게 싸다는 것도 옛날 얘기다. 채소 몇 가지, 우유, 고기, 과일 조금 사면 5만 원은 금방이다. 특히 제철이 아닌 채소, 질 좋은 과일은 생각보다 훨씬 비싸다. 오죽하면 과일을 '자취인의 사치'라고까지 말할까.

　그렇다고 인스턴트와 외식만으로 끼니를 때울 순 없다. 20대라면 모를까, 30대 중반 정도만 되어도 몸의 이곳저곳이 예전 같지 않음을 느끼게 되고, 잘 먹고 푹 잔 날과 그렇지 않은 날의 컨디션 차이가 상당함을 깨닫게 된다.

요리를 해 본 적도 없고 어떤 음식을 먹어야 좋은지도 모르는 사람들이 어느 날 갑자기 무작정 집에서 뭔가를 만들어 먹기는 힘들다. 하지만 혼자 살기로 결심한 사람이라면 조금씩이나마 요리에 취미를 붙이고 관심을 가져야 한다. 요리는 매일매일 해결해야 하는 생활의 한 부분인 동시에, 시간을 들이면 결과물이 바로 나오고 결과물을 확인하면서 만족을 느낄 수 있는 활동이기도 하다. 요리가 취미의 영역에 포함되면 생활의 스트레스가 많이 줄어든다. 먹는 재미도 재미지만 만드는 재미도 재미이기 때문이다.

처음부터 어려운 요리에 도전할 필요도 없고, 김치를 담그고 오색 나물을 일일이 무칠 필요도 없다. 시판 음식에 의존하면서 한 가지씩 천천히 할 줄 아는 걸 늘리면 된다. 시판 음식에 살짝 다른 재료를 더해서 응용하는 것도 즐겁다. 일품요리를 배우는 것도 추천하고 싶다. 덮밥이나 볶음밥처럼 다양한 재료를 이용한 한 그릇 음식은 잘만 배워 두면 혼자 사는 생활의 강력한 아군이 된다.

그러다가 요리 때문에 스트레스를 받는 날이 오면 잠깐 손에서 놓고 쉬어도 된다. 놓고 싶을 때 놓기 위해 혼자 사는 게 아니던가? 평생 해야 할 식사다. 한 끼만 먹고 끝나는 것이 아니므로 길게 봐야 한다.

혼자 살면서 요리에 관심이 없는 사람들의 식생활은 다들 비슷비슷하다. 처음에는 시켜 먹거나 사 먹는다. 집에서 해 먹어봤자 라면을 끓이거나 냉동음식을 데우는 정도다. 좋아하는 음식만 계속 먹는 편식 습관도 쉽게 생긴다. 하지만 이런 식생활도 질리는 날이 온다. 정신을 차려 보니 몸에 군살이 붙고 체력도 예전 같지 않다. 다이어트를 해야 할 것 같아 고구마나 닭가슴살도 먹어 보고 덴마크 다이어트라며 자몽에 달걀을 먹어보기도 하지만 며칠뿐이다. 얼마 버티지 못하고 다시 인스턴트와 배달 음식에 의존하게 되고, 체력은 계속 떨어지고 살은 더 찐다. 몸에 좋은 음식을 고루 먹고 싶지만 어디서부터 손을 대야 할지 감도 잡히지 않는다.

누구나 5대 영양소의 존재와 골고루 먹는 것이 건강에 좋다는 상식은 알고 있을 것이다. 가장 이상적인 건 단백질, 탄수화물, 지방이 적당히 섞여 있고 채소가 많은 식단이겠지만 요리가 서투르고 식재료에 대한 감이 없는 사람이 혼자 그렇게 챙겨 먹는 게 쉬운 일이 아니다. 몇 가지 염두에 두었으면 하는 포인트 및 한 끼를 간단히 차릴 수 있는 팁을 얘기해 본다.

집에서는 싱겁게

파는 음식은 대체로 짜다. 요 몇 년 사이 단맛도 강해졌다. 외식을 아예 피할 수 없다면 자극적인 음식은 바깥에서 접하는 음식만으로도 충분하다. 집에서는 가급적 너무 맵고 짜고 단 음식은 피하자. 시판 음식도 조금만 고민하면 훨씬 간을 약하게 해서 먹을 수 있다. 예를 들어 비빔밥을 해 먹고 싶어 시판 나물을 사 왔다면 밥은 잡곡밥으로 하자. 달걀 프라이에는 소금 간을 하지 말고, 고추장 양념 없이 참기름만 조금 넣고 비벼도 충분히 간이 맞는 비빔밥이 된다. 꼭 양념을 넣고 싶다면 간을 봐 가며 조금씩만 추가하자.

시판 음식에 채소를 더한다

시판 제품에 채소류를 좀 더 곁들여 먹으면 훨씬 좋은 식단이 된다. 시판 토마토 소스에 양파, 가지, 호박 등 각종 채소 볶은 걸 섞어 면을 비벼 먹거나 시판 샐러드에서 드레싱을 조금 덜어 내고 토마토와 닭 가슴살을 올려 먹으면 어떨까. 편의점 불고기 도시락에 상추나 양상추를 잘게 썰어 듬뿍 올려 먹을 수도 있다. 가급적이면 채소를 더해 먹는 버릇을 들이자. 맛도 훨씬 업그레이드되고 몸에도 좋다.

◦ 한 끼에 재료 열 가지

'일식십찬'이란 말이 있다. 식사 한 번에 반찬 열 가지라는 얘기다. 하지만 일반적인 4인 가족 식탁에도 열 가지 반찬을 놓고 먹는 건 거의 불가능하다. 현대 사회의 싱글족에게 일식십찬은 반찬을 열 가지 챙기라는 얘기가 아니라 식재료를 열 가지 먹으라는 뜻으로 이해하도록 하자.

밥과 된장찌개를 먹는다고 하자. 쌀, 된장, 두부, 애호박, 감자, 양파 정도가 기본 재료다. 이것만 해도 여섯 가지다. 여기에 가짓수를 늘리고 싶으면 밥에 콩이나 잡곡을 섞으면 한두 가지 더 늘어나고, 된장찌개에 고기나 조개류, 버섯 등을 넣으면 열 가지가 금방 찬다. 자취를 하게 되면 차리기 간단하고 먹기도 편한 한 그릇 음식을 선호하게 되는데 여기에도 요령껏 다양한 재료를 사용하자. 매번 꼭 열 가지를 채울 수는 없더라도 너무 적은 가짓수의 재료만 사용하는 것을 가급적 지양하자는 것. 평소 내가 먹는 요리의 재료의 종류를 짚어 보는 습관만 들여도 큰 도움이 된다.

◦ 간식 챙기기

혼자 사는 사람은 끼니만으로는 필요한 영양소를 모두 섭취하기가 생각보다 힘들기 때문에 간식을 먹으면 제법 도움이 된다. 간식을 먹으라고 해서 달콤한 과자나 아이스크림 같은 것을 자주 먹으라는 이야기는 아니다.

내 경우 큰 컵으로 하루 한 잔씩 우유를 마시고, 견과류를 꼭 챙긴다. 빵은 곡물빵이나 호밀빵을 선호하고, 고구마를 쪄 먹기도 하고 제철 과일도 자주 먹는 편이다. 이렇게 간식을 먹으면 속도 든든하고, 식사에 결핍될 수 있는 영양소를 놓치지 않을 수 있다. 우유는 좋다 나쁘다 논란이 많지만 내 경우 뼈 건강과 단백질 보충에 도움이 되는 것 같아 꾸준히 마시고 있다. 우유가 싫다면 플레인 요거트에 견과류, 혹은 말리거나 냉동한 블루베리를 한 줌씩 넣어 먹는 것도 훌륭한 간식이 된다.

과일도 꼭 챙겨 먹자. 요즘은 인터넷에서도 비교적 저렴한 가격에 과일을 많이 파는데 무른 과일보다는 사과, 배, 감, 귤 등이 인터넷 구입 성공 확률이 높다. 거듭 말하지만 자극적이고 단 음식은 밖에서 먹는 것만으로도 충분하니 집에서는 식사와 간식 모두 인스턴트보다는 자연식으로 먹는 것이 좋겠다.

○ 아낄 부분에서 아끼자

혼자서 먹다 보면 배가 불렀는데도 남기기 아깝다며 치킨 한 마리를 기어이 꾸역꾸역 먹거나, 맥주 캔이나 음료수를 땄다가 주량을 채웠는데도 억지로 마시다 과음 과식을 하게 된다. 다른 물건도 그렇지만 특히 음식은 먹을 만큼만 사는 게 가장 현명하다.

'치킨 반 마리가 양에 비해 더 비싸니까 사는 김에 한 마리 사야지', '소포장된 채소가 양에 비해 비싸니 차라리 한 단짜리 큰 묶음을 사야지'. 이런 식으로 음식을 사면 결국 다 못 먹고 버리거나 과식만 하게 된다. 본전이나 단가를 생각하지 말고 본인이 소비할 수 있는 양만큼 구매하자. 적어도 음식과 식재료만큼은.

갖춰 두면 든든한
식재료 best 15

• 한식 밥상은 몸에는 좋을지 모르지만 안타깝게도 혼자 사는 사람들을 위한 식탁과는 좀 거리가 있다. 나 역시 밥, 국, 여러 개의 반찬으로 한식 밥상을 차려 먹는 날도 있지만 대체로 간단한 한 그릇 음식이나 빠르고 간단하게 만들어 먹을 수 있는 양식을 선호하는 편이다.

특히 아침 겸 점심으로는 조리가 거의 필요 없거나 1차 조리로 끝낼 수 있는 음식들을 많이 먹는다. 서양식 아침 식사를 응용해 빵, 달걀 프라이, 베이컨, 간단한 샐러드, 견과류, 우유, 과일 등을 적당히 돌려 가며 먹으면 신선한 재료를 빨리 소비할 수 있고 차리기도 간단하며 맛도 좋다. 조리를 최소화할수록 재료의 질이 중요해진다. 식재료의 세계는 끝이 보이지 않을 정도로 넓고 깊지만 초보 1인 생활자가 접근하기 쉬운 식재료와 부족하기 쉬운 채소류를 중심으로 집에 항상 갖춰 둘 만한 재료 몇 가지와 간단한 활용 방법을 얘기해 본다.

○ 쌀

한국 식단의 기본인 쌀. 갓 도정해 소포장한 쌀이 맛있고, 혼합미보다는 추청미, 오대미, 고시히카리 등 단일 품종을 구입해야 실패가 적다. 혼합미는 여러 쌀을 섞은 것인데 값은 싸지만 저품질의 쌀이 섞여 있는 경우가 있어 맛이 떨어진다.

백미는 GI지수가 높아 탄수화물 체내 흡수가 빠른 식품으로, 현미나 잡곡을 섞어서 밥을 지으면 체내 흡수가 낮아진다. 잡곡에는 섬유질도 많으니 다이어트나 건강에 신경 쓰고 싶다면 혼합해서 밥을 짓는 걸 추천한다.

○ 빵

일반 흰 식빵보다는 가급적 곡물빵이나 호밀빵 등 잡곡이 섞인 빵으로 고르자. 최근엔 유럽식 발효종 빵을 판매하는 베이커리가 매우 많아졌다. 처음 먹었을 땐 좀 질기고 밍밍한 느낌이지만 씹을수록 고소하고 맛있어 식사용으로 훌륭하다. 내 경우는 오월의 종이나 아티장 베이커리 제품을 자주 이용하는데, 직접 빵집에 방문하긴 힘들어 빵 구매대행 사이트에서 인터넷으로 주문한다.

빵은 그때그때 한 덩어리씩 사다 먹는 게 제일 좋지만 사정이 여의치 않다면 여러 개 구입해서 바로 먹을 것 외엔 잘 싸서 냉동실에 보관한다.

◦ 감자

고구마보다 칼로리는 낮지만 GI지수가 높아 백미와 마찬가지로 탄수화물 체내 흡수가 빠르다. 하지만 싸고 맛있고 영양이 풍부하고 다양한 요리에 사용 가능한 필수품. 찌거나 볶거나 튀기거나 국이나 찌개 등에 건더기로 넣어도 맛있는 만능 재료이다. 어둡고 서늘한 곳에 두는 게 좋고 싹에는 독이 있으므로 꼭 밑동까지 도려내고 먹어야 한다.

◦ 양파

감자에 버금가는 만능 재료 양파. 맛도 좋고 몸에도 좋은 훌륭한 채소로 생으로 먹어도 되고, 피클로 절여서 먹어도 되고, 튀기거나 굽거나 볶는 등 거의 모든 방법으로 먹어도 된다. 겉껍질이 잘 말라 있고 단단한 걸로 골라 통풍이 잘 되는 서늘한 곳에서 보관하면 꽤 오래간다. 양파 싹은 감자 싹과는 달리 먹어도 되니 싹이 나도 버리지 말고 대파처럼 사용하면 된다. 감자와는 특히 찰떡궁합이라 둘 다 채 썰어 기름에 볶아 소금 후추만 뿌려도 훌륭한 반찬이 된다. 카레, 된장찌개 등 다양한 냄비 요리의 건더기로도 좋다.

◦ 달걀

달걀은 정말 훌륭한 식품이다! 양질의 단백질이 가득하고 맛도 좋고 조리가 간단하고 무엇보다도 싸다! 달걀 없는 싱글 생활은 상상할 수 없다.

　한때 노른자에 콜레스테롤이 많다는 이야기가 있었지만 최근 연구에서는 아무 문제 없다고 하니 마음 놓고 섭취하자. 달걀 프라이, 삶은 달걀, 스크램블 에그, 오믈렛 등 다양한 방식으로 요리할 수 있다. 바싹 구운 베이컨 두 장을 곁들이면 더 맛있다. 얇게 썬 감자를 올리브 오일에 익히다가 푼 달걀을 부어 스페인식 오믈렛으로 만들어 먹어도 좋고, 반숙 달걀에 훈제 연어나 햄을 곁들이는 등 부재료를 여러 가지로 조합해 먹으면 더욱 다양하고 맛있게 먹을 수 있다.

◦ 샐러리와 파프리카

싱글족의 딜레마 채소. 안 챙겨 먹을 순 없지만 가격도 비싼 것 같고, 잘 무르고, 관리가 어렵다. 하지만 샐러리나 파프리카 같은 단단한 채소들은 생각보다 오래간다. 길게 썰어 채소 스틱을 만들어 마요네즈 등에 찍어 먹기만 해도 좋다. 생으로 먹어도, 볶아 먹어도 아주 맛있는 채소이다. 양파와 파프리카를 슥슥 썰어 어묵이랑 볶으면 훌륭한 반찬이 되고, 볶음밥에 넣으면 맛도 좋고 알록달록 음식이 예뻐진다. 샐러리는 소고기와 굴소스를 넣어 볶으면 외식 메뉴 못지않다.

○ 무

싸고 맛있고 오래 가는 훌륭한 채소. 스틱으로 만들어 생으로
먹어도 되고 국을 끓이는 데 넣어도 좋다. 슥슥 채 썰어 고춧가
루, 다진 마늘, 멸치액젓 조금 넣고 생채로 무쳐도 된다. 피클을
만들어도 되고, 볶아서 나물을 만들어도 된다. 오뎅탕이나 냄비
요리, 생선 조림 등에도 빠질 수 없다.

○ 대파

온갖 요리에 다 들어가는, 없어서는 안 되는 대파. 주연급은 아
니더라도 요리의 화룡점정이다. 고기 먹을 때는 파채가 없으면
서운하고, 국, 계란말이, 볶음 요리, 나물 등에 광범위하게 사
용 가능하다. 잘게 썰어 냉동 보관하면 편하긴 하지만 맛이 떨
어진다. 오래 보관하려면 뿌리가 붙은 흙대파를 사서 신문지에
둘둘 말아 냉장 보관하는 게 좋고, 여건이 된다면 화분에 심어
놓고 필요할 때마다 조금씩 떼어 먹는 게 최고다. 여의치 않다
면 썰어서 냉동 보관이라도 해 두자.

○ 양배추

싸고 양 많고 오래 가는 채소 양배추도 자취생의 든든한 아군
중 하나. 덩어리로 사면 한두 달은 너끈하게 버틸 정도로 저장
성이 좋다. 겉잎이 시들해져도 벗겨내면 안은 싱싱하고, 혹시

썰고 난 단면이 거무죽죽하게 변하면 그 부분을 잘라 내고 먹으면 된다. 생으로 먹어도 되고, 샐러드로 만들어도 되고, 고기와 함께 볶아도 되고, 찌거나 삶아도 되는 만능 재료이다. 날것으로 먹을 때는 잘게 채를 썰어 찬물에 잠시 담갔다 꺼내면 아삭한 식감이 일품이고, 그냥 큼직하게 썰어 참기름과 소금에 살짝 무쳐 먹어도 아주 맛있다. 삶은 양배추는 쌈장을 찍어 밥반찬으로 먹어도 좋고, 간 고기를 양념해 양배추 잎으로 둘둘 말아 토마토 소스나 야채 수프 등에 넣어 익히면 훌륭한 일품 요리가 되기도 한다.

○ 시금치

녹황색 채소는 싱글족들에게 부족하기 쉬운 각종 비타민의 보고이다. 하지만 시금치의 경우 수산 성분이 있으므로 날 것으로는 소량만 먹는 게 좋다. 살짝 데쳐서 꼭 짠 뒤 소금, 후추로 간해 반숙 달걀에 곁들여 먹으면 정말 맛있다. 토마토와 훈제 연어를 척 얹어 샌드위치로 만들어도 최고다. 드레싱은 홀랜다이즈 소스가 좋지만 없으면 마요네즈 정도만 곁들여도 훌륭하다. 참기름, 소금, 국간장, 다진 마늘, 다진 파로 조물조물 무치면 바로 시금치나물이 되고, 된장에 무쳐도 맛있다. 시금치 된장국도 빠뜨릴 수 없다.

채소를 많이 먹으려면 생채소보다는 데쳐 먹는 것이 유리하

다는 사실을 꼭 기억하자. 무침 나물보다는 볶음 나물이 좀 더
보관성이 좋다.

◦ 마늘

한국과 이탈리아 요리의 꽃 마늘. 통마늘을 직접 빻든, 다진 마
늘을 사든 일회용 비닐 팩이나 지퍼락에 넣고 꼭꼭 눌러 납작
하게 만들어 냉동하면 그때그때 조금씩 떼어 쓰기 좋다. 통마
늘도 잘 익히면 매운 맛이 사라져 부드럽고 맛있다.

　간단하게 만들 수 있으면서 그럴싸한 음식으로는 아히요가
있다. 1인용 사이즈 작은 냄비나 뚝배기에 꼭지를 잘라 낸 통
마늘을 담고, 마늘이 잠길 정도로 올리브유를 부은 다음, 페페
론치노나 말린 청양고추 등 매운 고추를 취향에 따라 조금 넣
고 약불로 보글보글 끓인다. 그 사이 냉동 새우를 찬물로 씻어
얼른 해동한 후 소금, 후추로 살짝 간하고 화이트 와인을 적당
히 뿌려 놓는다. 마늘에 갈색 빛이 돌고 적당히 익으면 새우를
넣고 새우가 익을 때까지 조금 더 끓이면 완성. 혹시 말린 바질
등 향신료가 있다면 적당히 넣으면 좋지만 없어도 무방하다.
화이트 와인은 마트에서 5천 원 정도 하는 저렴한 제품을 사서
냉장고에 넣어 두고 요리용으로 쓰면 좋다. 새우와 마늘향이
가득 밴 오일에 빵을 찍어 먹거나 삶은 파스타 면을 비벼 먹으
면 정말 맛있다.

∘ 토마토

껍질을 깔 필요 없어 간편한 토마토. 샐러드와 샌드위치에 빠지면 섭섭한 채소이기도 하다. 토마토 소스 역시 빠뜨릴 수 없는 좋은 친구. 직접 만들기도 어렵지는 않지만 시간이 꽤 걸리므로 시판용 소스를 활용해도 충분하다. 달걀 토마토 볶음은 싱글족을 위한 요리. 올리브유에 토마토부터 볶은 다음(다진 마늘을 넣어도 좋다) 토마토가 어느 정도 익으면 달걀을 투입해 스크램블식으로 함께 익히면 끝. 생으로 먹어도 좋고 여러 재료들과 함께 익혀 먹어도 좋은 만능 식재료이다.

∘ 버섯

껍질도 없고 세척도 쉬워 따로 밑손질이 필요 없으며 맛까지 좋은 버섯. 양송이버섯은 얇게 썰어 샐러드에 넣어 먹어도 좋고, 웬만한 버섯은 구워도 볶아도, 국물 요리에 건더기로 넣어도 다 맛있다. 말린 표고버섯은 감칠맛이 훌륭하므로 국물을 내는 데 써도 좋다.

다만 말린 버섯 외엔 장기 보관이 힘들다 보니 빨리 소비하는 게 좋은데, 버섯을 간단하게 많이 먹고 싶다면 버섯 구이를 추천한다. 버섯을 납작하게 썬 뒤 기름이 없는 프라이팬에 넓적하게 깔아 굽다가 소금, 후추를 살짝 뿌리고 뒤집어서 다시 구우면 완성. 표고버섯이나 양송이버섯은 기둥만 뗀 뒤 통째로 구워도 된다. 구운 버섯을 샌드위치나 샐러드 등에 넣어도 훌륭하다. 채썬 양파와 함께 다진 마늘, 기름, 소금, 후추를 넣고 볶아도 맛있다. 여기에 버터를 살짝 첨가해 볶다가 마지막에 팬에 닿도록 간장 한 스푼을 뿌려 부르르 끓어오르게 한 뒤 전체적으로 재료를 한 번 뒤섞으면 간장과 버터 향이 근사한 요리가 된다.

○ 견과류

호두, 피칸, 잣, 아몬드, 피스타치오 등의 견과류는 불포화지방산의 보고이다. 불포화지방산은 피부 건강 유지를 돕고 콜레스테롤 축적을 방지하는 역할을 한다고. 외식에서 고기 섭취 비율이 높고, 질 좋은 지방을 먹을 일이 잘 없는 사람들은 하루 한 줌 정도의 견과류를 꼬박꼬박 섭취하는 게 좋다. 샐러드에 넣어 먹어도 좋고, 그냥 간식으로 먹어도 좋다. 호두나 피칸을 경우는 살짝 다져서 깍둑썰기한 사과, 샐러리와 함께 마요네즈에 버무려 월도프 샐러드 스타일로 먹으면 아주 맛있다. 나는 저 레시피에 삶은 달걀, 말린 건포도나 크랜베리를 더하는데 굉장히 든든하고 맛있는 샐러드가 된다. 견과류도 지방이 많다 보니 산패가 잘 되는 편이라 개봉하면 냉동 보관하고, 소량을 자주 사 먹는 게 좋다.

나의 식탁은 대략 이렇다.
마음에 드는 테이블 매트를 깔고 예쁜 접시에 플레이팅하며
혼자 먹는 식사를 즐겁게 꾸며 본다.
섭취 영양소는 최대한 다양하게,
그러면서도 설거지감은 최소로 만드는 것이
혼자 하는 식사의 팁!

여러 가지 음식을 한 접시에 모두 담는다.
보기도 좋고 맛도 좋으며
정리하기가 무척 간단하다.

가끔은 한식을 만들어 먹기도 한다.
품이 많이 드는 음식들보다는 사진처럼 간단한 반찬들 위주로.
그래도 먹고 나면 한 끼니 제대로 먹은 듯한 기분에
뿌듯해지는 것이 바로 한식!

친구들을 초대해 식사를 할 때는 식탁 위가 풍성해진다.
다양한 그릇도 이것저것 꺼내 보고,
음식 한 가지라도 더 만들게 되는 친구들과의 한 끼.
맛있는 음식을 나누어 먹으며 좋은 사람과
즐거운 대화를 나누는 건 삶의 큰 기쁨이다.

목표는
심플
라이프

◆

우리의 삶은 대체로 하루하루 살아 나가는 것만으로도 충분히 힘겹기에,
언제 올지 모르는 행복한 미래만을 그리며 그 시간들을 견디기는 정말 어렵다.
그럴 때 작지만 확실히 보장된 행복은 아직 찾아오지 않은 큰 행복보다
삶을 버티는 데 훨씬 도움이 된다.

소비와 저축,
그 사이 어딘가

●   쇼핑에는 몇 가지 필요 요건이 있다. 첫 번째는 돈, 두 번째는 시간, 세 번째는 구입할 물건에 대한 지식이다. 돈만 있다면 마우스 클릭 몇 번에 집으로 바로 물건이 배달 오고, 인터넷 검색 몇 번이면 어떤 제품이 좋은지 금방 알아낼 수 있다. 신제품도 쏟아지고 세계 각국의 제품들이 물밀 듯 밀려들어 온다. 해외 구매대행이며 직구도 손쉽다. 요즘처럼 편하고 간단하게 쇼핑이 가능했던 때가 없었던 것 같다. 쇼핑의 전성시대다. 사고 또 사는 게 미덕처럼 여겨진다.

반면 재테크 열풍도 쇼핑만큼 만만찮다. 20~30대 여성들 중에서도 주식, 펀드 등으로 자산을 불리는 사람들이 많아졌다. 특판 적금이 은행에 뜨면 줄을 서서 가입을 한다. 각종 혜택과 적립금을 분석해서 용도에 맞는 신용 카드를 만들고, 할인 쿠폰이며 적립금을 최대치로 모으는 방법도 공유한다. 계획적이지 않은 소비는 곧 죄악이 된다.

우리는 이렇게 소비와 저축이라는 두 가지 가치관이 팽팽하게 줄다리기를 하는 시대를 살고 있다. 한쪽에서는 하루가 멀다 하고 고가 제품이며 멋진 물건들을 구입하고 인증하는 모습을 볼 수 있고, 또 다른 쪽에서는 어떻게 허리띠를 졸라 매고 재테크를 해서 돈을 모았는지를 인증하는 모습을 볼 수 있다. 보다 보면 갈팡질팡 중심을 잡기가 힘들다. 이쪽을 보면 나도 멋진 가방 하나쯤은 사야 할 것 같고, 저쪽을 보면 오늘 사 마신 커피 한 잔조차 헛된 돈을 쓴 것만 같아 죄책감이 든다. 이런 상황에서 중심을 잡고 자신이 원하는 걸 정확하게 아는 건 쉽지 않다. 내 경우도 간신히 정신을 차리고 우선순위를 정한 것은 30대 후반에 이르러서다.

내 블로그를 방문해 본 사람은 알겠지만 오랫동안 나의 생활은 오직 소비 중심이었다. 다양한 분야에 관심이 많다 보니 넓고 얕게 아는 것도 많아 어떤 분야에 꽂히면 통장을 모두 바쳐 한계까지 질렀다. 2000년대 초반에는 한국 의류 브랜드들의 매장과 아웃렛을 돌면서 다양한 소재와 스타일의 옷을 말 그대로 미친 듯이 사 모았고, 15년 전 직구라는 개념이 희박할 때부터 직구를 시작해 속옷에 관심이 있을 때는 국내는 물론이요 각종 해외 브랜드들의 다양한 속옷을 사서 이것저것 입어 보며 비교 분석을 했었다. 국내에서 보기 힘든 특이한 디자인의 신발을 모으는 데 꽂힌 적도 있었다. 프리랜서의 특성상 수입이 일정치 않은 대신 목돈이 한 번에 들어올 때가 있는데, 그럴 때면 그 돈을 들고 명품 매장에 가서 '잇 백'들을 한 번씩 사 보는 짓을 하기도 했다. 그릇에 꽂혔을 때는 세계 각국의 앤티크 셀러 홈페이지들을 뒤져 집이 무너지기 일보 직전까지 그릇들을 사 모았다.

그나마 다행인 것은 보통 20~30대 싱글 여성들에게 있어 쇼핑과 함께 소비 생활의 양대 큰 축인 여행에는 관심이 없었다는 점이다. 또 수중에 있는 현금만으로 구매하는 것을 쇼핑의 신조로 삼았고, 공간과 자본이 부족하다 보니 힘들게 손에 넣었어도 아니다 싶은 물건은 손해를 감수하고 재빨리 팔아 치우거나 처분했다. 그래서 어찌어찌 버틸 수 있었던 것 같다.

이런 미친 듯한 쇼핑벽이 잦아든 것은 30대 중후반부터였다. 사람마다 중요한 것들이 다른 법이다. 나는 아름다운 물건을 갖추는 것이 중요하다고 생각했고, 그래서 수입의 대부분을 그런 물건들을 사는 데 썼다. 하지만 나이가 들고, 여러 번의 이사를 거치며 이런 생각이 들었다.

'아름다운 물건도 좋지만 그것을 즐기는 삶의 애티튜드가 결국에는 가장 중요한 것 아닐까?'

그토록 집착했던 아름다움을 충분히 즐길 수 있는 환경을 갖지 못했다는 걸 깨달았다. 빚을 지는 것이 싫어 이사의 괴로움을 꾹 참아 왔지만 이제는 어느 정도 빚을 감당할 수 있는 상황이 되었고, 물건을 사는 것보다는 주변 환경을 바꾸는 것이 선행되어야 한다고 생각했다. 현재의 내게 중요한 것 우선순위를 택하라면 첫째는 건강, 둘째는 환경이다. 갖고 싶은 물건들은 여전히 많고 쇼핑도 좋아하지만 우선순위가 정해지자 다른 것들은 자연스레 목록에서 뒤로 밀리게 되었다.

사람은 변한다. 자신을 둘러싼 상황이 변하고, 관심사도 변하고, 자신을 빛낼 수 있는 물건들도 변한다. 무엇이 자신에게 가장 중요한지도 변하고, 우선순위도 변한다. 그렇다고 지금의 자신에게 무엇이 필요한지 깨닫고 난 뒤 그 전에 쓴 시간을 헛된 시간으로 치부하며 후회할 필요는 없다. 그렇게 헤맸던 시간 덕분에 진짜 자신에게 필요한 것이 무엇인지 깨닫게 되는 경우가 많으니까. 시행착오도 나름 필요한 과정이라고 생각한다. 나이 마흔에 집이 필요하다고 해서 스물에서 서른아홉까지의 모든 시간들을 희생할 순 없지 않은가.

우리의 삶은 대체로 하루하루 살아 나가는 것만으로도 충분히 힘겹기에, 언제 올지 모르는 행복한 미래만을 그리며 그 시간들을 견디기는 정말 어렵다. 그럴 때 작지만 확실히 보장된 행복은 아직 찾아오지 않은 큰 행복보다 삶을 버티는 데 훨씬 도움이 된다. 반지하 단칸방에서 오늘보다 내일이 나빠질지도 모른다는 두려움에 시달리며 미래가 도통 보이지 않는다고 생각했던 때도 있었다. 그럴 때는 예쁜 패턴의 원피스가, 마음에 드는 향수가, 바르면 얼굴이 조금 더 화사해 보이는 립스틱

이 가장 큰 힘이 되어 주었다. 누군가의 눈에는 낭비일지도 모르고, 없다고 죽는 물건들도 아니지만 그런 기쁨들이 있었기에 힘든 시기를 버텨 냈다고 해도 과장이 아니다.

힘들고 지치고 무기력해질 때 사소한 물건들이 주는 행복과 희망은 무시할 수 없다. 그래서 노후 대비나 안정도 중요하지만 젊을 때부터 무작정 쓰지 말고 돈을 모으라는 말은 차마 못하겠다. 조심스럽게 얘기하자면 싱글의 삶에 있어 역시 가장 중요한 건 안정된 주거 환경이니만큼 보증금을 모으는 정도는 다른 것보다 우선으로 두고, 카드 빚을 지면서까지 쇼핑을 하지는 말자고 하고 싶다. 하지만 자신이 감당할 수 있는 한도 내에서 돈을 마음껏 써 보는 것도 인생의 어느 한 시점에서는 분명 필요한 일이 아닐까 한다.

결핍이 불러온
쇼핑 중독

●   내가 다녔던 중학교는 교칙이 엄격하기로 유명한 미션 스쿨이었다. 따로 교복은 없었지만 4월 1일부터 10월 31일까지는 무조건 치마를 입어야 했고, 바지는 1년 중 두세 달만 허락되었다. 머리는 귀밑 3센티미터로 유지해야 했고 목이 올라오는 신발도 신어서는 안 되었다.

금지된 옷들도 많았다. 대표적인 게 청바지였다. 청소년에게 청바지를 입지 말라면 대체 뭘 입으라는 걸까? 이유도 황당했다. "순결한 여학생이 미국 노동자나 입던 천박한 옷을 입는 건 용납할 수 없다"는 궤변이 청바지를 금지하는 이유였다.

영어가 쓰여 있는 티셔츠도, 청바지도, 무릎 위로 올라오는 치마도 모두 금지였다. 초등학생 때는 손재주 좋은 어머니가 직접 만들어 준 옷을 주로 입었지만, 홈 메이드 원피스나 치마만 입기에는 나이가 들어 버렸다. 가진 기성복은 사촌에게 물려받은 옷들뿐이었는데 학교 교칙에 맞지 않는 옷들이 대부분이었다. 어머니는 상당히 세련되고 허영도 있는 사람이었지만 사춘기 딸의 외모를 꾸미는 데 신경을 쓸 정도로 정이 많은 사람은 아니었다. 집안 형편이 점점 기운 것도 이유가 되었을 것이다.

머리는 귀밑 3센티미터를 넘지 않게 어머니가 잘라 준 똑단발, 옷은 목이 늘어난 티셔츠에 낡은 면바지나 대충 만든 플레어스커트. 예쁘게 보이고 싶어도 예쁠 수 없는 옷차림이었고 거울을 보면 나 자신이 털 뜯어 놓은 병아리처럼 보였다. 아침에 등교할 때마다 대충 옷을 몸에 걸치며 차라리 교복을 입는 학교면 얼마나 좋을까 생각했다. 학교에 가면 상대적으로 형편이 좋은 친구들의 옷차림과 내 옷을 자연스레 비교하게 되었다. 친구 관계는 무난한 편이었지만 옷차림 때문에 항상 부끄러웠고 주눅이 들어 있었다. 한창 외모에 예민한 10대 때 이런 경험을 하는 건 결코 좋지 않다. 지금은 좋은 옷도 많고 옷 못 입는다는 소리는 듣지 않지만, 나이 마흔이 넘은 지금까지도 중학생 때의 그 감정들이 가끔 꿈에 나오곤 한다.

고등학생 때는 다행스럽게도 교복을 입었다. 이 시기는 옷차림보다 몸이 약한 것이 더 큰 고민이었다. 2학년 때 장기 입원을 하면서 일탈의 즐거움을 알게 되었고, 학교 수업을 땡땡이 치고 미술관과 도서관을 드나들며 많은 그림을 보고 책을 읽었다. 미술관을 아주 좋아하게 되었다. 무엇을 그렸는지 모를 추상화라도 색과 붓터치에서 느껴지는 힘은 아름다웠다. 몸이 약한 시기였기 때문일까? 나는 그림에서 느껴지는 힘에 끌렸고, 아름다운 것들을 보고 듣고 읽을 때만은 털 뜯어 놓은 병아리처럼 비쩍 마르고 볼품없는 나 자신을 잊을 수 있었다. 나도 아름다워지고 싶다고 항상 생각했다.

그렇게 스무 살이 되었다. 대학에 진학했고, 아르바이트를 하면서 내가 번 돈으로 옷을 사서 입게 되었다. 첫 과외 급여로 받은 30만 원을 들고 간 '닉스' 매장에서 12만 원짜리 블랙 진을 큰맘 먹고 샀던 기억이 아직도 생생하다. 12만 원이면 지금도 큰돈이니 당시에는 엄청나게 느껴졌던 금액이다. 하지만 바지를 입고 거울을 보니 내 다리가 훨씬 길고 날씬해 보여 도저히 벗고 싶지 않았다. 흰색 봉투에서 만 원짜리 열두 장을 꺼내 점원에게 건네고, 뭔가 큰 사고를 친 듯한 마음 반, 세상을 다 가진 것 같은 마음 반으로 쇼핑백을 들고 집에 돌아왔던 것이 내 첫 제대로 된 쇼핑의 기억이다.

이렇게 시작된 쇼핑은 곧 물꼬가 터지듯 제어가 되지 않기에 이르렀다. 틈만 나면 백화점과 지하상가를 빙빙 돌며 하루 종일 옷을 구경하고 또 구경하다, 싸게 나온 옷을 건지면 득템했다는 생각에 날아갈 듯한 걸음걸이로 집에 돌아갔다. 이엔씨, 아이네스, 파코라반, 클럽 모나코, 마리떼 프랑소와 저버, 292513스톰, 시스템, 데무, 쿠기, 키라라, 무크, 쌈지…… 지금까지 살아남은 브랜드도, 이제는 없어진 브랜드도 있다. IMF

직전이었고, 한국 의류 브랜드의 호황기였다. 자신만의 색깔을 가진 독특한 브랜드들이 가득했고, 이것도 저것도 모두 다 예뻐 보여 정신없이 지갑을 열었다.

옷뿐만일까. 나는 옷보다 신발에 더 집착하는 편이었다. 발 사이즈가 225 정도로 작다 보니 발에 잘 맞으면서 마음에 드는 디자인의 신발을 사기가 힘든 편이다. 옷은 종류도, 선택의 폭도 넓지만 신발은 상대적으로 그렇지 않다. 요즘은 수입 제품도 많고 사이즈와 디자인도 다양해졌지만 내가 처음 힐을 신기 시작한 90년대 중반에는 사이즈 맞는 신발을 찾는 것 자체가 힘들었다. 그러다 보니 발에 맞고 디자인이 예쁜 구두만 보면 정신없이 사고 또 샀다. 무난한 디자인보다는 색깔이 화려하고 튀는 스타일을 좋아해, 지금 생각하면 어떻게 신고 다녔는지 모를 디자인들을 신이 나 구입했었다.

20대 중후반에 알게 된 해외 직구는 신세계였다. 잘 만든 구두는 그 자체가 작품이고, 밸런스가 맞는 구두가 굽 높이에 비해 얼마나 발을 편하게 하는지 그때 깨닫게 되었다. 해외에서 35나 5 사이즈의 신발을 사면 별다른 수선 없이도 발에 딱 맞았다. 디자인의 다양함도 국내와는 비교가 되지 않았다. 해외 컬렉션을 적당히 베껴서 대충 만들어 낸 신발과 디자이너의 오리지널리티가 살아 있는 신발의 차이점을 온몸으로 느끼며 구두에 중독되어 갔다.

처음으로 구찌의 샌들을 샀을 때의 기쁨은 아직도 잊지 못한다. 검은색의 심플한 스트랩 힐이었는데, 가죽이 부드럽고 발에 딱 맞는 예쁜 신발로 지금 봐도 촌스럽지 않고 우아하다. 라인이 예쁘고, 아치가 발 모양에 딱 맞고, 디자인이 발 모양 및 전체적인 의상과 잘 어울리는 신발을 신었을 때의 기쁨을 처음으로 알았다.

그 다음부터 하염없이 신발을 모으기 시작했다. 톰 포드가 디자인했던 시절의 구찌 신발들, 페라가모의 바라 힐, 입생로랑의 섹시한 스트랩 힐과 루부탱의 아찔한 기본 힐, 버버리의 특이한 힐과 지미추의 우아한 기본 하이힐……. 다양한 디자이너들의 독특한 힐을 그야말로 수집하는 느낌으로, 주머니 사정이 허락하는 한 사고 또 샀다. 밤새도록 인터넷을 검색하며 해외 패션쇼 사진을 모아 셀러들에게 사진을 첨부한 이메일을 보내 "이 신발 구할 수 있냐"고 물어 보았다. 지금 같으면 귀찮아서라도 못할 짓이지만 그때는 그만큼 열정이 있었다.

힘들게 번 돈이지만 신발에 쓸 때만큼은 아깝지 않았다. 초라한 사춘기를 겪으며 스스로를 참 못났다고 생각하게 되었고, 어른이 되어서도 그런 자신을 좀처럼 좋아할 수 없었지만 새 구두를 신고 또각또각 걸을 때만큼은 나도 조금은 괜찮아 보일 거라고 생각했다.

지금은 집안 가득 옷이 있고, 구두와 가방도 넘쳐 난다. 이제는 옷에 그렇게까지 신경 쓰지 않는다. 애착이 가는 옷도 그리 많지 않다. 캐시미어 등 소재가 특별히 부드러운, 잘 만든 코트 정도가 아끼는 옷이다. 그 이외엔 남들에게 준 옷도 많고, 조금 입다 팔거나 버린 옷도 꽤 많다. 지나고 나면 조금은 허무하다. 옷에 쏟은 돈을 모았다면 서울 한복판에 그럴싸한 집을 한 채 샀을 거라는 농담을 하기도 한다.

사춘기 때의 결핍이 없었다면, 혹은 뭘 입어도 예쁜 외모를 가졌다면 20대에서 30대 중반에 걸친 미친 듯한 집착의 시기를 지나지 않아도 되었을까? 하지만 그 집착이 결국 내게 어떤 응어리처럼 뭉쳐 있던 결핍을 해소하고 자신감을 갖게 했다. 내게 필요한 것을 채워 나가는 과정은 정서적인 맷집을 만들어 가는 시기이기도 했던 것 같다. 타인에게 아름다워 보이기 위해서가 아닌, 나 스스로가 즐길 수 있는 '아름다운 것'들을 찾아 헤맸던 시간. 무엇을 얻었는지를 떠나 그 시간은 즐거웠고 행복했다. 이제는 그 감각을 다시 느끼고 싶어도 그럴 수 없을 정도로. 그걸로 됐다고 생각한다.

비싼 구두가 안겨 주었던
달콤한 죄책감

●   한참 구두를 모으기 시작했던 무렵의 기억이 하나 있다. 어느 날, 대학 선배의 결혼식에 참석해 졸업한 지 거의 5년 만에 여자 동기들을 만났다. 대학에 입학했을 때 나는 사춘기 때의 콤플렉스를 지우지 못해 위축되어 있었고, 스스로가 촌스럽다는 강박을 가진 사람이었다. 내 눈에 비친 여자 동기들은 대부분 나보다 세련되고 형편도 넉넉한 듯 느껴졌고, 그래서 늘 약간의 거리감을 느꼈다. 시간이 지나고 나름의 패션을 추구하면서 어느 순간 옷 잘 입는 애라는 평판을 듣게 되었지만 그럼에도 스스로가 보잘 것 없는 사람이라는 생각은 꽤 오랫동안 나를 괴롭혔었다.

그런데 왜일까? 5년 만에 만난 동기들은 학생 때보다 초라해 보였다. 그 애들의 발을 내려다보았다. 내 눈에 들어온 것은 나라면 절대 신지 않을 종류의 지저분한 검정색 구두들이었다.

그 순간 내가 느꼈던 감정이란……. 뱃속 깊이 숨어 있던 에고와 허영이 손을 마주잡은 느낌이었다고나 할까. 잠시 스쳐가는 이런 우월감을 맛보기 위해서라도 쇼핑을 포기하지 못할 것이라고 생각했던 그 순간을 지금도 기억한다. 너무나 뒤틀린 마음이었기에 되새길 때마다 그런 감정을 느꼈다는 것이 부끄럽지만 구두와 나 자신에 대한, 가장 솔직한 날것의 기억이다.

나의 쇼핑벽에는 그늘이 존재했었다. 아름다운 것을 소중히 여기고 스스로가 아름다워지고 싶은 갈망도 있었지만, 오랫동안 나를 괴롭혔던 열등감과 결핍감도 무시할 순 없었다. 쇼핑에 중독되었던 초반에는 분명 그 감정으로부터 자유롭지 못했다. 그 당시 내가 좋은 물건, 예쁜 물건을 사들이며 느꼈던 쾌감 중에는 아름다운 것을 소유한다는 기쁨도 있었지만 나의 열등감을 불식시켜 줄 위안, 그리고 말하기 힘든 우월감도 있었던 것이다. 쇼핑은 내게 이런 어두운 쾌감을 알려 주었지만, 그럼에도 불구하고 결국 나의 자존감을 회복하는 데도 큰 도움을 주었다. 내가 번 돈으로 내가 원하는 것을 사고, 그것을 감상하고 사용하는 것은 결국 나를 위하고 아끼는 행동이었고, 그런 행동을 통해 나는 자기 자신을 조금씩 사랑하는 법을 배우게 되었으니까.

지금은 옷에도 구두에도 그렇게까지 집착하지 않는다. 여전히 예쁜 옷을 좋아하고, 하이힐을 신는다는 행위에서 즐거움을 느끼기는 한다. 하지만 하이힐만을 고집하던 시절은 지나갔다. 머리부터 발끝까지 제대로 바짝 조인 옷차림을 하고 싶을 때는

12센티미터 하이힐을 꺼내 신지만 운동화나 플랫 슈즈 같은 굽 낮은 신발도 즐겨 신게 되었다. 하이힐을 신는 즐거움만큼 운동화를 신고 먼 거리를 걷는 즐거움도 커졌다. 타인에게 내가 어떻게 보이는지도 그리 의식하지 않게 되었다. 남들의 시선에 촉을 잔뜩 세우고 있었던 과거를 생각하면 혼자 세상의 온갖 것들을 의식하던 나 자신이 부끄럽기도 하고 우습기도 해 웃음이 나온다. 이렇게 변한 이유는 내가 나를 조금 더 좋아할 수 있게 되었기 때문인 것 같다.

스스로를 사랑하기 위해 멋지고 높은 하이힐이 필요했던 시기, 하이힐 위에 올라서서 이 신발을 신고 있으면 더 나은 인간으로 보일 거라 위안하던 시기가 있었다. 그런 시간을 보내며 자신을 사랑하는 법을 알게 되었기에 비로소 하이힐에서 내려온 나도 사랑할 수 있게 된 것 아닐까. 외모만 보자면 날씬하고 팽팽했던 20대의 내가 더 나을지 모르지만, 살이 찌고 주름이 생긴 40대 초반의 나는 스스로는 물론이요 타인에게도 예전보다 여유 있고 당당한 태도를 취할 수 있게 되었기에 지금의 내가 더 마음에 든다. 집을 나온 것도 독립이었지만, 타인의 시선으로부터 자유로워지기 위한 모든 몸부림이 내게는 독립의 과정이었다. 많은 시행착오와 낭비가 있었지만 이제는 독립이라는 것을 어느 정도 해냈다고 스스로도 말할 수 있어 뿌듯하다.

나를 위한
공간의 최적화

●   사람 한 명이 살기 위해서는 정말 많은 물건들이 필요하다. 독립하기 전까지는 옷, 가방, 신발, 화장품, 책이나 음반 등을 사는 것이 쇼핑의 범위였지만 혼자 살게 되면 자질구레한 물품까지 하나하나 스스로가 채워 넣어야만 한다. 경제적 부담도 커질 뿐더러 사야 할 물건과 필요 없는 물건을 분류하고 고르기도 만만찮다.

  동일본 대지진 후 일본을 필두로 한국까지도 미니멀한 삶, 버리는 삶이 대유행이다. 최대한 물건을 사지 않고, 가지고 있는 것도 버리는 방향으로 소비 가이드가 이동 중이다. 나도 부분적으로는 동의한다. 다 버리고 비우기를 시도해 보지 않은 것도 아니다. 정리 관련 책에 흔히 나오는 '1~2년 이상 안 입는 옷과 가방 등은 처분한다', '더 이상 설레지 않는 물건들은 처분한다' 같은 말들을 곧이곧대로 듣고, 물건들을 버리거나 판매해 최대한 집을 비워 본 적도 있었다. 하지만 소비 패턴 자체를 고치지 않자 결국 예전의 공간으로 돌아갔다. 게다가 처분한 물건들이 눈에 밟혀 똑같은 물건을 다시 사는 경우까지 있었다. 정리 효과는 효과대로 없고, 돈은 돈대로 더 든 것. 사람마다 삶의 방식이 다르고, 물건에 애착을 갖는 형태도 다르기에 정리법도 다르다는 사실을 간과했던 것이다.

그래서 나는 무작정 버리고 비우기보다는 내 공간을 좋아하는 물건으로 편안하고 쾌적하게 채우는 삶을 추구하기로 했다. 말 그대로 '내 공간의 최적화'이다. 적당히 간단명료하면서도 어디를 둘러봐도 눈에 거슬리지 않는, 좋아하는 물건이 놓인 공간에서 살아가는 삶. 몇 년 전부터 이것을 '심플 라이프'라고 부르고 있다. 군더더기 없이 산뜻하고 단순하게, 정말로 내가 원하는 물건만으로 구성된 삶. 영원히 닿지 않을 이상향 같은 목표지만 그 정도 목표는 있어야 조금씩 나아지지 않을까 하며 정진한 지 몇 년. 최적화까지는 안타깝게도 멀었지만 조금씩 나아지고 있다는 것만으로도 마음의 위안을 삼고 있다.

심플 라이프를 목표로 하게 된 다음부터 소비 방식이 조금 변했다. 나는 타성에 젖어 습관적으로, 또 충동적으로 소비하던 사람이었다. 사이즈가 맞는 신발을 발견하면 일단 사고 보았고, 코트를 좋아해 갖고 있지 않은 디자인이면 계속 사들였다. 특정 브랜드 신상 화장품 색조도 일단 지르고 보았다. 분명히 기한 내에 소비하지 못할 걸 알면서도 올리브 캔 열두개 묶음을 사거나, 고기를 킬로그램 단위로, 과일을 박스 단위로 샀다. 집에 아무리 손님이 많이 온다 한들 1인 가정에서 소비 가능한 양이 아닌데도 한꺼번에 많이 사야 싸고, 사람들이 많이 와서 먹을지도 모른다는 생각에 사서 쌓아 놓곤 했다.

이사 가는 날, 유통기한이 한참 지난 각종 캔 음식을 버리고 냉동실을 정리하며 정말 많이 반성을 했다. 버리는 양을 생각하면 좀 비싸더라도 좋은 재료를 소량만 사서 먹고 끝내는 게 훨씬 이득이다. 맛도 더 좋다. 옷, 신발, 화장품도 마찬가지다. 나는 지네처럼 발이 많은 것도 아니고, 몸은 하나뿐이다. 출퇴근을 하는 직업도 아니기에 매일 외출복을 차려 입을 일도 없다. 지금 있는 것만도 차고 넘치건만 타성에 젖은 소비를 놓지 못했던 것이다. 지갑이 점점 비어 가고, 물건에 치여 사람이 편히 살 수 없는 집을 만들어 버린 다음에야 뭔가 잘못되었다는 걸 깨달았다. 비싼 집세를 내고 물건을 위한 창고를 빌린 것과 다름없었다. 대체 무슨 바보짓일까.

그렇게 현실을 자각한 뒤부터는 마음에 드는 물건을 발견하더라도 일단 참고 집으로 돌아오는 연습을 하기 시작했다. 돌아와서 생각하면 대체로 안 사도 아무런 지장이 없는 물건들이라는 것을 덩달아 깨달은 것은 물론이다.

이만한 치유가 있을까?
쇼핑 테라피

● 나는 이미 구입한 물건들도 너무 많은 편이라 더 이상 사지 않는 것에 초점을 맞췄지만, 자신만의 소비 패턴을 파악하고 기준을 세울 수 있다면 굳이 쇼핑의 즐거움을 포기할 필요까지는 없다.

인생에서 쇼핑이 주는 즐거움은 생각보다 크다. 피곤하고 지치고 힘들 때 우리가 인터넷 쇼핑몰에서 예쁜 물건을 구경하는 것은 그 행위 자체가 우리를 치유하기 때문이다. 하루 중 가장 즐거운 시간이 택배 박스 뜯을 때이며 선반에 늘어서 있는 예비 식량이나 예비 화장품을 보면서 괜히 든든하고 뿌듯해 하는 사람이 나뿐만은 아니리라.

본인의 소비 패턴과 사용량 등을 파악한 뒤, 세일하는 클렌징 오일을 두 개까진 챙겨 둬도 괜찮겠다든가 닭 가슴살을 2킬로그램까지는 냉동 보관할 수 있지만 그 이상은 안 된다는 등, 자신이 기한 내에 소진할 수 있는 한도 내의 물건만 사는 것이 중요하다. 세일 때도 마찬가지다. 충동구매를 아예 끊을 수 없다면 충동구매의 상한 금액과 한 달 동안 허용 가능한 횟수를 정해 놓는 것도 도움이 된다.

고민 끝에 구매했든 충동구매이든 세일가로 구매했든 그 물건이 본인의 기분 전환에 큰 도움이 되고 유용하게 쓰인다면 낭비가 아니다. 하지만 기껏 구입했는데 자리만 차지하거나 보고 있어도 기분이 좋지 않다면 실패한 소비다. 즉 중요한 것은 소비를 최대한 줄이는 것도, 몽땅 버리고 비우는 것도 아니다. 자신을 파악하고, 자신에게 필요한 것을 선별하는 눈과 필요하지 않은 물건은 처음부터 사지 않는 습관을 가지는 것이다.

이렇게 고르고 고른 끝에 제대로 된 물건을 얻을 때의 쾌감은 각별하다. 말 그대로 쇼핑이 힐링이 되고 테라피가 된다. 이왕 하는 거, 스스로가 납득할 수 있는 즐거운 쇼핑을 하도록 노력하자는 얘기다.

살면서 여러 사람들을 겪어 보니, 너무 저축에만 몰두하고 즐거움을 포기하는 삶을 고수하던 사람들에게는 거의 반드시 반작용이 왔다. 갑자기 미친 듯이 쇼핑을 하거나 우울증 같은 증상을 겪기도 하고 남과 자신을 비교하면서 자기 비하를 하는 경우도 있었다. 타인을 깎아내리고 날카롭게 구는 사람이 되어 가는 모습도 왕왕 보았다.

소비와 저축의 균형을 잡으라고 말하기는 쉽지만, 내 경우 경험 없이 바로 균형 감각을 가질 수는 없었다. 소비와 저축의 균형을 잡는다는 것은 이 혼란한 세상 속에서 나라는 인간 자체의 균형을 잡는 것과 같기 때문이다. 내가 가장 중요하다고 생각하는 세 가지 포인트는 이렇다. 소비와 저축에 대해 계획을 세우고 진지하게 생각하는 습관을 들이는 것, 계획을 세우면 바로 행동으로 옮기는 것, 타인과 비교하지 않는 것이다.

특히 마지막이 중요하다. 돈은 잃어도 복구할 수 있지만 멘탈이 한 번 망가지면 쉽게 회복하기 힘들다. 주변 누구만큼 돈을 모으지 못했다고 우울해하는 것, 적극적으로 인생을 즐기는 사람들에게 위축되거나 그들을 공격하는 것, 저축에 열중하는 친구를 놀 줄도 모른다고 비난하는 것 등 모두 부자연스럽다.

특히 혼자 살기로 결심한 사람이라면 어떤 모범 표본으로서의 '남들'과는 다른 삶을 살겠다고 결심한 것이나 다름없다. 다르게 살겠다고 결심했으면서 왜 타인과 자신의 삶을 비교하는가. 의미도 없고 해서도 안 될 행동이다. 다른 사람과 자신의 삶을 비교하지 말 것. 혼자 살아갈 생각이라면 비단 소비 생활뿐만 아니라 삶 전반에서 절대적으로 유념해야 할 항목이라는 걸 잊지 않았으면 좋겠다. 그리고 그렇게 살아가기 위한 인생의 작은 즐거움을 위해 내가 책임질 수 있는 한도 내에서 쇼핑을 즐기는 것쯤, 뭐 어떤가.

내게
가장 좋은 것

●   무얼 숨기랴? 나는 명품을 정말 좋아한다. 명품이라서 좋아한다기보다는 잘 만들어진 물건들이 대체로 명품이기 때문에 좋아한다. 소위 명품 브랜드의 제품 중에서도 취향의 문제를 떠나 물건 자체가 좀 허접하게 만들어진 것들이 있는데, 그건 내 기준으로는 명품이 아니다.

나는 물건의 디테일 한끝 차이를 예민하게 생각하는 편인데, 말 그대로 한끝 차이라 사실 사용에는 별 지장 없지만 이 부분이 눈에 밟히기 시작하면 견딜 수가 없다. 가지고 싶은 물건이 너무 비싼 것 같아 대용품을 이것저것 사다 보면 그 한끝 차이 때문에 만족할 수가 없어 결국 원래 사려던 가장 비싼 것을 사게 된다. 그렇게 구입한 대용품들은 돈 낭비, 잉여 물품에 불과해진다는 걸 수십, 수백 번의 실패를 겪으며 뼈저리게 깨달았다. 어중간한 물건은 쳐다보지 말고 아예 아무것도 사지 않거나 돈을 모아 가장 좋은 물건을 사는 게 백배 낫다는 것을.

비싼 것이 모두 좋은 물건은 아니지만 좋은 물건은 대부분

비싸다. 가끔은 저렴하면서도 디테일 좋고 흠 잡을 데 없는 물건을 만나는 경우도 있지만 복권 당첨 확률이다. 잘 만들어진 물건을 만나는 가장 쉽고 안전한 방법은 역시 오랫동안 검증받은 각 브랜드들의 대표 제품들을 선택하는 것이다. 버버리의 기본 트렌치코트, 로로피아나의 싱글 버튼 캐시미어 코트와 기본 니트 스웨터, 롤렉스의 시계, 막스마라의 숄칼라 코트, 루이비통의 여행 가방, 에르메스의 버킨과 켈리, 샤넬의 클래식 백과 2.55 백, 지미추와 루부탱의 기본 블랙 하이힐 등이 그런 물건들이다. 각 브랜드들에서 꾸준히 만들어지고 오랫동안 사랑을 받고 있는 물건들은 대체로 그럴 만한 이유가 있다.

하지만 명품이라 해도 유행의 영향이 없는 것은 절대 아니고, 오히려 명품이기 때문에 유행의 영향을 강하게 받는 경우도 많다. 끌로에의 패딩턴 백이 가장 먼저 떠오른다. 자물쇠가 달린 독특한 디자인의 이 가방은 처음 나왔을 때는 어마어마한 인기를 누렸지만 디자인 자체가 워낙 무겁고 들고 다니기에 불편하다 보니 지금은 거의 사라졌다. 이외에도 수많은 '잇 템'들이 존재했지만 몇 년이 지나면 '아 그런 물건도 있었지'라는 어렴풋한 잔상만 남기길 부지기수. 십여 년을 넘게 관찰한 결과 디테일이 너무 과하고 실사용에 불편함이 있으면 아무리 디자인이 예뻐도 결국 긴 생명을 가지지는 못하는 것 같다.

어떤 디자인이든 새로운 디자인이 클래식이 되는 건 정말 어려운 일이다. 비교적 새로운 제품이 클래식이 된 경우는 아직까지는 발렌시아가의 모터백 정도밖에 꼽지 못하겠다. 물론 우리는 평범한 사람들이니만큼 항상 유행의 첨단을 달릴 필요가 없고, 유행이 지나도 내 마음에 들고 내게 잘 어울리는 제품이라면 자신 있게 쓰면 된다. 다만 명품이라면 무조건 유행 타지 않고 오래 쓸 수 있을 거라는 생각은 하지 않았으면 좋겠다. 유행을 탈 것 같은 제품이지만 너무 마음에 들어 구입하고 싶다면 최대한 빨리 사서 신나게 잘 쓰다가 손이 덜 가는 순간 구입 가격은 생각하지 말고 재빨리 처분하는 것을 권하고, 유행과 무관하게 오래 쓸 수 있는 비싸고 좋은 제품을 원한다면 이미 검증된 각 분야의 클래식들을 목표로 돈을 모으는 쪽을 추천한다. 그게 무엇이든 내가 가장 욕망하는 물건, 내게 가장 좋은 물건을 하나 사서 알뜰살뜰 잘 쓰는 것이 가장 만족스러운 소비로 기억에 남기에 하는 말이다. 통장이 화수분이라면 이것저것 생각할 필요도 없겠지만 우리의 총알은 한정되어 있으므로.

쇼핑 중독을 거쳐
체득한 쇼핑의 팁

• 쇼핑 중독임을 만천하에 드러내며 살고 있기에, 내 블로그에 방문하는 사람들 중 상당수가 쇼핑 정보를 얻고 싶어 하는 사람들 아닐까 가끔 생각한다. 내가 가지고 있는 몇 가지 쇼핑의 기준에 대해서도 조금 이야기해 본다.

◦ 어떤 물건이든 가능하면 직접 보고 고르기
사진만 보고도 좋은 물건을 척척 골라내는 사람들이 있다. 이렇게 물건을 잘 보는 사람들도 처음부터 그랬던 것은 아니다. 수많은 경험과 시행착오 끝에 안목이 생긴 것이다. 그러기 위해서는 연출, 보정된 사진으로 물건을 파악하기보다는 무엇이든 직접 눈으로 보고, 시험해 본 뒤 사는 경험을 쌓아야 한다.

　싼 물건을 찾아 헤매는 것보다는 돈을 조금 더 주더라도 오프라인에서 자신에게 잘 어울리고 맞는 제품을 고르기를 추천하고 싶다. 한 시간 동안 최저가 검색을 해서 2천 원 싸게 샀다면 최저시급보다도 낮은 금액인 2천 원을 위해 한 시간을 버린 것이다. 그 사이 다른 일을 했다면 모르긴 몰라도 2천 원 이상의 값어치는 있지 않을까?

시간은 돈이다. 그 모든 과정과 기회비용을 취미 삼아 즐기면 모를까(무얼 숨기랴. 내가 그랬다) 굳이 그럴 생각이 아니라면 단골 쇼핑몰을 정해 놓고 그곳에서 꾸준히 구입하면서 적립금을 모으고 쿠폰을 받는 게 나을 수도 있다.

'그런데 왜 오프라인에서 사라는 거야? 시간이 돈이라며? 인터넷에서 사는 게 훨씬 빠르고 싸지 않아?'라고 생각할 수도 있다. 그러나 경험상 인터넷으로 뭔가를 사면 저렴한 값에 혹해 원래 사려던 것보다 지나치게 많이 사기 쉽고, 실패 확률이 높기 때문에 최종적으로는 소비한 비용과 시간에 낭비가 생기는 경우가 많다. 인터넷으로 구매하더라도 사진만으로 본인이 원하는 물건인지 파악이 가능하고 점찍은 품목만 사고 바로 창을 닫고 나올 수 있다면 당연히 성공한 쇼핑이다. 나는 아직까지 이게 안 되는지라 오프라인 구매를 선호하지만 이게 가능한 분들은…… 그저 부러울 따름이다.

○ 의류와 뷰티 쇼핑의 경우, 쇼핑하기 전 자신을 파악하기

내 키는 150센티미터대 중반이지만 내가 좋아하는 패션 아이템은 최소 165센티미터 이상의 키 크고 늘씬한 여성에게 어울릴 만한 물건들이다. 그럼에도 보기에 예쁘다는 이유로 '길이

를 좀 줄여 입으면 되겠지', '소매만 줄이면 입을 수 있지 않을까?' 이런 식으로 자기 합리화를 하며 일단 사고, 오랫동안 보관만 하다 처분하는 짓을 반복했다.

그런 옷들은 내게 처음부터 맞지 않는다. 수선해도 소용없다. 잘 만든 옷은 전체적인 라인을 고려해 만들어지는데 어설프게 기장만 줄여 봤자 허리선 위치나 주머니 위치에서 답이 나오지 않게 된다. 실패를 많이 하다 보면 수선으로 커버할 수 있는 물건과 그렇지 않은 물건이 보인다. 문제는 그걸 처음부터 알아보기 힘들고, 실패와 경험을 통해 내공을 쌓아야만 알게 된다는 것이다. 소매 길이, 바지 끝단 정도를 조정하는 수선은 비교적 손쉬운 편이지만 보통 수선 전에 상상하는 옷의 이미지를 완성하기 위해서는 옷을 다 뜯어 새로 만들어야 하는 경우가 대부분이다. 웬만하면 사이즈로 모험을 하지 말자.

평소 자신의 스타일과 너무 다른 옷은 신중하게 생각해야 한다. 헤어스타일을 바꾸고, 화장도 좀 하고, 하이힐과 맞춰 신으면 어울릴 것 같은 옷이라 샀는데 결국 헤어스타일도 바꾸지 않고 화장도 하지 않고 힐도 좀처럼 신지 않아 옷도 전혀 입지 않게 되었던 경험은 없는가? 파격적인 시도를 하고 싶다면 옷 스타일을 바꾸기보다는 액세서리나 가방 등 소품으로 모험을 하는 것이 안전하고 효과적이다.

성공하는 쇼핑을 위해서는 부단한 고민이 필요하다. 지금 내 눈에 예뻐 보이는 옷이나 물건을 사기 이전에 내가 되고 싶은 나와 현재의 나를 최대한 분리해 생각하고, 자신의 신체적인 조건과 어울리는 스타일, 색상, 절대로 피해야 할 스타일을 파악하기만 해도 장담하건대 실패한 쇼핑이 확 줄어들 것이다.

○ 안 쓰는 물건은 과감하게 처분하기

영원한 것은 없다. 나이가 들면 체형도 피부색도 어울리는 톤도 미묘하게 변한다. 자신에게 정말 어울리는 것을 찾았다고 생각해도 세월이 지나고 내가 변하면 어쩔 수 없이 손이 안 가는 물건이 생긴다.

또한 인간이란 항상 자신에게 어울리는 것만 구입하게 되진 않는다. 그냥 내 눈에 예뻐 보이고, 유행하는 물건이고, 가지고 싶다는 이유만으로 사게 되는 것들도 참 많다. 특별히 쓰진 않아도 가지고 있는 것만으로도 볼 때마다 기분 좋은 물건이 있다면 그건 그것대로 효용이 있는 물건이다. 하지만 물건을 감상하고 기분 전환을 하기 위해서는 그걸 제대로 보관할 '장소'가 필요한 법이고, 보통은 물건에 비해 수납 공간이 항상 모자라기에 제자리에 물건을 두고 즐길 여유가 없다. 필요 없는 물건들을 정리해 먼저 자리를 만들어야 좋아하는 물건을 제대로 즐길 수 있다.

대다수의 쇼핑은 물건을 손에 넣을 때까지의 쾌감이 제일 크다. 일단 샀다면 기쁨을 즐긴 뒤 기쁨의 유효 기간이 끝나면 과감하게 처분하는 것도 좋은 방법이다. 버리거나, 잘 어울리는 친구에게 선물로 주거나, 중고 사이트에서 판매하거나, 기부를 하거나. 어떤 방법을 택하든 살 때보다 손해를 보게 되는 건 당연하고 물건을 처분하는 과정이 귀찮기도 하다. 몇 번 하다 보면 처분이 귀찮아 새 물건을 살 때 좀 더 신중해지기도 한다. 중요한 것은 이미 효용 가치가 떨어진 물건을 계속 쌓아 두지 않고, 어떤 방법으로든 순환을 시키는 것이다.

목표만은
심플 라이프

●   20~30대에 걸쳐 번 돈의 대부분을 무언가를 사는 데
썼다. 편하게 몸을 누일 수 있는 방 한 칸, 두꺼운 가운, 털이 보
드라운 고양이, 좋아하는 책, 24시간 마음에 드는 음악을 틀 수
있는 오디오, 맛있는 커피와 음식. 그것들이 내가 인생에서 원
하는 전부였던 때가 있었다. 10대부터 20대 초반, 홀로 살아나
갈 길고 어두운 터널에 발을 막 내딛기 시작했을 때는 그보다
절실한 건 내 인생에 없으리라고 생각했다.

15년 이상이 지난 지금, 나는 어쨌든 혼자 살아남는 데 성공
했고 내가 원하던 것 그 이상을 가지고 있다. 비록 내 인생 최
고의 고양이는 이제 내 곁에 없지만 아늑한 침실과 편안한 거
실, 책이 가득한 책방, 옷과 신발과 가방이 가득한 드레스 룸이
있고, 냉장고에는 언제나 먹을 것들이 가득 차 있으며 주방에
는 멋진 그릇들이 가득하다.

그런데도 나는 빈 공간을 참지 못하는 사람처럼 자꾸 무언가
를 사들여 이미 포화 상태인 공간에 물건들을 겹쳐 올렸다. 예

쁘지만 쓸모없는 것들, 그저 가지고 싶은 욕구만 충족하는 것들, 필요할 것 같아서 샀지만 막상 쓰지 않는 것들.

나는 그런 물건들로 방을 가득 채우면서도 계속 허기를 느껴왔다. 마치 아귀와도 같은 그 결핍 증상은 30대 중반이 넘어가면서 다행스럽게도 서서히 잦아들었다.

결정타는 이사였다. 집을 구하기 위해 고민하자 살고 있는 공간에 대한 고민도 자연스레 하게 되었다. 그러자 내가 가장 편안하게 느끼는 공간은 물건이 가득한 집이 아니라, 꼭 필요한 물건만 놓여 있는 여유 있는 장소라는 걸 깨달았다. 결국 독립 생활 초기에 원했던 바로 그 정도가 사실은 내가 가장 필요로 했던 것들이었다. 내가 진정으로 원했던 건 온전히 나 혼자서 사색을 하고 음악을 듣고 책을 읽을 수 있는 공간이었지, 물건들이 아니었다. 그러나 한동안 나는 넘치는 물건들 때문에 정말 필요했던 그 공간을 가지지 못하고 있었다.

쇼핑이 마음의 위안이 되고, 집 안 곳곳에 좋아하는 물건들이 가득 차 있는 것만으로도 살아갈 힘이 생겨나던 그 날들은 내게 꼭 필요한 시간이었다고 지금도 믿는다. 하지만 나이가 들며 사람은 변한다. 이젠 더 이상 적지 않은 나이. 지금의 내게 필요한 건 대체 무엇일까.

이런 생각을 하기 시작하자 그 동안 열심히 모아 쌓아 둔 물건들이 짐이 되었다. 누군가의 집에선 분명 빛날 수도 있는 것들이 내 집에서 겹겹이 포개진 채 먼지만 쌓이고 있는 것이 미안해졌다. 최소 절반 이상을 덜어 내자며 마음을 굳혔지만 쉬운 일은 아니었다. 신년을 맞이할 때마다 물건을 줄이자 다짐했지만 그 각오는 대체로 덥고 긴 여름을 지나면서 엉망이 되었다. 가끔 있는 외출을 위해 옷방의 문을 열면 한숨이 절로 나왔다. 원하는 것만 준비되어 있는 방 하나 만들지 못하는 내가 대체 할 수 있는 일이 뭘까 자조적으로 생각할 때도 있었다.

10년이 넘도록 유지하던 소비 패턴을 쉽게 바꿀 수 없다는 걸 잘 안다. 물욕 많은 내게 심플 라이프는 끊임없이 노력하며 지향해야 간신히 유지할 수 있는 목표이다. 하지만 물건에 대한 소유욕이 아닌, 그 물건들을 편안하게 즐길 수 있는 빈 공간에 대한 갈망이 생긴 점은 고무적이다.

보들보들한 캐시미어 스웨터 몇 벌이 예쁘고 단정하게 수납되어 있는 선반, 옷이 상하지 않고 서로의 먼지가 붙지 않을 정도로 간격을 두고 걸려 있는 외투, 그런 풍경을 갖기 위해 하나를 사면 다섯 개를 없애겠다는 마음으로 버리고, 나눠 주고, 판매하기를 몇 년. 예전보다는 확실히 조금 나아진 상태다. 어쩌면 나이 쉰 살쯤엔 정말로 최적화를 이뤄 낼지도 모른다는 생각으로 오늘도 한구석에 쌓인 물건 한 줌을 덜어 내며, 그렇게 심플 라이프를 향해 한 발짝 더 걸어가 본다. 올해도 목표는 심플 라이프!

나의 심플 라이프를 방해하는 물건들 중 하나,
다양한 그릇들.

그러나 이 물건들이
나의 시간을 풍요롭게 만들어 주는 것은
부정할 수 없는 사실.
정도를 지키고 균형을 맞추는 것이
궁극적 목표이다.

신발 욕심을 많이 버렸지만 아직까지 신발장에 쌓여 있는 구두들.
이것도 일부라는 게 부끄럽다.
반 이상 버리고 박스에 사진과 라벨을 붙여
구두를 고르고 꺼내기 편한 신발장을 만드는 게 목표.

사진의 클러치와 미니 백부터 해서 다양한 가방들이 있지만
실제로 가장 자주 들고 다니는 건 낡은 에코 백이다.
심플 라이프를 위해서는 이런 불필요한 가방들도 계속 정리해야.

일이
삶을 버티게
하리라

◆

일을 통해 자아실현을 한다는 말이 있다. 정말 그럴까?
보통 사람들에게 자아실현이란 일을 통하기보다는
일을 해서 번 돈을 소비함으로써 할 수 있는 것 아닐까.
책을 읽으며 정신을 단단하게 만드는 것도, 아름다운 물건을 사는 것도,
주택 융자금을 갚는 것도, 고양이 두 마리를 위해 좋은 사료를 사는 것도
모두 돈이 있어야 할 수 있다.

첫 단추
끼우기

●   혼자 살기 위해 꼭 갖춰야 하는 것. 그것은 바로 직업, 돈벌이를 할 구석이다. 부모가 부자라 독립 지원금을 펑펑 대주거나 큰 유산을 물려주면 모를까, 대부분의 우리들은 꾸준히 돈을 벌어야만 살아남을 수 있다. 남녀를 불문하고 성인이 경제활동을 하는 것은 의무이자 권리이다. 그러나 유례없는 취업 난과 불황은 경제적 자립을 어렵게 만들고 있고, 독립을 하려 해도 엄청난 고물가와 주거 비용 때문에 좀처럼 엄두가 나지 않는다. 간신히 직장을 구해도 기댈 곳 없이 모든 고난을 스스로 헤쳐 나가야만 하는 싱글들은 일과 함께 자기 자신이 무너질 것만 같은 두려움에 시시때때로 부딪히고는 한다.

나도 벌써 마흔이 넘었기에 지금 취업을 준비하고 고민하는 세대의 고충을 정확하게는 알지 못하고, 섣불리 아는 척하고 싶지도 않다. 그러나 세대가 다르더라도 분명 통하는 부분이 있을 거라 생각하고 나와 내 또래들이 겪었던 직업에 관한 일들을 조금 이야기해 보려 한다.

나는 IMF의 직격탄을 맞은 세대였고, 문과를 졸업한 여성은 선택할 수 있는 직업도 많지 않았다. 적성이나 직장 조건 등을 고려할 틈도 없이 일단 취직하고 보겠다며 대우도 형편 없고 적성에도 맞지 않는 직장에 들어간 사람들이 참 많았다. 그렇게 들어간 회사에서 참고 버티다 도저히 안 되겠다 싶을 때쯤 재취업을 알아보지만 애매한 경력, 애매한 나이의 여성이 들어갈 수 있는 직장은 손에 꼽았다.

한국에서의 삶에 두 번의 커다란 분기점이 있다면 하나는 '어느 대학에 가느냐'고 또 하나는 '졸업 후 어떤 직장에 취직하느냐'가 아닐까. 전자는 그래도 다양하게 우회할 수 있는 경로가 존재하지만 직장은 그러기가 쉽지 않은 것 같다. 때문에 사회에 나와 처음으로 취직하는 직장이 어떤 곳인지가 평생을 가름하기도 한다. 나이 많은 신입을 뽑으려는 회사는 많지 않기에 첫 단추를 잘 끼워 적성에 맞고 경력을 쌓아 갈 수 있는 직장에 들어간다면 다행이지만 그렇지 않다면 최대한 빨리 그만두고 다른 직장을 알아봐야 한다.

하지만 첫 단추를 잘못 끼우는 것보다 더 문제가 되는 경우는 지레 겁을 먹고 아무것도 하지 않는 것, 아예 단추를 끼우지 않는 것 아닐까. 모든 일이 그렇지만 특히 직업을 찾을 때는 본인이 할 수 있는 걸 발견했다 싶으면 풍덩 뛰어드는 용기가 필요하다. 들어갈 수 있는 직장들이 눈에 차지 않아 더 나은 일

자리가 나타나기를 기다리며 몇 년을 허비한 친구가 있다. 결국 신입으로 들어갈 수 있는 나이는 이미 지나가 버렸기에 일반 회사 취업을 포기하고 공무원 시험에 도전했지만 계속 고배를 마셨다. 주변에서도 안타까운데 본인 속이야 오죽할까. 차마 아무 말도 못하고 가끔 만날 때마다 밥과 술을 사는 게 내가 해 줄 수 있는 일의 전부였는데 이 친구가 드디어 작년에 취직을 했다. 연봉 2천만 원 남짓을 주는 작은 회사고, 대학 졸업 직후 갈 수 있었던 회사들보다 못한 곳이지만 그래도 취직을 해서 돈을 번다는 것만으로도 행복하다고, 졸업 후 7년이란 세월을 낭비했던 스스로가 부끄럽기도 하고 바보 같기도 하다는 말에 마음이 쓰렸다. 그래도 이것저것 시도해 볼 만큼 해 봤기에 지금의 직장에서 버텨야 한다는 원동력을 얻지 않았겠느냐 위로했지만 친구는 자기가 비겁했다며, 사실은 일하는 것 자체가 무서웠던 것 같다고 말했다.

생각해 보니 그럴 만도 하다. 우리들은 멋모르는 어린 시절부터 공부하는 법만 배우고 일하는 법은 배우지 못한 채 나이를 먹는다. 그러다 학생 시절이 끝나면 곧바로 직업 시장으로 내던져진다. 어찌어찌 적응하거나 자신에게 맞는 일을 찾으면 다행이지만 일을 한다는 것 자체가 생소하다 보니 두려움에 시작조차 못할 수도 있다. 꼭 혼자 살지 않더라도 성인이 되어 일을 한다는 것은 자신의 인생을 책임진다는 의미이다. 때문에 일에 대한 두려움은 인생을 온전히 자기 힘으로 책임져야만 하는 순간을 회피하고 싶은 마음에서 비롯되기도 한다. 부모에게 언제까지나 의지할 순 없는 걸 알지만 떨어져 나가는 것은 무섭고 두렵다. 부모도 자식이 변변치 못하고 험한 직장에 다니기보다는 여유가 있다면 그냥 품 안의 자식으로 끼고 있는 편이 차라리 속 편하다. 하지만 그 상태가 길게 유지될수록 서로에게 상처가 되는 경우를 많이 보아 왔다.

그래서 일찍부터 스스로 돈을 버는 경험을 차곡차곡 쌓는 과정이 소중하다. 그렇게 작은 경험들을 쌓다 보면 돈을 벌기 위해 어떤 마음가짐을 가져야 하는지, 무엇이 필요한지 배울 수 있고, 자신에게 맞는 일이 뭔지 탐색할 수 있는 기회도 생긴다.

최근엔 직장에 취업하기 전 아르바이트를 하는 젊은이들이 정말 많아졌다. 하늘 높은 줄 모르고 치솟는 학비와 생활비 때문에 아르바이트는 더 이상 선택이 아닌 생존 조건처럼 다가온다. 아르바이트 경험도 분명 커다란 자산이며 앞으로 할 일을 선택하는 데 큰 도움이 된다. 하지만 직장과 아르바이트는 조금 다르다. 아르바이트는 더 높은 시급을 주는 곳이 있으면 쉽게 일터를 옮길 수 있고, 근무 조건이나 함께 일하는 사람이 마음에 들지 않으면 큰 고민 없이 그만둘 수도 있다. 자신의 '직업'이 아니라 아르바이트이기 때문에 경력 관리나 장기적인 계획 없이 보다 자유롭게 일할 수 있다. 그러다 보니 아르바이트를 많이 했던 사람도 직업이라 할 만한 일을 가지고 자신의 인생을 길게 내다보고 꾸려 나가는 것에는 부담을 느끼는 경우가 많다.

사람에게는 어느 시점부터 더 이상 그때그때 인생을 메꿔 가는 것만으로는 상황이 해결되지 않는 때가 온다. 언제까지 타인에게 의존하는 삶을 살 수도 없으며, 아르바이트로만 생활을 이어 갈 수도 없다. 일본은 '프리터'라는 말이 있을 정도로 아르바이트로 먹고 사는 사람들도 많다지만 한국에서 아르바이트란 아직까지 젊은 청년들을 위한 자리이다. 아무것도 하지 않는 것보단 아르바이트라도 하는 게 낫지만 아르바이트에 안주하기보다는 자신이 장기적으로 할 수 있는 일과 직업을 찾는 게 중요하다고 말하고 싶다.

일을 하며 버틸 수 있어야 비로소 독립도 할 수 있고 어른이 될 수도 있다. 누구에게나 중요하지만 비빌 곳 없는 싱글 여성에게 더더욱 절실한 것. 그게 바로 일과 직업 아닐까.

아르바이트의
기억들

- 처음 아르바이트를 시작한 건 고등학생 때였다. 용돈을 거의 받지 못했기 때문에 꽤 일찍부터 아르바이트를 시작한 편이다. 때는 90년대 초반, 편의점이나 패스트푸드점 등의 일자리는 거의 없었고 신문 보급소 정도에서만 중고등학생 아르바이트를 받아 주었다. 새벽 네 시부터 두세 시간 정도 신문 배달을 하면 한 달에 15만~20만 원 정도를 받았다. 나도 신문 배달을 해 보고 싶었지만 건강도 시원치 않았고 무엇보다도 여학생은 배달원 채용을 좀처럼 해 주지 않았다.

그러다 얼떨결에 하게 된 게 '과학사'라 불리는 프라모델, RC 취급점의 일이었다. 당시 만화가의 꿈을 키우고 있던 때라 그림도 제법 그리고 색칠도 그럭저럭 하는 편이었는데, 과학사에 드나들던 손님들 중에 내가 만들고 채색한 프라모델과 소프트비닐 등을 눈여겨보던 사람들이 있어 그 손님들이 원하는 상황의 디오라마를 제작하면 재료비에 수고비를 얹어 주었다. 취미와 실익을 동시에 누리는 작업이라 즐거웠다. 지프 트럭에 병

사 몇 명 정도의 작은 디오라마부터 제법 큰 스케일의 디오라마까지 다양한 것들을 만들었다.

과학사에서 알게 된 분을 통해 여름 방학에는 애니메이션 작업을 약간 하기도 했다. 그 때는 일본 애니메이션의 황금기라 정말 많은 신작 애니메이션이 쏟아져 나왔는데, 그중 많은 분량이 한국에 수주해서 만들어진 것들이었다. 지인이 맡은 일감을 나눠 받은 거라 작업량은 150장 정도가 전부였고 장당 200원에서 잘 받으면 500원이었으니 급여는 매우 짧지만 좋아하는 그림을 그렸기에 나름 즐거운 작업이었다.

그 외에도 유화로 풍경화를 그려 아는 가게에 팔기도 하고, 지점토로 인형을 만들어 팔기도 하는 등, 고교 시절 내내 가내수공업으로 용돈을 버는 아르바이트를 했다. 학교를 워낙 많이 땡땡이쳤고 대학에 갈 생각도 없었기에 시간만은 넉넉했다.

대학 진학을 포기하고 아르바이트를 하면서 애니메이터나 만화가가 되겠다는 것이 당시의 내 생각이었다. 대학 등록금도 부담스러웠다. 하지만 막상 대학 진학을 포기하려 하니 집안의 반대가 너무 거셌다. 결국 울며 겨자 먹기로 일어일문과에 진학했다. 서울에 있는 대학을 가게 되면서 그 전까지의 소꿉장난 같던 아르바이트에서 벗어나 좀 더 살벌한, 본격적인 아르바이트 인생이 시작되었다.

고교 시절의 돈벌이는 좋아하는 일을 하는데 돈도 되는, 어찌 보면 돈벌이의 이상적 형태였다. 아직 어렸기에 주변 어른들에게 귀여움을 받고 재능이 있다고 칭찬도 받았다. 막연하게 '좋아하는 일을 하면서 돈도 벌 수도 있을 것'이라고 철없이 생각했던 것도 무리가 아니다.

그러나 대학생이 되자 얘기가 달라졌다. 싫어하는 일도 참고해야만 했다. 대학생들은 노느라 바쁘다고 대체 누가 그랬나. 수업과 학점 관리와 과제는 기본이요, 거기에 얹어 한 달에 과외를 세 개씩 뛰니 저녁은 거르기 일쑤였고 행복하고 싶어도 행복할 수 없는 나날들이 이어졌다. 하지만 일을 하지 않으면 당장에 점심 값과 차비를 마련할 수 없었고, 사고 싶은 옷도 화장품도 심지어는 생리대도 살 수가 없었으니 아무리 힘들어도 일을 그만둘 순 없었다. 말도 안 듣고 공부할 의욕도 없는 중학생들을 앉혀 놓고 어떻게든 성적을 올리기 위해 몸부림치고, 한 시간 반 넘게 지옥철에 시달린 뒤 집 근처 역에 내려 자전거를 타고 집에 돌아오는 날들이 반복되었다. 밤 열두 시가 넘어 무거운 다리로 자전거 페달을 밟고 있으려면 사는 게 참 힘들다는 생각이 절로 들며 남들도 이럴까 궁금했다. 방학 때는 과외에 더해 비디오 가게와 책방 아르바이트도 병행했다.

그렇게 아르바이트에 매진하기를 몇 년, 대학교 3학년 때 집에서 한 푼도 받지 못했음에도 나는 겁 없이 독립을 저질렀다. 크게 모아 둔 돈은 없었지만 다년간 '싫은 일'을 참고 해내면서 그래도 내 한 몸은 어떻게든 건사할 수 있을 거란 자신감이 붙었기에 할 수 있었던 일이었다.

그때 나는 20대였다. 고생이 두렵지 않았고 조금만 더 버티면 안정적인 직장에 취직할 수 있을 거라는 희망도 있었다. 나를 죽이지 않는 것은 모두 나를 강하게 만든다는 니체의 말을 꼭 가져오지 않아도 아르바이트의 괴로움과 어려움은 내게 일에 대한 맷집을 만드는 백신 같은 존재였고, 졸업 후 IMF 사태의 한가운데로 내던져진 다음에도 그럭저럭 버틸 수 있게 만든 원동력이 되었다. 고생할 때는 매 순간이 싫었고 전부 다 내던지고 싶었지만 덕분에 남들보다 조금 일찍 미래를 그릴 수 있게 되었으니 아주 나쁜 경험만은 아니었던 듯하다. 다 지나왔기에 할 수 있는 이야기일지도 모르지만.

여자는
2등 노동자?

● 　한참 취직 준비에 정신없어야 할 대학 4학년 때 나와
내 친구들을 덮친 외환위기. 그전까지는 일어일문과를 졸업하
면 내로라하는 무역 회사며 외국계 대기업에 취직이 가능했다
는 전설이 전해진다. 하지만 내 학번에게는 해당 사항이 없었
다. 무역 회사들이 매일 엎어졌고, 취직의 문턱은 날로 좁아졌
다. 간신히 취직하는 친구들의 급여는 말도 안 되는 수준이었
다. 제일 친한 친구는 백화점에 납품하는 화과자 업체에 취직
했는데 월급이 75만 원 정도였다. 그나마도 3개월은 수습 기간
이라 그 금액의 30퍼센트만 지급한다고 했으니 한 달 월급이
50만 원 남짓이었다.

친구는 그 돈을 받으며 기본 주 6일을 일했다. 일본 거래처가
오는 날에는 휴일을 반납했고, 일본어 통역과 서류 작업 등을
도맡았다. 백화점 화과자 행사 때는 하루 종일 서서 과자를 팔
았다.

그러고도 꾹 참고 회사를 다녔지만 결국엔 그만둘 수밖에 없

는 사건이 발생했다. 일명 '창고 감금 사건'. 어느 날 저녁 여덟 시쯤, 사장이 경기도 외곽의 창고로 가 재고 조사를 하자고 했다. 친구는 의심 없이 사장의 차에 올라타 창고로 향했다. 그런데 막상 창고에 도착해서는 재고 조사는 자신이 할 테니 화과자 만드는 것을 도우라고 하는 것이 아닌가? 친구는 얼떨결에 자기 업무도 아닌 과자 만들기를 돕게 되었고, 일하다 보니 열시가 넘어 집에 갈 차편이 걱정이 되기 시작했다. 그때야 사장을 찾았지만 사장은 이미 혼자 집에 돌아간 뒤였다. 버스도 다니지 않는 외진 곳, 외딴 창고에서 친구는 졸지에 밤새도록 화과자를 만들어야 하는 봉변에 처했다.

친구는 고민하다 새벽 두 시에 나에게 전화를 걸었고, 자초지종을 들은 나는 분노해 택시비를 내 줄 테니 콜택시를 불러당장 내 자취방으로 오라고 했다. 친구는 새벽 세 시가 훌쩍 넘은 시간에 내 자취방에 왔고, 우리는 밤을 새워 회사 욕을 했다.

아무리 일자리가 없어도 그 회사는 아니라는 결론을 내리고친구는 다음 날 사표를 냈다. 당연히 곱게 그만둘 수는 없었다. 월급을 주지 않으려는 사장 때문에 결국에는 노동부에 신고하겠다는 경고를 해야 했고, 그러고도 받을 돈을 결국 다 받지는못했다.

지금 생각하면 우습기도 하지만 새삼 무섭기도 하고, 여러모로 씁쓸한 구석이 많은 이야기다. 친구는 저녁 여덟 시에 경기도 외곽 창고로 가는 사장의 차에 혼자 올라타야 했고, 자칫하면 마땅한 교통편도 없는 창고에 갇혀 두려움에 떨며 밤을 지새울 뻔했다. 한국 사회에서 여자는 아직까지 변치 않는 약자다. 그것은 곧 이 나라에서 여자가 일하기 위해서는 더 많은 위험을 감수해야 한다는 뜻이기도 하다. 여자들에게 야근은 그저 귀찮고 피곤한 일이 아니라, 밤길을 걸어 집에 돌아와야 한다는 귀가길의 위험까지 포함되는 일이다. 밤늦게까지 이어지는 회식도 마찬가지다. 회식 자리에서 술을 마시다 취하기라도 하면 혹시나 발생할지 모르는 범죄의 위협도 감당해야 한다. 술에 취한 여자가 입는 피해에 우리 사회가 어떻게 반응하는지를 떠올려 보자. 혼자 사는 여성이라면 더 말할 것도 없다.

우습게도 이런 부당한 조건들 때문에 여자들은 직업 시장에서 늘 남자들에 비해 경쟁력 부족한 2등 노동자 딱지가 붙는다. 여자가 2등 노동자가 된 것은 노동 능력이 부족하기 때문이 아니라 한국의 불합리한 노동 환경이 여자들에게 더 위험하고 위협적이기 때문이다. 야근을 하지 않아도 된다면, 회식을 하지 않아도 된다면, 직장 내 성범죄를 걱정할 필요가 없다면, 그렇다면 여자가 남자에 비해 '쓰기 어려운' 인력 취급을 받을 이유가 없을 것이다.

나는 직업인으로서 부조리한 일들을 겪으면 좋게 넘어가는 대신 부당함을 참지 않는 사람이 되고자 노력했다. 친구들이 괴로움을 토로했을 때도 마찬가지다. 월급을 제대로 주지 않는 사장 이야기를 들으면 노동부에 신고하는 것을 도왔고, 직장에서도 아닌 것은 아니라고 말할 수 있는 사람이 되려고 애썼다. 직장에 한정하지 않더라도 성추행 같은 피해를 당할 때는 최대한 범인을 붙잡아 신고하거나 망신을 주기 위해 노력했다. 물론 그런 노력이 늘 성과가 있었던 것은 아니며, 많은 경우 계란으로 바위치기로 끝나 버리곤 했다. 하지만 그렇다고 그 노력이 전부 무의미한 것일까. 그렇지는 않다고 믿는다. 이런 목소리를 내는 사람이 나 하나가 아닌, 부조리한 일을 겪는 여성 모두가 된다면 그 목소리는 여론이 되고 힘이 된다는 사실을 잊어서는 안 된다. 많은 일하는 여성들이 지금 이 순간에도 여자라는 이유로 부조리한 일을 당하곤 한다. 그때마다 목소리를 높이고 친구와 손을 잡듯 연대할 수 있다면 우리는 조금 나은 미래를 만나게 될 수도 있다.

나의 첫 직장,
요리사 생활

●   고등학생 때의 꿈은 만화가였다. 하지만 대학을 졸업했을 때 만화계는 불황으로 완전히 얼어붙어 있었다. 도저히 꿈을 향해 달릴 수 있는 분위기가 아니기도 했고, 내가 그만큼의 재능은 없다는 자각도 한 상태였다. 그래서 내가 좋아하고 잘할 수 있을 다른 일을 찾기 시작했다. 그러다 일본의 동경제과제빵학교가 유명하다는 얘기를 들었다. 아직 한국에 디저트 붐이 일어나기 전이었고 파티시에라는 개념도 널리 알려지지 않았던 때였지만, 요리를 좋아하고 데코레이션도 잘할 수 있을 것 같다는 생각에 동경제과제빵학교로의 유학을 결심했다.

유학을 결심한 뒤 유학 비용을 벌고 주방 실무 경험을 쌓을 겸 주방에 취직을 하자고 마음먹었다. 급여가 좋은 편이라는 점도 매력적이었다. 주방 급여는 월 120만 원 정도였는데, 당시 회사에 취직했던 친구들의 월급이 100만 원을 넘기지 못하는 수준이었던 걸 감안하면 당시로서는 꽤 높은 금액이었다. 어느 정도 목돈을 모은 뒤 유학을 가 일하면서 제과제빵을 공부하겠

●

다는 게 나의 계획이었다. 하지만 앞에서도 밝혔듯 일하기 시작한 지 얼마 안 되어 직장에 제출할 등본을 떼다가 부모님이 내게 말도 없이 이혼을 했다는 것을, 어머니가 내 이름으로 진 카드 빚이 상당하다는 것을 알게 되었다. 충격은 엄청났다. 부모의 삶을 보며 빚이 얼마나 무서운지를 깨달았던지라 가능하면 평생 빚만은 절대로 지지 않으려고 했었는데…….

결국 유학 계획은 물거품이 되었다. 나는 빚을 갚기 위해, 살아남기 위해 주방에서 버틸 수밖에 없었다. 회사에 정식으로 취직하는 것도 고민해 보고, 교직 이수를 했으니 임용고시에 도전해 볼까도 잠시 고민했었지만 IMF 시대에 문과, 그것도 일어일문과를 나와 졸업 후 곧바로 취업 전선에 나서지 않은 여자가 갈 수 있는 곳은 전무하다시피 했다.

주방이나 일반 회사나 일하며 겪는 부조리는 비슷했다. 사장은 30대 중반의 미혼 남자였다. '뼛속부터 부르조아란 이런 것이구나'라고 절절히 느끼게 해 주었던 사람이다. 그는 요즘 말로 금수저 집안에 태어나 유학 생활을 마치고 귀국해 가게를 차린 사람이었는데, 5층짜리 건물의 4층까지만 가게로 쓰고 맨 위층은 펜트하우스처럼 꾸며 거기서 생활했다. 가게에는 사장과 생활수준이 비슷한 화려한 친구들이 들락거렸고 연예인들도 무척 많이 왔다. 계절이 바뀔 때마다 홍콩이나 유럽을 돌며 몇 천만 원이 우스운 쇼핑을 즐기기도 하고 파티도 종종 열었다. 텔레비전에서도 보기 힘든 별세계의 삶이 바로 눈앞에서 펼쳐졌다. 사장 친구들의 하루 술값은 내 월급을 우습게 넘어갔다. IMF는 그들에게 남의 이야기였다. 양팔에 다양한 명품 브랜드들의 로고가 찍힌 쇼핑백을 여러 개씩 끼고 천수관음같은 자태로 가게에 들어오는 여자 손님들은 모두 날씬하고 아름다웠다. 그날의 옷차림에 따라 차를 바꿔 타고 다니는 사람이 있다는 것도 그때 처음 알았다.

주방 창문 너머로 그런 사람들을 바라보며, 습진으로 가렵고 짓무른 손의 물기를 주방복에 문질러 닦으며 나를 둘러싼 현실을 새삼 짚어 보고는 했다. 나는 혼자라는 것, 빚이 있다는 것, 어떻게든 버텨 나가야 한다는 것. 눈앞의 풍경이 비현실적인 것만큼이나 나를 둘러싼 현실도 가끔은 믿기지 않았지만 어떻게든 버티어졌다.

사장은 나쁜 사람은 아니었다. 하지만 가난이 뭔지 몰랐고, 언제나 시중을 받는 데 익숙했으며, 직원을 고용인이 아니라 자신의 '아랫것'으로 생각했다. 그러나 성질 더러운 나는 아랫것 노릇을 하며 살지를 못했으니, 매일매일 사장과 전쟁이었다.

"사장님은 가게 시스템을 너무 엉망으로 굴리세요.", "오너라면 가게에 좀 더 계셔야 돼요.", "사람이 돈 한 푼에 얼마나 심정이 상하는지를 너무 모르시는 것 같아요."

"시끄러! 너는 대체 무슨 불만이 그렇게 많냐?"

"사장님이 불만이 많게 만드시는 거죠!"

매일이 이런 식이었다. 언니라고 부르던 한 살 많은 다른 직원과 둘이 의기투합해 항상 이런 식으로 사장을 괴롭혔다. 언니와 나는 둘 다 성격이 소위 '지랄 맞아서' 일을 맡으면 확실히 마무리 짓지 못하는 걸 수치로 여겼고 비록 돈은 없을지언정, 어쩌면 그랬기 때문에 자존심이 엄청나게 강했다. 그러니 죽어라 싸울 수밖에.

사장이 꼰대였다면 말도 못 꺼냈겠지만 그래도 부잣집에서 많은 것을 배우며 자란, 체면을 중히 여기는 사람이다 보니 비록 무의식중 직원을 자신의 아랫것이라고 생각할지라도 그것을 대놓고 말하거나 직원들의 입을 틀어막지는 못했다. 정말 무식하게 굴기에는 그도 자존심이 강한 사람이었던 것이다.

그래서 대화가 되었다. 아니, 대화가 된다고 착각했다. 어쩌면 그때 나와 언니는 너무 순진했던 것 같다. 우리는 사장과 결코 동등한 사이가 아니었음에도, 인간 대 인간으로 진심을 전하고 교류할 수 있을지도 모른다는 생각을 했다. 세상은 공평하지 않지만 인간관계에서는 공평해질 수도 있다고 믿었다. 의견이 있으면 말하고, 부당한 일이 있으면 불만을 표했다. 할 말은 다하고 살았지만 세상이 원래 그렇듯 고쳐지는 것은 없었다. 그리고 이런 막연히 순진한 마음도 몇 가지 사건을 겪으며 천천히 마모되어 갔다.

어느 날, 사장이 커다란 보스턴 백을 들고 주방으로 내려와 서는 나를 불렀다. 부탁이 있다며, 내일 홍콩 여행을 가는데 한 동안 본가에 못 가서 빨래가 밀렸으니 가방 안의 내용물을 세탁해 달라고 했다. 당황스러웠지만 가게에는 행주 빠는 용도의 세탁기가 있었기에 거기까진 그러려니 했다. 하지만 가방 지퍼를 열자 그 안에는 남자 팬티 몇 십 장이 들어 있었다. 내 표정이 엉망으로 구겨지는 걸 보고 사장은 되도 않게 애교를 부리기 시작했다. "아버지 팬티도 빨기 싫어서 나와 사는데 내가 왜 당신 속옷을 빨아야 하냐"는 내 말에 처음에는 저자세로 나오던 사장은 "내 팬티가 더럽냐"고 대꾸했고, 서운해하며 화를 냈다. 당시의 싸움을 일일이 기록하기는 힘들지만 사장의 말에 한 마디도 지지 않고 나름 열심히 싸웠다.

그러나 나는 일개 고용인. 결국 세탁기 앞에 쭈그리고 앉아 청소용 집게로 보스턴 백에서 속옷들을 꺼내 세탁기에 집어넣었다. 홧김에 버릴까도 잠시 고민했지만 한 장에 10만 원씩은 할 속옷들을 버릴 용기가 나지 않았다. 요리를 하러 들어온 건데 어쩌다가 사장 속옷을 빨게 되었을까, 멀쩡한 4년제 대학을 나와 이게 뭐하는 짓인가 별 생각이 다 들었다.

하지만 이게 끝이 아니었다, 그 다음에도 그는 속옷 보따리를 내게 맡겼다. 두 번째에는 이걸 빠느니 가게를 그만두겠다고 했다. 결국 다른 남자 직원이 대신 세탁기를 돌렸다. 가장 웃

긴 점이 무엇인지 아는가? 여자 직원에게는 아무렇지 않게 시키던 속옷 빨래를 막상 남자 직원이 하는 모습은 부담스러웠는지 그 다음부턴 시키지 않더라는 것이다!

사장이 가게를 컨트롤하지 못하니 팀장과 실장급 남자들은 20대 초반의 어린 여성 직원들을 조롱하거나 성희롱하는 일이 잦았고, 정작 가게 일은 뒷전이 되었다. 위 직급 사람들이 그렇게 행동하자 어린 남자 직원들도 은근슬쩍 여자 직원들에게 일을 미루고 같이 노닥거리기 시작했다. 나중에 내가 메인 셰프가 되자 상황은 더 나빠졌다. 어린 여자가 직급이 높은 것도 마음에 들지 않는데, 나를 중심으로 여직원들이 뭉치는 분위기가 되니 은근히, 혹은 대놓고 짓누르려는 일이 비일비재해졌다. 그렇잖아도 힘든 주방 일에 더해진 기싸움에 매일 파김치가 되어 돌아왔다. 그때는 어떻게든 버텨야겠다는 생각에, 그리고 지는 게 싫어 이를 악물고 버텼지만 결국 그만두고 난 뒤 석 달을 앓았다.

2년 간 하루 열다섯시간 이상의 노동을 했고, 한 달에 두 번 쉬었던 나의 첫 직장. 요리사를 그만두고 내게 남은 건 심한 습진과 여기저기 남은 화상과 창상 흉터였다.

이 첫 직장을 그만두고 나는 다시 취직하지 않았다. 사장 속옷 빨래를 시키는 회사가 많지는 않겠지만 첫 직장에서의 부조리에 넌더리가 났다. 친구가 화과자 회사에서 겪었던 일, 내가 겪었던 일은 세부 상황만 달랐다 뿐이지 일하는 사람을 인간으로 생각하지 않고 여자라 특히 만만히 여겼다는 본질은 같았다. 업무에 대한 대가뿐만 아니라 그 모든 굴욕을 참고 넘기는 대가가 월급에 포함되어 있다는 것도 알았다. 월급이 그 굴욕을 참고 견딜 수 있을 정도의 금액이라면 회사를 다니겠지만 그게 아니라면 다른 길을 알아봐야 했다. 이렇게 나의 짧은 직장 생활이 끝나고, 20대 후반부터 프리랜서 생활이 시작되었다.

프리랜서 생활 시작!
번역가가 되다

●   프리랜서 생활을 결심한 건 당시 사귀던 남자친구 덕분이었다. 남자친구는 유명한 번역가였고, 일이 무척 많이 들어오는 편이었다. 직장을 그만둘까 말까 망설이며 고민을 토로하자 그렇다면 자기 일을 나누어 하자고 했다. 나는 그를 좋아했지만 일로 얽히는 것이 과연 괜찮을지, 잘해 나갈 수 있을지 고민이 되었다. 그러나 직장을 그만두며 더 이상 선택의 여지없이 프리랜서 생활에 도전하게 되었다. 마침 내 명의의 빚을 모두 갚은 참이었기에 타이밍도 적절했다. 수입이 좀 들쭉날쭉할지언정 아껴 쓰면 회사에 나가지 않아도 생활이 가능하다는 점만으로도 족쇄가 풀린 기분이었다.

나는 일복이 있는 편이다. 물론 일하면서 고생은 많이 했지만 어쨌든 첫 직장을 다니며 빚을 모두 갚았고, 적절한 타이밍에 프리랜서 생활을 시작하게 된 것도 운이 좋았다고 생각한다. 프리랜서로 일하고 싶다고 해도 어떻게 시작해야 할지, 일을 어떻게 따야 할지 막막해서 시작하지 못하는 경우가 많은데 내 경우 일만은 끊이지 않았다. 오히려 너무 많아서 문제일 정도였다. 번역 일을 할 때도 남자친구와의 일뿐만 아니라 애니메이션 자막 번역이나 온갖 잡다한 일들이 이것저것 들어왔고, 30대 초반 번역 일을 접고 글을 쓰게 되었을 때는 먼저 발로 뛰지 않아도 여기저기 아는 사람들을 통해 청탁이 들어왔다. 지금까지 꾸준히 공동 작업을 하는 친구도 있다. 요리사로 일했던 경력 덕에 새로 오픈하는 가게의 음식 메뉴 컨설팅 작업도 했고, 고정 칼럼, 책 감수 작업, 창작 작업 의뢰도 들어왔다. 얼굴을 내놓는 게 싫어 방송 관련 일은 거절했지만 케이블 채널이나 성인 방송 고정 패널 의뢰까지 들어왔으니, 이쯤 되면 일복이 아니라 인복이 있는 것 같기도 하다.

하지만 이건 지금 생각이지, 돌이켜 보면 당시에는 불안의 연속이었다. 일단 일을 가릴 수가 없었다. 들어온 일을 거절하면 다시는 그 거래처에서 일이 들어오지 않을 것만 같은 압박감에 무조건 일을 맡았다. 프리랜서의 사정을 봐 주면서 일을 맡기는 갑은 거의 없다. 몸이 아프고 집에 일이 생겨도 들어온 일은 납기일에 맞춰 해내야 했고, 그래야 다음 일이 들어왔다. 정해진 일이 있는 것도, 월급을 받는 것도 아니다 보니 잠시라도 일이 없으면 '혹시 이대로 굶어 죽지 않을까' 하는 불안감에 시달렸다.

프리랜서라고 하면 출퇴근을 하지 않아 편하고, 컨디션이 안 좋을 때는 쉬고, 시간을 자기 위주로 관리할 수 있을 거라고 생각하는 경우가 많지만 천만의 말씀이다. 일이 들어오면 들어오는 대로 월화수목금금금으로 낮밤 없이 일하거나, 아닐 때는 고픈 배를 부여잡고 초조해하며 놀거나 둘 중 하나다. 남들 일할 때 일하고 쉴 때 쉬는 생활은 당연히 불가능하다. 출근을 안해도 된다는 엄청난 장점이 있지만 퇴근도 없기에 일터와 집이 분리되지 않고, 프리랜서 상위 1퍼센트 정도라면 모를까 보통은 일을 골라 할 수도 없다.

전 직장에서 인간관계 때문에 크게 시달렸기에 사람을 많이 만나지 않는 것만으로도 버틸 가치가 있었지만 그럼에도 또박또박 들어오던 고정 금액에 변동이 생기는 건 그 자체로 큰 스트레스였다. 번역 일의 특성상 영세한 거래처와 일하게 되면 돈을 떼어먹지 않을까 의심했다. 실제로 일을 다 마쳤는데 업체가 회사를 없애고 달아난 적도 있었다. 돈을 떼먹고 달아난 업체가 이름만 바꾸어 새 회사를 차린 뒤 번역 대금을 지급하지도 않은 DVD를 출시한 적도 있었다.

프리랜서들은 서로 교류가 적어 업체에 대한 정보나 업체가 계획적으로 돈을 주지 않고 있다는 사실 등을 공유하기 힘들다. 지금이라면 지급이 미뤄지기 시작할 때 바로 회사로 내용증명을 보내겠지만 그때는 초짜 프리랜서였기에 업계 돌아가는 사정을 몰랐다.

이런 일들을 몇 번씩 겪으며 조금씩 경험이 쌓여 갔다. 프리랜서에게 가장 중요한 건 실력이지만 실력만이 전부는 아니다. 마감을 지킬 수 있는 처리 속도와 의뢰처마다 다른 업무 시스템에 그때그때 적응할 수 있는 적응력도 필요하다. 포트폴리오를 만들어 모르는 사람들에게 어필하는 영업력도 중요하다.

프리랜서 생활은 확실히 인간관계에 대한 스트레스가 덜하다. 하지만 그것은 직장생활을 하는 사람들에 비해 그렇다는 것뿐이다. 업체 담당자와의 원만한 관계나 주변 인맥은 프리랜서의 중요한 재산 중 하나이다. 네트워크 없이 일을 척척 받는 사람들은 거의 없다. 능력은 기본이지만 그 능력을 발휘하기 위해서는 최소한의 인간관계 시스템을 구축해야 한다.

나는 만화 번역을 많이 했었는데 만화 번역은 페이가 다른 번역에 비해 짠 편이었다. 소화할 수 있는 번역량에는 한계가 있는데 급여는 오르지 않으니 미래가 막막하게 느껴졌다. 서른이 되자 이대로는 안 될 것 같다는 한계를 느꼈다. 작업을 같이 하던 남자친구가 결혼 얘기를 꺼내는 것도 마음에 걸렸다. 교제하기 시작할 때부터 결혼은 생각 없다고 확실히 못박았고, 그도 납득했다고 생각했지만 그의 속마음은 그게 아니었던 것이다. 비혼주의자가 연애를 할 때 둘 다 비혼을 계획하지 않으면 관계가 지속되기 어렵다. 결혼을 원하는 사람은 끊임없이 희망 고문을 당하게 되고, 결혼 상대를 만나기 적합한 연령대라는 것도 무시할 수는 없기 때문이다. 내가 결혼을 원하지 않으면서 결혼을 바라는 상대를 붙잡고 있는 건 실례라고 생각했다.

고민 끝에 헤어졌다. 그는 좋은 사람이었고 애인이 되기 전부터 오랜 친구였기에 미련과 아쉬움이 없는 건 아니었지만 거기까지였다. 그렇게 남자친구와 헤어졌고, 동시에 같이 하던 모든 일을 그만두었다.

글을 쓰며
살아오다

●   30대 초반, 그때까지 하던 일들을 과감하게 그만두었지만 여전히 미래는 불투명했다. 취직을 해 볼까, 아니면 내가 할 수 있는 다른 일을 찾아볼까, 일단 아르바이트라도 해 볼까, 한 달 정도 쉬어 볼까. 큰돈을 모아 둔 건 아니지만 빚도 없으니 조금 쉬면서 앞으로 어떻게 할지 생각해 볼까 싶던 그때, 하던 일을 그만둔 걸 알게 된 주변 사람들이 이것저것 글 작업을 청탁하기 시작했다. 처음엔 아르바이트 느낌으로 가볍게 시작했는데 어느 순간 상당한 양이 되었다. 딴지일보 남로당에 칼럼을 연재했고, 패션 잡지, 자동차 잡지, 회사 사보 등 각종 잡지에도 잡다한 글을 실었다. 친구와 영화 시나리오 작업도 시작했다. 대본 계약도 되고 그중 영화화된 것들도 생겼다. 드라마 대본 작업도 하게 되었다. 번역 일을 그만둔 지 십 년 정도 지난 지금, 생각지도 않게 시작했던 글쓰기가 직업이 되었다.

생각해 보면 나는 직업을 갖는 데 크게 고민을 한 적이 없다. 그때그때 내가 할 수 있는 일을 했고, 일단 시작하면 버티는 데

●

집중했다. 최선을 다하다가도 이 길이 아니다 싶으면 과감하게 접었고, 곧바로 할 수 있는 다른 일을 찾았다. 그렇게 해 나갈 수 있었던 것만으로도 나는 매우 운이 좋았다고 생각한다. 하지만 주변을 돌아보면 운이 나쁜 경우도 많다. 첫 단추를 잘못 끼우기도 하고, 아예 단추 자체를 끼우지도 못한 채 시간만 보내는 경우도 있다. 나도 잘못된 길을 선택할 뻔한 적이 있었다. 나는 오랫동안 만화를 그리고 싶어 했고 그걸로 먹고 살 수 있을 거라 생각했다. 하지만 내게는 그만큼의 재능이 없었다. 그때 나의 능력과 현실을 직시하지 못하고 계속 만화 그리기에 매달렸다면 삶이 더 고달프고 힘들었을 것이다.

그런 의미에서 글쓰기는 내게 나름 맞는 직업이라는 생각이 든다. 어떤 직업이든 힘든 건 마찬가지다. 다만 그 힘듦이 내가 견딜 수 있는 것이라면 할 만한 일이라고 생각한다. 글쓰기의 고통은 내가 버틸 수 있는 종류의 고통이었기에 어떤 직업보다도 오랫동안 해 왔고, 또 해 나갈 수 있는 것 같다.

글쓰기는 대표적인 자기 표현 수단이자 자아실현의 도구이지만 생계의 수단일 때는 조금 다르다. 때로는 내가 원하지 않고 동의할 수 없는 방향의 글이라도 어떻게든 써 내야 할 때가 있다. 나의 생각과 의뢰인의 생각이 완전히 다를 수도 있고, 내가 자신 있는 분야가 아닌 다른 분야의 원고를 맡게 될 수도 있다. 지금은 어느 정도 자리를 잡아 예전처럼 자잘한 일 하나까지 전부 도맡아 해야 할 정도는 아니지만 그럼에도 불구하고 진짜 내가 쓰고 싶은 것과 써야 하는 것 사이에서 길을 잃을 때도 있다.

특히 영화와 드라마 대본 작업이 그렇다. 오롯이 혼자 글을 쓸 수 있을 줄 알았지만 실제로는 다양한 곳에서 들어오는 수없이 많은 피드백을 반영하고, 고치고, 조율하고, 다시 고치는 작업의 반복이다. 아침에 일어나 갓 내린 커피를 마시며 우아하게 아침 시간을 보내고, 쓰고 싶은 내용을 좌르륵 써 보내면 한 번에 오케이가 떨어지고, 남는 시간에는 멋진 곳으로 여행을 가는 작가는…… 어딘가에는 분명히 있겠지만 아쉽게도 나는 그렇지 않다. 매번 악전고투를 하며 글과 싸운다. 그렇게 수십, 수백 번의 고비를 넘기고 마감을 치르면 다음 일이 기다리고 있다.

그래도 계속 해 나가는 것은 괴롭지만 버틸 만하기 때문이다. 버티는 원동력은 여러 가지다. 일 자체가 즐거운 것도 버티는 이유가 될 수 있고, 힘들지만 그런 괴로움이 상쇄될 만큼 돈벌이가 될 때도 버틸 만해진다. 주방 일은 당시로선 급여가 높은 편이었지만 일의 강도가 나의 한계를 넘어섰다. 번역은 일 자체는 할 만했지만 페이가 적다는 게 걸림돌이 되었다. 두 직업은 결국엔 그만두었다. 그에 비해 글 작업은 일 자체도 할 만하지만 그 전에 했던 일들에 비해 돈을 더 많이 벌 수 있다는 점이 나를 버티게 한다.

그렇다. 결국 돈이다. 나이가 들수록 혼자 산다는 것은 자신의 생계를 오직 홀로 책임진다는 의미임을 매 순간 사무치게 느끼게 된다. 힘들어도 부모의 도움을 받기는커녕 부모에게 도움을 줘야 할 일이 늘어나고, 잠깐 일을 쉬면서 배우자의 수입에 의존할 수도 없다. 나이가 들수록 고용이 가파르게 불안정해지는 여성의 경우는 점점 더 일 자체에서 의미를 찾기보다는 일을 하고 받는 대가를 따지게 된다. 그건 나쁜 일이 아니다. 어떤 일이든, 어떤 직장이든 모든 불합리와 괴로움을 견디게 하는 가장 큰 원동력은 역시 돈이다. 돈은 정말 중요하다. 돈이 있어야 생활할 수 있고, 내가 정말 하고 싶은 일을 할 수 있다.

일을 통해 자아실현을 한다는 말이 있다. 정말 그럴까? 보통 사람들에게 자아실현이란 일을 통하기보다는 일을 해서 번 돈을 소비함으로써 할 수 있는 것 아닐까. 잠시 쉬면서 나의 즐거움을 위한 글을 쓰는 것도, 책을 읽으며 정신을 단단하게 만드는 것도, 아름다운 물건을 사는 것도, 주택 융자금을 갚는 것도, 고양이 두 마리를 위해 좋은 사료를 사는 것도, 가끔 공연을 가는 것도, 미술관을 한 바퀴 도는 것도 모두 돈이 있어야 할 수 있다. 나를 나답게 살 수 있게 만드는 건 내가 하는 일, 그 일을 통해 벌어들이는 돈이다.

세상에는 순수하게 일을 함으로써 자아실현을 하는 사람도 있다. 우리 모두가 그럴 수 있다면 정말 이상적일 것이다. 그렇지만 대부분의 사람들은 생존을 위해 일을 하고, 일을 하지 않아도 인간답게 살 수 있다는 보장이 있으면 당장에 하는 일을 때려치우고 싶은 경우가 더 많다. 나도 가끔은 그렇다. 하지만 내가 하는 일이 내 생활을 유지하고, 독립된 자아의 버팀목이 되고, 노후 대비가 된다는 것을 하나하나 떠올리면 아직은 버틸 만하다. 앞으로도 계속 끈질기게 버텨 나갈 수 있으면 좋겠다. 그리고 나뿐만이 아니라 모든 여성들이 어느 누구도 아닌 자신을 위해, 자신이 가장 자신답게 살기 위해 직업을 가지고 돈을 벌었으면 좋겠다. 정말로 그랬으면 좋겠다.

혼자 사는 여자의 연애

◆

타인에 의해 얻은 안정과 충족감은
타인에 의해 쉽게 허물어질 수도 있다는 걸 알아야 한다.
소중한 자신의 인생을 나 아닌 다른 사람에게 맡기거나,
타인의 시선에 휘둘려 내가 원하지도,
준비되지도 않은 방향으로 결정하지 않았으면 좋겠다.
인간은 어차피 혼자이고 혼자라도 괜찮아야 한다.
그래야만 둘이 되어도 행복하다.

연애에 대한
어떤 생각

● 　　나는 약간 동물처럼 내가 선택한 영역의 사람을 소중히 여긴다. 그 영역에서 애석하지만 가족은 제외되어 있다. 가족은 내가 선택한 대상이 아니라 천형과도 같이 날 때부터 부여된 무언가이다. 그 의무를 아예 마다할 생각은 없지만 떨어져서 선을 그으면 그을수록 관계가 무리 없이 굴러가는 듯하다. 나뿐만 아니라 많은 사람들이 그렇지 않을까 생각한다.

내가 가장 진지하게 여기는 대상은 친구다. 좋은 사람이라고 해서 모두 친구가 될 수는 없다. 오히려 살짝 악덕이 있는 편이 친구로서는 더 흥미로울지도 모르겠다. 그렇다면 친구도 가족도 아닌 애인은 어떨까?

결론부터 말하자면, 내가 지금 아는 걸 그때도 알았더라면 연애 따위는 절대 하지 않았을 것이다.

내 연애가 처절한 실패작이었거나 혹은 내 구 남자친구들이 모두 나쁜 놈들이었던 것도 아니다. 오히려 그 반대다. 대부분 충분히 존중받을 만한 가치와 장점이 있는 사람들이었다. 물론 지금 같아서는 절대로 사귀지 않을 남자들과 얽힌 적도 있었지만 그건 미숙했던 어릴 때의 일이다. 나는 대체로 착하고 예민하며, 비교적 정상적인 집안에서 반듯하게 자란, 정치적 관점이 비슷하고 전반적으로 말이 통하며 자존심이 강하고 똑똑하고 유머 감각이 있는 사람을 사귀었다. 친구로 지내기에는 더할 나위 없는 조건이다. 연애를 하기에도 아마 괜찮은 조건이었을 것이다. 그런데 왜 잘 안 되었을까? 결국에는 내가 문제였다. 왜 아니겠는가?

모든 연애에는 끝이 있다. 결혼이라는 결과에 다다랐다고 해서 성공한 연애인 것은 아니다. 나는 그 사실을 멀리 갈 것도 없이 내 부모를 통해 알게 되었다. 트라우마가 아니라 그저 사실을 이야기하는 것이다. 영원한 관계는 없고 모든 일에는 끝이 있다는 걸 깨달았기 때문에 지금 이 순간 최선을 다해야 한다고 생각했다. 그래서 연애가 사치였던, 살아남기 위해 몸부림치던 시절, 상황이 힘들고 어려워져도 내 나름대로는 최선을 다해 상대에게 잘해 주기 위해 노력했다.

나는 내 생활이 너무나 소중한 인간이었다. 많은 부분에서 상대편에게 맞추기 위해 노력했지만 언제나 내게 가장 중요한 것은 연애가 아닌 자립이었고, 결혼은 내 삶에서 고려 대상이 아니었다. 친구든 애인이든 나 아닌 타인과는 내가 정한 거리 감각을 지키는 것이 중요했다. 덕분에 연애를 하면서도 많이 외로웠지만 내가 감수해야만 하는 일이었고 어쩔 수 없는 것이었다. 문제는 내가 상대도 나와 같기를 바랐던 것이다.

내 남자친구들은 나와 더 가까워지고 싶어 했고, 착하고 다감했으며, 나와 오래 사귀어 결혼하기를 원했다. 덕분에 내 연애는 대체로 몹시 길었고, 대부분이 친구의 연장선상이었다. 친구를 잃지 않기 위해 연애를 하는 경우까지 있었다. 그럴수록 납득할 수 없는 많은 일들이 생겼다. 그럴 수밖에 없었다. 친구끼리라면 문제가 아니었을 일도 연인 관계에서는 문제가 되었다. 그는 내가 선택한 내 영역 안의 사람이면서도 친구와는 다른 존재였다.

같이 있지만 서로 바라보는 것이 다른 연애. 그런 연애가 끝까지 유지될 리 없다. 모두 친구로 시작했지만 친구가 아니게 되며 끝났다. 가끔 연애가 끝난 뒤 친구로 돌아오는 사람도 있었지만 연애를 하기 전과 같지는 않다. 어쩔 수 없다.

다시 말한다. 내가 지금 아는 것들을 그때도 알았다면 나는 절대로 연애 따위를 하지 않았을 것이다. 그 대신 그 남자들과 계속해서 친구로 지냈을 것이다. 가끔씩 만나 맛있는 걸 먹고, 술을 마시고, 시시콜콜한 인생 얘기를 하며 헤어지는 그 순간까지 농담을 나누었을 것이다. 그중에는 결혼을 하거나 직장이 생기면서 조금씩 멀어지고 자주 보지 못하는 놈들도 생겼을 것이다.

그럼에도 불구하고 그 쪽을 선택하는 게 '내게는' 옳았던 것이다. 친구를 잃느니 연애를 하지 않는 편이 나았다. 적어도 내게 있어서는.

준비되지 않은 결혼,
그 위험함

●   아직도 많은 여자들이 '남들도 하니까', '남들처럼 살고 싶어서', '혼자는 외로우니까' 같은 이유로 적당한 연령대가 되면 교제하고 있는 남자와 결혼을 생각한다.

이런 마음으로 결혼을 하는 건 정말 말리고 싶다. 상대방에 대해 충분히 알았다고 생각하고, 애정을 가지고 심적인 준비를 한 뒤 결혼을 했음에도 예기치 못한 문제 때문에 힘들어 하는 사람들이 상당수다. 친구들 중에도 그런 경우가 많이 있다. 결국은 극복하지 못하고 이혼을 선택하는 친구들도 있다. 예전보다 이혼이 흔해졌다지만 그렇다고 이혼이 괴롭지 않은 일이 된 건 아니다.

한 이혼한 친구는 꽤 대범한 성격임에도 불구하고 1년 넘게 우울증 약을 먹고 상담을 받아야만 했다. 아직도 약이 없으면 잠을 잘 자지 못한다. 그 친구는 입버릇처럼 "결혼 전에 신호가 왔을 때 그만뒀어야 했어"라고 말한다. 둘은 소개팅으로 만났고, 결혼 상대로 서로가 나쁘지 않다고 판단해 1년 조금 안 되는 기간 동안 만나다 결혼을 했다. 어느 쪽도 특별히 처지는 부분이 없는 커플이었고, 둘 다 이제 결혼할 때라고 여겨졌다. 여기까지는 매우 평범해 보인다.

친구의 남편은 결혼이 준비되지 않은, 아니 결혼을 해서는 안 되는 남자였다. 결혼 준비를 하면서도 친구 아닌 다른 여자에게 연락하다가 몇 번씩 발각되었다. 친구는 화를 냈지만 남자가 다시는 그러지 않겠다고 싹싹 빌기도 했고, 이미 결혼 준비가 너무 많이 진행되어 버려 그냥 결혼을 감행했다.

그는 상습적인 거짓말쟁이였다. 회사에 일이 있다고 거짓말을 한 뒤 다른 여자와 주말에 놀러 가기도 여러 번, 결국엔 외도를 하다가 들통이 났다. 간통죄가 폐지되고 결혼 기간이 짧았기에 혼인 파탄의 책임이 남자 쪽에 있었음에도 위자료는 천만 원을 받은 게 전부였다. 이렇게 뻔한 과정이라니. 너무 뻔해서 삼류 드라마 스토리 같다. 하지만 당사자에겐 생생한 고통이다. 친구는 아직까지도 계속 악몽을 꾼다.

남녀 불문하고 준비되지 않은 상태에서 결혼을 밀고 나가는 건 상대에게 실례다. 두 사람이 함께 불구덩이로 들어가는 행위이다. 준비라는 건 비단 돈 얘기만이 아니며, 오히려 마음가짐의 문제다. 돈은 정말 중요한 것이기에 수중에 한 푼도 없이 무작정 결혼 생활부터 시작하는 것도 말리고 싶지만, 그럼에도 불구하고 돈은 있다가도 없고 없다가도 있을 수 있는 유동적인 것이다. 아무리 시대가 비천해지고 결혼 상대를 선택함에 있어 돈이 중요한 세상이 됐을지라도, 오히려 그렇기 때문에 이 사람이라는 확신과 서로에 대한 애정은 기본으로 가지고 있어야만 한다.

사람이 살다 보면 많은 고난을 겪게 된다. 한국처럼 복지 방어막이 얄팍한 나라는 자칫 한 번 실수하면 바로 바닥으로 떨어질 수도 있고, 다시 기어 올라가는 것은 죽기보다 힘들다. 좋을 때도 있지만 힘들고 어려울 때도 있는 게 삶이다. 그럴 때 싱글은 나 혼자 몸만 건사하면 되지만 부부는 서로와 서로를 통해 얽힌 관계들, 그리고 자녀까지도 책임져야 한다. 사람이란 간사한지라 힘들 때는 나 아닌 다른 사람은 솔직히 돌보고 싶지 않고, 나아가 지금 고난과 어려움을 겪는 이유가 혹시 상대편 때문은 아닐까 의심하게 된다. 그럴 때 버틸 수 있는 원동력은 돈이 아닌 서로에 대한 믿음과 애정이다. 돈의 중요함을 무시하는 게 아니라, 결혼 생활에는 돈만으로는 해결할 수 없는 인생의 굴곡이 있을 수 있다는 이야기다.

그래서 나는 결혼 자체는 부정하지 않지만 '때가 되어 적당한 상대와 하는 결혼'에는 부정적이다. 때도 상대도 사회나 부모가 정해 주는 게 아닌 자기 스스로 정해야 한다. 내가 준비되지 않고 납득할 수 없을 때 특별하지 않은 상대와 결혼하는 게 대체 무슨 의미가 있는가.

가끔 아직 결혼을 하지 않았다고 하면 이상하게 쳐다보는 사람들이 있다. 부모와 친척들은 평범하게 결혼해 애 낳고 사는 게 제일이라고 볼 때마다 이야기한다. 하지만 결혼이 타인의 간섭과 외로움에서 벗어날 해결책은 되지 못한다. 결혼을 하면 그때부터는 아이는 언제 갖는지, 둘째는 언제 갖는지, 돈은 얼마나 모으는지, 집은 언제 사는지 등 애정을 빙자한 다양한 간섭들이 끊임없이 들어오게 마련이다.

어차피 타인의 시선을 의식하면 평생 자유로울 수 없다. 그 부분을 극복할 수 있느냐는 오로지 자신에게 달렸다. 또한 타인에 의해 얻은 안정과 충족감은 타인에 의해 쉽게 허물어질 수도 있다는 걸 알아야 한다. 소중한 자신의 인생을 나 아닌 다른 사람에게 맡기거나, 타인의 시선에 휘둘려 내가 원하지도, 준비되지도 않은 방향으로 결정하지 않았으면 좋겠다. 인간은 어차피 혼자이고 혼자라도 괜찮아야 한다. 그래야만 둘이 되어도 행복하다.

내 몸의 주인은
나뿐

●　　마음이 맞는 상대와 나누는 섹스는 연애의 꽃이며 즐거움이다. 애인과 친구의 가장 큰 차이는 바로 성적 긴장감에 있다. 좋아하는 사람과 나누는 스킨십은 다른 어떤 것과도 비교하기 힘든 즐거움이다.

스킨십과 섹스는 죄악이 아니다. 뿌리 깊은 유교 문화권에서 나고 자라며 순결 강요를 받아왔기에 21세기도 한참 지난 지금까지 섹스에 대해 필요 이상으로 진지하거나 섹스를 즐기는 것에 대한 죄악감을 가지는 여자들을 자주 보았다. 섹스를 남성이 원하니 '해 주는' 것이라고 인식하는 경우도 많다. 스킨십과 섹스는 서로 즐기는 것이다. 어느 한쪽이라도 원하지 않는다면 당연히 스킨십도 섹스도 진행되어서는 안 되고, 원하는 스킨십과 섹스의 형태가 있다면 서로 충분한 커뮤니케이션을 통해 즐길 줄 아는 태도가 필요하다.

가끔 섹스를 무기라고 착각하는 여성들도 본다. 걔가 날 좋아하잖아, 내가 걔랑 자 줬잖아, 그러니 남자가 내게 맞춰야 하고 내 요구를 들어 줘야 한다는 식이다.

나도 그런 사람을 알고 있었다. 처음에 알게 되었을 때 나는 그가 자신의 욕구에 충실한 프리섹스주의자라고 생각했다. 그도 그럴 것이 한꺼번에 여러 명과 섹스를 하는 사람이었고, 그중 한 명이었던 연하의 남성을 애인으로 삼았으니까. '한국에서 사는 여자가 섹스에 대해 이렇게까지 리버럴한 태도를 보일 수 있다니 대단하다'라고 감탄도 했었다.

그와 가까워지자 그 전까지 몰랐던 것을 알게 되었다. 피임을 제대로 하지 않아 인공 유산을 여러 번 했고, 어린 애인에겐 소유욕을 보이며 묶어 두면서 몰래 다른 남자와 성관계를 가졌다. 그리고 그 남자에게서 신용카드를 받아 한 달에 200만 원씩을 썼다. 그렇게 많이 써도 되냐고 물었더니 그때 그 사람이 했던 말이 아직도 잊히지 않는다.

"내가 개랑 자 주잖아."

그는 리버럴한 것이 아니라 그저 본인에겐 관대하고 타인에겐 이기적이며 섹스를 무기로 다른 사람의 감정을 농락하는 사람이었다. 남자들에게뿐 아니라 여자들에게도 이기적이긴 마찬가지였다. 결국 그는 모든 과거를 묻고 결혼을 했고, 그러면서 나와도 연락이 끊겼지만 이제까지 본 사람 중 가장 모럴이 없는 사람으로 아직도 기억에 남아 있다.

왜 이런 생각들을 하게 되는 것일까? 이 나라는 여성의 섹스를 함부로 이루어지거나 공개적으로 이야기되어서는 안 되는 비밀스러운 무언가로 오랫동안 포장해 왔고, 그렇기 때문에 은연중에 섹스란 여성이 '몸을 허락'하는 '시혜'를 남성에게 내리는 것이라 생각하는 여성들이 많다. 반면 많은 남성들에게 섹스는 여성을 유혹해 '따먹는' 것이다. 우습지 않은가? 같은 행위를 놓고 한쪽은 시혜를 베푼다 생각하고 한쪽은 따먹는다고 생각하고 있다. 여성의 섹스는 오직 여성에게만 신성한 무언가라 여기도록 주입되었을 뿐, 남자들에게는 같은 교육이 이루어지지 않은 것이다.

이 때문에 여성은 '내가 섹스해 줬으니까 보상을 받아야 한다'라고 생각하고, 남성은 '이제 섹스했으니까 이 여자는 내 것'이라고 생각한다. 서로 충돌할 수밖에 없는 이런 생각이 기저에 깔려 있으면 관계를 유지하면서도 많은 트러블의 원인이 된다. 각자 섹스에 대한 대가만을 생각하고 있기에 서로 대등하게 마주볼 수도 없다.

또 하나의 문제는 여성들이 거절을 잘 하지 못한다는 것이다. 일단 한 번 섹스를 하고 난 다음에는 언제든 상대방의 요구를 들어줘야 한다는 강박을 가진 여성도 많이 보았다. 내가 내키지 않음에도 상대편의 기분이 나쁠까 봐, 사랑하는 사람의 마음을 상하게 하고 싶지 않아 거절을 못하고 끌려가는 경우를 왕왕 보았다.

결혼 전에는 섹스를 하지 않겠다는 주의인 친구가 있었다. 30대 초반에 처음 남자를 사귀게 되었는데, 사귀기 전 혼전 관계에 대한 합의를 했음에도 불구하고 만난 지 6개월쯤 지나자 섹스를 요구하기 시작했다. 섹스를 하지 못한다면 자신은 더 이상 친구를 만날 자신이 없다고 했다. 친구는 거절하지도, 헤어지자고도 하지 못했고 결국 몸도 마음도 준비되지 않은 상태에서 반강제로 술을 잔뜩 마신 뒤 휩쓸리듯 첫 관계를 가지고 말았다. 친구는 충격을 받고 고민하다 그 남자와 헤어졌다. 결별이 싫어 맞춰 준 섹스가 결국 결별의 이유가 된 것이다.

섹스에 대한 갈등으로 오래 사귀던 애인과 헤어진 친구도 있다. 애인은 친구의 의사를 무시하고 자신이 만지고 싶을 때마다 친구의 몸을 만졌다고 한다. 그러지 말라고 해도 "넌 내 거니까 괜찮다. 억울하면 너도 만져라"라는 식으로 대응했고, 오늘은 섹스하고 싶지 않다고 하면 "생리도 안 하는데 왜 안 되냐"라고 따져서 때로는 맞춰 주고 때로는 참다가 결국 결별을 통보했다.

내 몸을 내가 원하지 않을 때 준비되지 않은 상태로 남에게 내맡기는 것. 단언컨대 이것만큼 섹스가 싫어지는 지름길도 없다. 내가 즐길 준비가 되지 않았을 때 남이 나를 건드리게 해서는 안 된다. 생각해 보라. 혼자 사는 삶에서 얻을 수 있는 가장 큰 보물은 자유이다. 나는 아무에게도 간섭 받지 않고 누구에게도 휘둘리고 싶지 않아 혼자 사는 삶을 택했다. 그런데 왜 내가 원치 않을 때 누군가가 내 몸을 만지고 심지어 물리적으로 개입하는 행위를 인내해야 하나?

그가 기분 나빠 하거나 화를 낼까 봐 걱정된다고? 좋아하는 사람에게 "No"라고 말하는 게 쉬운 일은 아니기에 그 심정을 모르는 바는 아니다. 하지만 세상에는 섹스를 빌미로 여자를 상처 입히는 남자도 존재한다. 자신의 열등감을 지워 버리기 위해 "네 성기가 너무 헐렁하다"라며 여자친구를 깎아내리는 남자도 있고, 섹스를 하고 싶은 마음에 "네가 안 해 주면 다른 사람과 할 것"이라며 협박을 하는 남자도 있다. 대체 왜 그런 남자의 마음이 상할까 봐 거절을 하지 못하는가. 그런 남자는 만날 필요도 없고, 내 소중한 마음에 작은 생채기도 낼 권리가 없다. 그런 사람을 만나 시간을 허비하느니 혼자 집에서 자위 한 번 하고, 맥주 한 캔 마시면서 재미있는 영화라도 보는 게 훨씬 즐거울 것이다. 내 몸은 나만의 것이고 나는 원할 때 거절을 말할 수 있는 존재여야 한다. 절대 잊지 말자.

섹스 토크가 힘든 남자,
섹스도 힘들다

●   섹스 토크를 나누는 것을 어색해하는 여성들이 많다. 남성들도 마찬가지다. 어색하더라도 자꾸만 시도하고 연습할 필요가 있다. 여기서 섹스 토크란 아무에게나 자신의 성생활에 대해 얘기하는 것이 아니라, 나와 섹스를 할 상대와 섹스에 대한 이야기를 나누는 것을 말한다.

섹스를 포르노로 배운 남자들이 생각보다 많다. 전희 없이 변태적인 섹스를 요구하는 경우도 있고, 무작정 거칠게 여자를 대하는 경우도 있다. 여자도 섹스를 포르노로 배우기는 마찬가지다. 전혀 쾌감을 느끼지 못하면서도 좋은 척, 쾌감을 느끼는 척 신음 소리를 내고 오르가슴 연기를 한다. 그 연기의 모델이 바로 포르노 배우들이다.

부끄럽지만 나도 그랬던 때가 있었다. 딱히 내키지 않지만 남자친구가 원하면 거절하기가 곤란해 그냥 응한 적도 있었고, 섹스 시간도 짧고 물건도 작아 아무 감흥이 없었음에도 상대방의 마음이 상할까 봐 대충 좋은 척 얼버무리고 끝내기도 했다. 다른 여성들의 얘기를 들어 봐도 이런 일은 너무 흔해서 오히려 이쪽이 더 일반적일 정도다. 몸 좋고 힘 좋고 테크닉도 좋고 물건도 적당히 큰 남자를 만나는 건 복권 당첨 확률이고, 대체로 너무 작거나 짧거나 체중을 싣고 힘들게 하거나 테크닉이 전혀 없거나 한다. 이 모든 사항이 해당되는 남자를 만난 친구 이야기를 들을 때는 그 자리에 있는 모든 사람들이 숙연해졌다.

여자들끼리의 자리에서는 섹스의 고충을 털어놓은 여성들도 정작 상대방에게 대놓고 불만을 표하거나 문제를 지적하지는 못하고, 좋은 척 적당히 연기를 하며 좋게 좋게 넘어간 경우가 대부분이었다. 한 친구는 얼마 전 만난 남자가 최악이었다며, 덩치는 좋았지만 성기는 손가락보다 짧아 보였고, 삽입 시간은 컵라면도 다 익지 않을 정도라고 했다. 애무라고는 손가락으로 대충 깔짝대며 좋냐고 물어보는 게 전부였는데, 안면을 강타하고 싶은 욕구가 치밀면서도 동시에 '나 이전에 만난 여자들도 아무도 지적을 하지 않았구나' 싶어 쓸쓸한 기분이 들었다고 한다.

사람 자체는 나쁘지 않은 것 같아 친구는 전생의 악업을 씻는다는 마음으로 보시하듯 그 뒤로도 세 번쯤 그 남자를 더 만났는데, 세 번째에 더 이상 참지 못하고 "너는 정말 작고, 테크닉도 문제가 있는데 심지어 성의도 없다"라고 한 뒤 야무지게 결별을 했다.

섹스는 특성상 일단 해 보기 전엔 어떨지 예상할 수가 없는데 막상 사귀게 되면 상당히 중요한 부분이 되므로 더더욱 고민하게 되는 주제이다. 이럴 땐 평소 상대편의 성향이 어떤지를 관찰하면 도움이 된다. 평상시에 대화가 잘 통하고, 섹스에 대해서도 편하게 얘기할 수 있고, 상대편에 대한 배려가 있다면 섹스도 맞춰 갈 수 있는 확률이 높다. 설령 성기가 작고 성기능에 좀 문제가 있더라도 애무라도 잘하면 성기만 크고 배려심도 테크닉도 없는 남자보다 훨씬 나을 수 있다. 도구의 도움을 받으면 금상첨화이다. 한 친구는 예전에 사귀었던 남자에게 딜도를 선물 받은 적이 있는데, 새로 사귄 남자친구가 집에 놀러 왔다가 그 딜도를 발견했다. 그가 딜도를 보고 자극을 받는 바람에 친구는 그날 밤 딜도와 함께 불타는 섹스를 했고 매우 만족스러웠다고 한다. 좋은 기억이라고는 없는 구 남친의 행복을 빌 수 있을 정도였다고.

평소 그런 부분에 대해 얘기하는 것을 힘들어 하는 커플이라면 다양한 시도를 해 볼 수도, 제대로 교감을 할 수도 없다. 만족스러운 섹스를 하지 못할 공산도 크고 불만족감을 표현하기도 어렵다 보니 매번 헐리우드 배우라도 된 듯 연기를 해야 한다. 이것은 섹스가 아니라 그저 감정 노동이다.

내가 즐겁지 않은 섹스는 안 하느니만 못한 섹스다. 파트너가 열심히 애무를 해도 그 방식이 내 마음에 들지 않을 수도 있다. 사람마다 성감대도 다르다. 평범한 섹스에 자극적인 요소가 조금만 더해져도 정말 즐겁고 만족스런 섹스가 될 수 있다. 부끄러워하지 말고 솔직하게 얘기하자. 그런 걸로 기분 나빠하거나 화를 내는 남자, 서로 맞추기 위해 노력하지 않는 남자는 역시 만날 가치가 없다. 그 시간에 친구와 카페에서 수다 실컷 떤 뒤, 함께 귀여운 섹스 토이 쇼핑을 가는 것을 추천한다. 그 편이 백배 더 즐겁고 짜릿하다.

즐거운 친구,
섹스 토이

● 눈치 보지 않고 섹스 토이를 장만할 수 있다는 것은 싱글 라이프의 큰 장점이다. 섹스할 파트너 없이 혼자 지내는 여성도 성적인 즐거움은 필요하다. 이때 자위는 원치 않는 임신의 공포 없이 안전하고 보장된 쾌락을 제공하는 훌륭한 선택이다. 섹스 토이, 즉 자위 기구라고 하면 포르노에서나 보았던 그로테스크한 모형 성기 같은 것을 연상하기 쉽지만 그렇지 않다. 요즘은 여성이 탁자 위에 꺼내 놓거나 심지어 인테리어 용품처럼 늘어놓아도 이상하지 않을 정도로 귀엽고 예쁜 섹스 토이들이 많아졌다.

내가 성인용품에 처음으로 관심을 가지게 되었던 건 십여 년 전이었는데 그때만 해도 자위 기구는 여성 혼자 쓰기 위한 물건이라기보다는 남성과의 섹스에서 남성의 시각적 흥분을 위해 만들어진 듯한 제품들이 대다수였다. 여성용 남성용 가릴 것 없이 제품들의 비주얼이 너무 엉망진창이라 이걸 보고 성욕을 느끼려면 엄청난 상상력이 필요할 것 같았다.

그러다가 얼떨결에 자위용품 몇 가지를 갖게 되었으니, 당시 내가 칼럼을 연재하던 남로당과 여성지인 〈슈어〉에서 공동 진행하는 여성용 자위 기구 테스터에 당첨된 것. 약 15만 원 어치의 세 가지 용품을 받았는데 그중 하나가 '친절한 금자지'라는 이름의 딜도였다. 큼직한 남성 성기 모양에 선인장처럼 혹이 나 있고 안에 투명 플라스틱 자갈 조각이 가득 든, 대단히 노골적인 디자인이었는데 당시 가격 9만 9천 원 정도의 고가 제품이었다. 실물을 보니 비주얼이 생각보다 그로테스크해 '이걸 정말 쓰라고 만들었나? 혹시 흉기로 쓰라고 만든 건 아닐까?' 하는 생각이 들 정도였다.

AA사이즈 배터리 네 개가 들어가니 무거워서 들기도 힘들었고, 손잡이 길이도 애매해서 팔이 짧은 사람은 거의 쓸 수가 없을 것 같았다. 스위치를 올려 보니 굉음과 함께 안에 들어 있는 자갈 조각들과 함께 딜도가 빙글빙글 도는데, 있던 성욕도 광속으로 사라질 것 같은 위협적인 모습이었다. 그래도 일단 받았으니 호기심 반 책임감 반으로 스위치를 내리고 3센티미터쯤 삽입을 시도해 보았는데…… 빠지지가 않았다. 비주얼에 긴장해서 너무 힘이 들어가는 바람에 질이 과도하게 수축한 것.

그대로 응급실에 가는 사태만은 피하고 싶어 식은땀을 뻘뻘 흘리며 1밀리미터씩 조심스럽게 빼냈다. 5분도 걸리지 않았던 시간이 50년처럼 느껴졌던 그 순간이 아직도 기억난다. 한동안은 친절한 그분 덕에 딜도에 가벼운 트라우마마저 생겼다.

그때 받은 것 중에서 가장 쓸모 있는 것은 디자인과 크기가 무난하고 진동도 쓸 만했던 9천 900원짜리 핑크색 로터였다. 내구성이 좋지 않아 금방 버리고 말았지만.

지금은 많이 달라졌다. 요즘 나오는 여성용 자위 도구들이 얼마나 귀엽고 예쁘고 다양한지 알면 깜짝 놀랄 것이다. 여성 전용 섹스 토이 가게도 조금씩 생기는 추세이다. 이런 물건들을 눈치 안 보고 집에 가져가 사용할 수 있다니, 혼자 사는 여자 만세!

여성은 끊임없이 자아에 대해 고민하고, 스스로의 능력을 키우고, 독립을 택하고, 인간적 자립을 위해 달리고 있다. 그런데 왜 섹스에 관해서만 과거에 머물러야 하는가? 애인이 없다고, 결혼하지 않았다고 해서 금욕까지 할 필요는 없다. 누구나 다양한 이성 혹은 동성을 만나 데이트할 자유가 있고, 성적 즐거움을 누릴 권리가 있다. 단 그것은 순수하게 나의 즐거움을 위한 선택이어야만 한다는 사실도, 즐겁지 않은 섹스는 하지 않을 권리가 있다는 것도 잊어서는 안 된다.

혼자 사는 여자의
집 데이트

● 　　독립을 하면 사귀는 사람을 집에 초대해 맛있는 음식
을 만들어 먹고 좋아하는 영화를 보면서 편안하게 데이트하는
게 로망인 여성들도 많을 것이다. 꼭 로망이 없더라도 연인 관
계에서 한쪽이 혼자 살고 있다면 집이 데이트 장소가 되기 쉽
다. 집 데이트의 장점은 많다. 바깥에서 하는 데이트보다 돈도
덜 들고, 편하고, 스킨십을 할 때도 자유롭다. 장시간 같이 있어
도 다른 사람 눈치를 볼 필요도 없고, 비록 집이 좀 초라할지언
정 불특정 다수가 이용하는 숙박업소처럼 찝찝한 느낌이 들지
않는다.

　나도 연애할 때 집에서 데이트를 참 많이 했다. 남자친구와
같이 뒹굴뒹굴 편하게 구르며 만화책도 보고 수다도 떨다가 간
단히 뭔가 만들어 먹는 식이었다. 별로 하는 건 없지만 같이 있
다는 것만으로도 좋았고, 외출하고 귀가하느라 피곤할 일도 없
었다. 내가 만든 음식을 남자친구가 맛있게 먹는 모습을 보는
것도 즐거웠다. 이런 식으로 몇 번 만나다 보면 밖에서 만나는

것보다 훨씬 빨리 친해지고 편안한 사이가 된다.

그만큼 단점도 있다. 데이트가 금방 매너리즘에 빠진다는 것이다. 돈이 덜 들고 몸이 편한 데다 특별히 고민해서 데이트 코스를 짤 일이 없으니 처음의 설렘과 즐거움은 점차 사라지고 그 자리를 짜증과 불만, 그리고 의심이 차지하게 된다. 상대는 데이트 계획을 세울 생각도 없이 매번 "너희 집에 가면 되지"라는 식으로 나오기 시작하고, 집은 어질러지고 설거지 거리도 늘어나는데 나중에 혼자 치울 생각을 하면 짜증이 난다. 잠은 혼자 편하게 자고 싶은데 눈치도 없이 자고 갈까 물어보는 것도 불편하다.

그럼 반대로 남자친구의 집에서 데이트를 하면 어떨까? 이번에는 여자가 아무것도 안 하고 집을 어지르며 손님 대접을 받고 놀다 갈까? 다들 알겠지만, 그렇지 않은 경우가 더 많다. 여자친구가 집에 놀러 온다는 말에서 남자들이 기대하는 것이 무엇인지 우리 모두 알고 있지 않은가? 여자친구가 요리도 해 주고, 빨래도 해 주고, 청소도 해 주는 것. 마치 엄마처럼 말이다.

집에서 하는 데이트는 여성이 더 많은 일을 담당하게 되는 경우가 대부분이다. 그러나 우리는 결혼이 아닌 연애를 하고 있다는 걸 상기하자. 연애에서 식사 준비며 청소 등은 가끔의 이벤트로 존재해야지 그것이 생활로 기능하게 되면 피곤해진다. 사실 결혼을 했다 해도 이런 일들이 여자만의 몫이 되어서는 안 되는데 말이다. 필연적으로 그 귀찮은 일들을 주로 담당하는 사람이 손해를 보는 듯한 감정을 안게 되고, 결국 관계에도 악영향을 끼친다.

그러니 집에서의 데이트도 어디까지나 데이트 코스 중의 하나라고 생각하고, 각자의 집에 갈 때는 손님이라는 마음으로 방문하도록 하자. 남녀 둘 다 혼자 산다면 공평하게 한 번씩 번갈아가며 집 데이트를 하는 걸 추천한다. 어느 한쪽만 혼자 산다면 데이트의 룰을 정한다. 장보기는 손님이 한다든가, 요리와 설거지를 분담한다든가, 본인이 어지럽힌 방 정리는 본인이 하고 간다는 식으로 양쪽이 만족할 수 있을 때까지 최대한 조정하자.

나도 집 데이트를 즐기던 시절 많은 트러블이 있었다. 남자친구가 집에 놀러 와서 반가운 마음으로 맛있는 걸 열심히 만들어 주고, 다 먹은 뒤 그릇을 치우는데 내 쪽은 보지도 않고 침대에 길게 누운 채 만화책을 보면서 "너도 와서 누워"라고 하는 순간, 먹인 것을 다 토하게 하고 내쫓고 싶었다.

"넌 지금 내가 뭐 하는지도 안 보이냐? 이게 저절로 치워져? 네가 먹은 것 정도는 싱크대에 갖다 놔야 하는 거 아냐? 너 만화책 꺼내 보고 맨날 그대로 내팽개치고 갔지. 내가 너 뒤치다꺼리하고 치워 주는 사람이야? 내가 네 엄마야? 이불에 왜 양말 신고 올라가? 여기가 무슨 공짜 모텔이야? 개판 쳐 놓고 몸만 나가게?"

이런 말들이 쉬지 않고 다다다 나오는데 불만이 이렇게 쌓여 있었구나 싶어 스스로도 놀랐다. 나는 좋아하는 사람이니 양보 해야 한다고 생각했는데, 상대방은 배려도 양보도 없이 점점 내가 자신에게 맞춰 주는 것에 익숙해지고 있었던 것. 그것을 자각하자 어찌나 화가 나던지. 화를 내니 사과를 하긴 했지만 이런 건 습관의 영역인지 완전히 고쳐지진 않았다. 문제가 있을 때마다 지적하니 조금씩 나아지긴 했지만 어느 순간 '내가 애 엄마도 아닌데 왜 이걸 일일이 가르치고 있어야 하지?'라는 생각이 들며 관계에 대한 정이 완전히 떨어져 버렸다.

그러면서 깨달은 것. 혼자 사는 사람에게 집은 나만의 공간 이어야 한다. 내가 원할 때만 사람을 들이고, 원하지 않을 때 는 온전히 혼자일 수 있는 공간이어야만 한다. 우리는 혼자됨 을 위해 독립하지 않았는가. 연애를 하면서 친밀도가 높아지고 서로 간 경계가 허물어지면 상대에게 너무 쉽게 자신의 공간을 허용하는 경우가 많다. 원하지 않는 방문을 거절할 수 있고 억 울하지 않을 정도의 역할 분담이 가능하다면야 괜찮지만 그게 어렵다면 아예 처음부터 혼자 사는 방을 오픈하지 않는 게 나 을 수도 있다.

안전 이별,
평소에도
결별 시에도

●   조금은 민감한 얘기일 수도 있지만 꼭 짚고 넘어가야 하는 얘기. 성폭력을 비롯해 스토킹, 폭행, 심하면 살인으로 이어지는 각종 여성 대상 범죄는 해가 갈수록 발생 건수가 많아지고 정도도 심해지는 추세이다. 그런데 여성이 겪는 성폭력 중 대다수는 아는 사람이 가해자인 경우가 많다고 한다.

사귀는 사이에 몰래 섹스 영상을 찍어 자랑하려는 용도로 인터넷에 올리는 남성도 있고, 헤어진 뒤 앙심을 품고 여성을 스토킹하거나 협박하고, 몰래 촬영해 놓았던 섹스 장면 동영상을 헤어진 다음 '리벤지 포르노'로 온라인에 푸는 일도 비일비재하다. 심지어 아무 관계도 아닌 남성이 여성에게 자기 어필을 한다는 명목으로 선을 넘어 '들이대는' 경우도 많다. 이 모든 일들이 혼자 사는 여성에게는 더더욱 위협적이다.

이런 일들이 워낙 많다 보니 2015년에는 '안전 이별'이라는 신조어가 등장했다. 안전 이별이란 여성이 신체적, 정신적으로 위해를 입지 않고 사귀던 남성과 무사히 헤어지는 것을 의미한다. 이러한 말이 만들어졌다는 것 자체에서 현재 우리 사회의 분위기를 알 수 있다.

혼자 사는 여성은 이러한 데이트 폭력, 이별 후 폭력, 스토킹 등에 특히 방어가 취약한 사각지대에 있다. 내 경우 주변에서 여러모로 '세다'는 평가를 받는 편인데도, 헤어진 남자친구가 새벽 2시(역시 새벽 2시는 구 남친 타임이다!)에 술을 마시고 집에 찾아와 초인종을 계속 누르고, 13층 아파트였는데도 복도에서 창문으로 넘어 들어오려고 해 경찰을 불렀던 적도 있다(죽게 내버려 둘 걸 그랬다). 또 다른 헤어진 남자친구는 집 앞에 찾아와 기다리고 있기에 무시하고 집으로 들어왔더니 막무가내로 집 안으로 따라 들어와 언성을 높인 적도 있었다. 다행히 신변에 직접적인 위협을 당한 적은 없었지만 모두 매우 불쾌한 경험이었다.

문제는 많은 남성들이 이런 태도를 로맨스로 착각한다는 데 있다. "내가 가족과 같이 사는 사람이면 네가 지금 이렇게 행동하겠냐. 나를 무시하는 처사다. 지금 이렇게 집 앞에서 기다리고 문을 두드리는 게 내게는 너무나 불쾌하고 위협적이다"라고 말하면 그들은 진심으로 놀라며 상처를 받았다. 남자들은 대체로 여성에게 이런 일들이 공포일 수 있다는 사실을 잘 알지 못하고, 알게 되더라도 "그래도 내가 너를 사랑해서 이러는 건데 이해해 줘야 하는 거 아니야?"라는 태도를 보인다. "열 번 찍어 안 넘어가는 나무 없다"라는 속담이 나무에겐 얼마나 폭력적인지 그들은 모른다.

사람을 잘 보고 만나야 한다고 하지만, 처음부터 그런 사람인 줄 알고 연애를 시작하는 사람이 어디 있을까? 나쁜 일을 겪어 봐야만 비로소 그 사람이 어떤 사람인지 알게 되기에 평소부터 미묘한 사인을 잘 캐치하고, 이상한 조짐이 있다면 최대한 조심하는 수밖에 없다. 애인을 항상 의심하라는 것이 아니라 사랑에 눈이 멀어 객관성을 잃지 말라는 얘기다.

따라서 혼자 사는 여성이 자신의 집을 주 데이트 장소로 활용할 때는 더 조심해야만 한다. 타인의 시선이 없으니 폭력에 더 쉽게 노출될 수 있고, 섹스를 하고 싶지 않은데 억지로 응해야 하는 경우도 있을 수 있다. 서로의 신뢰가 굳어지기도 전에 혼자 살고 있다는 이유로 무조건 집에서 데이트를 즐기는 것은 피하는 것이 좋다.

특히 물리적 폭력을 휘두르면 즉시 관계를 정리해야 한다. 한 번 폭력을 휘두르기 시작하면 더 심해지는 경우는 많아도 그만두는 사람은 거의 없다. 집에서 싸울 때 물건을 던지거나 욕을 하는 등 바깥에서와 달리 위협적인 태도를 보이는 사람과도 바로 관계를 멈춰야만 한다. 이는 위협을 통해 갈등을 해소하려는 태도이고, 위협을 가했는데도 갈등이 해소되지 않으면 언제 가시적 폭력으로 이어질지 알 수 없다. 타인의 시선에서 자유로운 장소, 둘만의 장소에서의 위협은 쉽게 폭력으로 연결되는 법이다.

많은 데이트 폭력 피해자들은 "싸울 때 아니면 잘해 준다", "그것만 빼면 다른 건 다 괜찮다"라고 하는데 폭력성은 빼고 생각할 수 있는 문제가 아니다. 매해 데이트 폭력과 스토킹으로 상해를 입거나 죽는 여성의 숫자는 늘어만 가고 있는 상황이다. 그러니 최소한의 경각심과 방어막을 가지자. 누군가가 나에게 폭력을 가하려고 마음먹는다면 그 순간 방어는 어렵겠지만, 적어도 언제든 나 자신을 그 폭력으로부터 구제하겠다는 강인한 마음이 필요하다.

성욕도
사라지는 순간이
온다

●   나는 한때 섹스 칼럼도 썼고 거침없는 성담론을 펼쳐 성인 방송 고정 패널 의뢰도 들어왔던 적도 있었지만, 과거가 무색하게도 몇 년 전부터 점점 섹스에 대한 관심과 성욕 자체가 사라지는 걸 느끼고 있다. 나이가 들어 그럴 수도 있고, 섹스를 오랫동안 안 해서 그럴 수도 있다. 피임약을 장기 복용한 영향일 수도 있고, 몇 년간 지나치게 일을 많이 하며 과로에 시달린 탓일 수도 있다. 또는 이 모든 요소가 다 더해져서 성욕이 증발한 것 같기도 하다.

어쨌든 이런 얘기를 하면 "아직 한창 나이인데 벌써 그럴 때가 아니"라며, 오히려 마흔이 넘으니 성욕이 폭발한다고 하는 친구들이 있다. 반면 어떤 친구들은 자신들도 나이가 드니 점점 성욕이 사라져 애인 혹은 남편과 섹스는커녕 스킨십하는 것조차 귀찮다고 토로하기도 한다.

나는 슬프게도 후자다. 비록 지금은 섹스를 할 상대도 없지만, 만약 있다 해도 전혀 욕구가 생길 것 같지 않다. 이것이 노화인가 싶어 살짝 서글프기도 하지만 좋은 점도 있다. 외박비, 피임약비, 콘돔비도 들지 않고 이불 빨래도 덜 해도 된다. 힘들게 먹은 음식들이 빨리 소화될 일도 없으며 남자 앞에서 튀어나온 배에 힘을 줄 필요도 없다. 형편없는 섹스를 마치고 '겨우 이거 하려고 옷을 벗었다니. 샤워하기 귀찮다' 같은 생각을 할 필요도 없다.

말하고 있으려니 그냥 혼자 편하게 사는 데 너무 익숙해져버린 것이 아닐까 하는 생각도 든다. 물론 가능성은 열어 놓고 살고 있으니 이러다가 몸 좋고 섹스도 잘하는 남자가 생겨 하루가 멀다 하고 알몸으로 누워 지내는 일이 생길지도 모르는일. 하지만 하늘에서 남자가 뚝 떨어진다면 모를까, 눈앞의 일들을 처리하고 생활을 유지하는 데만도 온 힘을 쏟아야 하니 성욕에 대해 고민할 틈조차 없다. 요즘은 자위마저 귀찮다. 나이가 들면서 성욕이 약해지는 것은 섹스 외에도 자신이 책임지고 해야 할 일들이 너무 많아져서일지도 모르겠다.

어떤 일이든 마찬가지겠지만 섹스는 특히 불꽃이 튀는 타이밍이 있는 것 같다. 반은 농담, 반은 진담으로 "죽으면 썩을 몸 뭐 하러 아끼냐"고 이야기하는데, 나이를 먹어서든 일이 바빠서든 몸이 피곤해서든 섹스를 더 이상 하고 싶지 않아지는 타이밍은 누구에게나 올 수 있다. 그러니 하고 싶고, 할 수 있을 때 마음껏 즐기시길. 대신 피임과 질병 예방은 철저하게!

반짝이는
시간을
쌓아 가는 법

◆

누구에게나 삶은 힘들다.
그럼에도 불구하고 자그마한 행복, 반짝이는 순간들이
모이면 힘든 삶도 이어 갈 만해진다.
그 행복과 반짝임은 절로 생기는 것이 아니라 스스로 만드는 것이다.
자신이 무엇을 좋아하는지 끊임없이 호기심을 품고 적극적으로 찾아 나서야
주변에 있던 풍경들이 의미를 품고 다가온다.

삶을
사랑하기 위해서는
노력이 필요하다

●   도서관에서 종이 냄새를 맡으며 다양한 책들을 펼쳐 보는 것이 좋다. 아주 오래된 책도, 신간을 구경하는 것도 즐겁다. 크고 무겁고 비싸서 좀처럼 사기 힘든 도록 등도 들춰 보고, 직접 사기는 애매하지만 궁금했던 책들을 읽고 있노라면 시간이 후딱 간다. 도서관 식당에서 먹는 천오백 원짜리 우동마저 좋다.

미술관도 좋다. 미술관 특유의 물감 냄새와 높디높은 천장이 좋다. 나는 주로 과천 현대 미술관에 간다. 전시회들을 꼼꼼히 보고, 벌써 수십 번은 보았을 일반 전시 물품들을 보고 또 본다. 밖으로 나와서 조나단 브로프스키의 작품 〈노래하는 사람〉의 노래를 들으며 벤치에 앉아 멍하니 산을 보며 시원한 맥주 한 캔을 기울인다. 그럴 때면 행복이 멀리 있지 않다.

동물원도 좋아한다. 리프트를 타고 다리를 덜렁덜렁 흔들며 멀리 놀이공원과 호수와 산을 바라본다. 하루 종일 천천히 걸으며 다양한 동물들을 보고, 적당한 자리에 앉아 도시락을 안주로 맥주를 천천히 비운다. 친구들과 함께 가도 좋지만 혼자 가는 게 조금 더 좋은 곳들이다. 정적 속에 이 장소들을 천천히 한 바퀴 돌고 나면 정서적으로 충만해진 느낌이 든다.

클래식 음악을 좋아한다. 아침에 일어나 자기 전까지 좋아하는 음악을 틀어 놓는다. 주로 듣는 건 바흐와 바그너, 말러와 브루크너이다. 클래식 FM 채널을 틀어 놓고 다양한 음악을 들어 보기도 한다. 꼭 내가 아는 음악이 아니라도 상관없다. 그렇게 새로운 음악을 만나기도 하니까. 좋아하는 음악을 들으며 하루의 일과를 보낼 수 있다는 건 행복한 일이다.

가끔 공연도 보러 간다. 주로 발레와 클래식 공연이다. 음악에 맞춰 머리끝부터 발끝까지 완벽하게 몸을 컨트롤하는 발레리나들의 모습은 언제나 경이롭다. 말 한 마디 없이 몸짓만으로 감정과 스토리를 전달하고, 감동을 준다는 건 정말 멋진 일이다. 클래식 공연도 좋다. CD가 더 훌륭한 연주를 들려 주는 경우가 많지만 실황으로 악기 소리를 듣는 데는 각별한 맛이 있다. 언제나 그런 고양감을 느낄 수 있는 건 아니지만 가끔은 굉장한 뭔가를 듣고 있는 것 같아 가슴이 두근거린다.

탄탄하게 구조를 쌓아 마음을 울리는 음악, 아주 잘 쓴 책, 생명력이 넘치는 그림, 인간 이외의 다양하고 신비로운 생명체. 그들을 새삼스레 목도하고 확인하는 것은 전부 직접적인 생존과는 관계없는, 어찌 보면 덧없는 것들이다. 그러나 내가 적극적인 호감을 품고 그들에게 다가갈 때 그들도 내 삶에 의미를 가지고 다가와 내 인생을 더 풍요롭게 만들어 준다.

때로는 하기 싫은 일을 해야 하고, 사람 때문에 아플때도 있다. 하지만 내가 진심으로 좋아하는 모든 것들이 괴로움을 상쇄시키고 생을 견딜 수 있는 힘을 준다는 사실을 잊은 적이 없다. 내가 혼자 사는 이유는 내가 좋아하는 것을 언제든 내가 원할 때 즐기고 싶어서인지도 모른다.

삶을 살아감에 있어 즐거움을 배제하는 사람들이 있다. 적당히 학교를 졸업하고, 합격한 회사에 취업한다. 그리고 떠밀리듯 인간관계를 맺는다. 주변 사람들이 어느 순간 떨어져 나가도 먼저 내민 손이 아니기에 그러려니 한다. 그런 과정도 본인이 원해서 선택한 거라면 상관없겠지만 딱히 선택한 게 아니라 삶의 흐름에 몸을 맡긴 것이다 보니 항상 외롭고 공허하다 느낀다. 그 공허함을 누군가 채워 줬으면 하고 바라지만 막상 본인은 아무것도 하지 않는다. 텅 빈 자리를 채우기 위해 연애도 해보지만 상호작용이 없으므로 오래가지 못한다. 취미도, 취향도 없이 삶을 방치한다. 즐겁게 살고 싶다고 바라지만 뭘 해야 즐거운지 알지 못하고, 즐거운 일을 적극적으로 찾아보지도 않는다. 그렇게 시간을 보내고 나이를 먹는다.

우리는 오랫동안 대학만 가면, 취직만 하면 저절로 인생이 잘 굴러가고, 멋진 사랑을 하게 될 것이라고 배워 왔다. 그게 전부라고 여기며 20대 중반까지 달리다 보면 문득 삶이 그리 행복하지 않다는 걸 깨닫는 순간이 온다. 그때부터는 자신의 행복을 자신의 바깥에서 찾기 시작한다. 누구와 무엇을 해야 즐거울까, 나의 빈 자리를 채워 주는 사람은 왜 나타나지 않을까 생각하며 울적한 상태로 시간을 때운다. 사람들과 만나 술을 마실 때는 잠시 쾌활하다가도 집에 돌아와 혼자가 되면 곧 의기소침해진다. 내가 원하는 것이 무엇인지 적극적으로 탐색하기보다는 '다른 누군가가 나를 행복하게 만들어 주지 않을까' 기대한다.

우리는 행복해지고 싶어 하면서도 삶을 즐기는 방법을 제대로 배우지 못하여 즐겁기 위해, 좋아하는 것에 시간과 돈을 투자하는 것에 죄책감마저 품는 경우가 많다. 먹고 살기도 힘든데 무슨 기호이고 취미냐는 말을 듣기도 한다. 아직도 수많은 사람들이 뭔가를 좋아한다는 감정 자체를 사치라고 여기며 산다. 그러면서도 행복해지고 싶다고, 스스로의 삶을 사랑하고 싶다고 바란다. 하지만 뭔가를 좋아하지 않는 사람이 행복하고 충만한 삶을 살 수 있을까?

누구에게나 삶은 힘들다. 그럼에도 불구하고 자그마한 행복, 반짝이는 순간들이 모이면 힘든 삶도 이어 갈 만해진다. 그 행복과 반짝임은 절로 생기는 것이 아니라 스스로 만드는 것이다. 자신이 무엇을 좋아하는지 끊임없이 호기심을 품고 적극적으로 찾아 나서야 주변에 있던 풍경들이 의미를 품고 다가온다. 삶을 의미 있는 것들로 가득 채울 수 있는 것은 자기 자신이다.

그렇게 애써 찾아낸 반짝임도 영원하지는 않다. 결국 모든 것은 지나가고 빈자리엔 언젠가는 잊힐지도 모르는 기억만이 남는다. 기억의 자리에 일그러지고 흉한 것들보다는 꺼내어 닦아 보았을 때 웃을 수 있고, 새삼 마음이 충만해지는 좋은 것들을 채워 넣으면 좋지 않을까? 그럴 수 있다. 그렇게 살아가려 노력한다.

가벼운 교류라 해서
가짜는 아니다

●   이제 오프라인만큼이나 온라인 생활도 우리의 삶에 큰 부분을 차지한다. 온라인은 가짜나 허상에 가깝고 오프라인만을 진짜라고 생각하던 예전과는 달라졌다. 둘의 경계는 흐려졌고, 사람들은 온라인을 통해 다양한 정보를 습득하는 것은 물론 고립감도 많이 해소한다. 주변 사람들이 모두 결혼하고 아이를 낳는 상황에서 비혼을 고집하는 것이 나 혼자만인 것 같아 불안해지다가도 전국의 사람들을 연결해 주는 인터넷에서 살펴보면 비슷한 사고방식을 가지고 혼자 사는 삶을 유지하는 사람들을 쉽게 만나 볼 수 있다.

나이가 들면서 느낀 것 중 하나는 나를 둘러싼 환경이 바뀌면 만날 수 있는 사람도 변한다는 것이다. 학생 때부터 친한 베스트 프렌드라고 해도 결혼을 하고 아이를 낳으면 친구와 나의 환경은 완전히 달라지고, 자연스레 멀어지는 것이 인생이다. 물론 오랜 친구라는 각별함은 매우 소중한 것이고, 서로 삶의 방식과 관심사가 달라지더라도 공유할 만한 부분들이 많다면 그

관계는 지속된다. 하지만 대체로 서로의 삶이 달라지면 공유할 수 있는 것들도 점점 줄어들고 서로를 이해하지 못하게 되는 순간이 많아진다.

혼자라는 외로움과 고립감을 즐기는 사람들도 물론 있다. 하지만 대부분의 인간은 말이 통하는 사람과의 대화와 교류를 원한다. 교류가 존재하기 때문에 고립감도 즐길 수 있는 것이다. 인터넷이 발달하며 히키코모리, 즉 은둔형 외톨이라 부르는 사람들이 늘어난 것만 보아도 알 수 있다. 오프라인에서의 극단적인 고립을 받아들일 수 있는 이유는 온라인에서 자기가 원하는 만큼 타인과 교류할 수 있기 때문일 것이다.

인터넷은 교류에 최적화된 공간이다. 마우스 몇 번만 놀려도 정말 많은 사람들을 손쉽게 만날 수 있다. 밴드나 카페 등을 통해 동호회 활동을 할 수도 있고, 트위터나 페이스북 등 SNS에서 비슷한 관심사를 가진 사람들끼리 가볍게 교류할 수도 있다. 온라인에서 친해진 사람과 꼭 오프라인에서도 만나야 한다는 강박을 가질 필요도 없다. 비슷한 목표를 가진 사람들끼리 대화하는 것만으로도 즐거울 수 있다.

최근 그림에 관심을 가지게 된 친구는 밴드를 만들어 하루 한 컷 그림 올리기에 도전하고 있다. 간단한 스케치나 낙서라도 하루 한 장씩 꼭꼭 그려 밴드에 올리고, 서로 그림에 대해 대화도 하고 농담도 한다. 다른 친구는 같은 지역에 있는 사람들끼리 주말에 커피숍에서 만나 세 시간 정도 각자 가져온 책을 읽고 차를 마신 뒤 집에 가는 독서 모임을 가진다. 집을 지저분하게 어지르며 살다가 청소의 필요성을 절실히 느끼게 된 친구는 청소 밴드를 만들어 일주일에 한 번씩 집 안 구역별 청소 전과 후 비교 사진을 올린다. 미니멀 라이프를 지향하고 하루에 하나 물건 버리기 모임을 만든 친구는 메신저에 단체 채팅방을 만들어 매일매일 버리는 물건 사진을 올리며 서로 대화하고 있다. 이 채팅방의 금지어는 "버릴 거면 나 줘"이다. 특정 드라마의 팬인 친구는 트위터에서 같은 드라마를 좋아하는 사람들끼리 서로 팔로우를 하고, 드라마에 대한 각종 '썰'과 정보를 교류한다. 꼭 밖에 나가서 누군가를 만나고 몸을 움직이지 않아도 관심사를 공유하고 원하는 만큼 대화를 나눌 수 있다. 사진, 자전거, 수영, 달리기 등 몸을 움직이고 적극적으로 사람들과 어울리는 동호회의 폭도 매우 넓으니 본인의 관심사와 취향에 따라 얼마든지 선택 가능하다.

온라인이나 취미 생활을 계기로 맺는 인간관계는 너무 가볍고 수박 겉핥기 같은 느낌이라며 경계하는 사람들이 많다. 좀 가벼우면 어떤가? 우리의 관계는 영원하지 않고, 살아가는 동안 계속해서 새로운 사람들과 관계를 맺어야 한다. 모든 관계에 무게를 얹을 수는 없다. 그렇게 해서는 아예 새로운 관계를 시작하는 것조차 힘들다.

무겁고 끈끈한 인간관계도 좋지만 새털같이 가벼운, 만날 때는 즐겁지만 서로 무게를 두지 않는 관계의 장점도 무시할 수 없다. 말하지 않아도 나를 이해해 주는 사람은 소중하지만, 관계는 상호적이기에 나도 상대방에게 그만큼의 관심과 배려를 보이지 않으면 유지하기 힘들다. 오래된 관계가 함몰되어 서로에게 독이 되는 경우도 때때로 본다. 서로를 둘러싼 상황이 바뀌고 성격이 바뀌었지만 관계는 그대로 유지하려 하다 보니 익숙함이 무례함으로 변하는 경우다. '난 얘랑 친하니까, 제일 편하니까 이 정도는 괜찮겠지'라는 생각은 상대방을 감정의 쓰레기통으로 만들 수도 있는 위험한 생각이다. 혹시 오래 사귄 친한 친구를 만나고 집에 돌아왔을 때 괜히 찜찜하고 친구에게 무시당했다는 생각이 든다면, 혹은 친구를 만나는 게 더 이상 즐겁지 않고 관계를 유지하기 위한 행사처럼 느껴진다면 그 관계의 유통기한이 끝난 것일 수도 있다. 이럴 때 허심탄회한 대화를 통해 서로 나사를 바짝 조일 수 있다면 오래 묵은 멋진 인간관계를 계속 이어 갈 수 있겠지만, 오래 알고 지냈다는 이유로 상대방을 멋대로 판단하고 변하지 않는 태도를 보인다면 그 관계는 유지해도 될지 고민을 좀 해 봐야 한다.

묵직한 인간관계만큼 때로는 아무 생각 없이, 무거운 감정을 떨쳐 버리고 만날 수 있는 관계도 필요하다. 가볍지만 예의 바른 대화를 나누고, 호구조사는 뒤로 밀어둔 채 눈앞에 놓인 것들을 같이 즐기며 공통 관심사에 대해 수다를 떨 수 있는 관계. 서로 크게 기대하는 것도 없고, 그래서 부담도 없는 관계. 때로는 그런 관계가 필요할 때도 있는 게 사람 아닐까.

나는 10년이 넘게 블로그를 했고, 블로그를 통해 많은 사람들을 만났다. 그중에서는 온라인에서 대화를 했을 때와는 달리 실제로는 말이 통하지 않아 결국에는 좋지 않게 끝나거나 맺지 않는 편이 나았을 관계도 있었지만, 이제는 누가 보아도 의문을 품지 않을 정도로 가까운 친구가 된 사람들도 있다. 자주 만나지는 않지만 적당한 친분을 유지하고 가끔 만날 때는 항상 반가운 얼굴들도 있다.

시간은 흐르고, 모든 것은 변하고 나도 변한다. 이제는 나이가 들고 일이 바빠 예전보다 블로그에 할애할 시간이 부족해졌다. 그래도 나의 블로그에는 좋은 사람들과 만난 기록과 10년이 넘는 기간에 걸쳐 내가 조금씩 나아지고 행복해지는 과정이 고스란히 남아 있어 여전히 소중하다. 앞으로도 조금씩 나아지고 있다는 이야기를 쓸 수 있기를 바란다.

꽃이 있는
생활

● 　　　생일이 1년 중 가장 꽃 값이 쌀 때인 7월이어서일까? 어릴 때부터 꽃 선물을 유난히 많이 받았다. 내 돈으로 사기도 참 많이 샀다. 학교 앞 리어카에서 열 송이 묶음 한 단에 500원, 천 원에 팔던 장미도 꼭 이맘때쯤 나오곤 했다. 없는 용돈을 털어 꽃 열 송이를 사서 신나게 집에 들어가면 어머니는 뭣하러 꽃을 돈 주고 사냐며 돈이 쎘다고, 저놈의 가시나 용돈 줄 필요 없다고 타박을 놓았다. 어둑한 방 한 구석에 꽃이 놓여 있으면 화사하니 우리집도 화목하고 밝은 집 같아 보여서 참 좋았다.

　20대 초, 혼자 살게 된 뒤 한동안은 집에 꽃이고 뭐고 들일 엄두가 안 났다. 금전적 여유도 없었고, 일하는 시간이 집에 있는 시간의 서너 배는 되었으니 집에 꽃이 있어도 볼 틈이 없었던 탓이다. 친구들이 생일 선물로 꽃을 사 줄라치면 구멍 난 살림이나 메워 달라고 담요나 식칼, 도마 등을 청했다. 그래도 밖에 피어 있는 꽃들을 보면 여전히 반가웠다.

힘들게 주방 일을 하던 2000년 초 봄, 나는 송파에 살고 있었다. 매일 같이 긴 노동에 지쳐 말 한 마디 할 힘이 없었음에도 퇴근 버스에 올랐다가 집까지 한참 남은 잠실 주공 단지에서 내리고는 했다. 벚꽃을 보기 위해서였다. 한밤중의 벚꽃을 물끄러미 바라보다 집에 들어가기를 몇 날 며칠 반복했다. 재개발되기 전의 잠실 주공 단지에는 오래된 벚나무가 가득해 사람을 홀렸다. 집까지 걸어서 30분은 족히 걸리는 거리임에도 시간 가는 줄 모르고 벚꽃을 보다 차가 끊겨 걸어가야 했던 적도 있다. 한밤의 가로등 빛 위로 하얗고 몽실하게 떠오른 벚꽃들은 비현실적으로 아름다웠다. 다음 날에도 아침 일찍 출근해 하루 종일 일을 해야 한다는 현실을 잠시 잊게 해 줄 정도로.

그 뒤로 십 년이 넘게 지났다. 이제는 집에 꽃을 꽤 자주 장식한다. 특별한 볼일이 없는 한 집에서 일을 하고, 간단한 식사를 하고, 책을 읽고, 음악을 들으며 하루를 보낸다. 출퇴근을 하는 사람들에 비교하면 편안하고 여유 있는 생활임에는 틀림없지만 프리랜서 나름의 고충이 없진 않아서, 아픈 머리를 감싸쥐고 어떻게든 해 나가야 한다고 스스로를 채찍질하는 일도 많다. 앞으로는 그런 시간이 더 많아지리라.

그럴 때 꽃은 생각보다 더 많은 위안과 도움이 된다. 새벽 세 시쯤 하얗게 빛나는 모니터 앞에 앉아 뭐라도 써야 한다는 강박에 시달릴 때, 잠시 고개를 돌려 화사한 꽃을 보면 힘이 난다.

겨우 그걸로? 싶겠지만 진짜로 그렇다.

그래서 난 1~2주에 한 번씩 양재 꽃시장에 간다. 산더미처럼 쌓여 있는 꽃들을 보고, 꽃을 한아름 사서 돌아와 빈 꽃병들을 가득 채운다. 집 꼴이 워낙 지저분해서 예쁜 꽃을 꽂아 두기가 좀 민망할 때도 있지만 그래도 밥을 먹다가, 일을 하다가, 책을 읽다가, 문득 고개를 들면 꽃이 보인다는 것은 상당히 기분 좋은 일이다.

예쁜 꽃이 있는 장소는 어디든 정이 간다. 화사한 라넌큘러스가 가득한 봄철의 미술관, 공들인 센터 피스가 놓인 맛있는 식당, 공기가 좋고 한적한 들꽃길, 집 밖에 예쁜 화분을 내놓는 단독주택가…….

보는 것만으로도 마음 어딘가를 어루만져 주는 것 같은 느낌이 좋다. 비싸고, 딱히 쓸모도 없는 것 같고, 가끔은 어이없을 정도로 빨리 시들어 버리지만 꽃의 효용은 그런 것 아닐까. 가능하면 앞으로도 꽃이 있는 나날을 보내고 싶다. 꽃 같은 나날은 아니더라도.

반려동물,
기억 속에서
영원히 빛나는

●   동물을 기른다는 건 참 귀찮은 일이다. 식사를 챙기고, 건강을 살피고, 개의 경우 하루 한 번 꼭 산책을 시키고 같이 놀아 주어야만 한다. 털은 날리고 집은 지저분해진다. 가끔 미친 듯이 화가 날 때도 있고, 피곤해서 꼼짝하기 싫을 때도 있다. 다 내려놓고 쉬고 싶어도 반려동물의 식사는 챙겨 주어야 하고 화장실도 치워 줘야 한다. 때문에 여행도 쉽게 떠날 수 없다. 사람과 달리 보험이 되지 않아 병원비도 비싸다.

그 모든 불편과 귀찮음에도 불구하고 반려동물이 주는 기쁨과 충만감은 정말 크다. 나와 다른 생명체가 어느 순간 나를 알아보고 나와 교감하고 곁을 내어 주는 기쁨, 내가 반려동물에게 있어 특별한 존재가 되고 반려동물이 나에게 특별한 존재가 되는 기쁨은 인간관계에서 얻을 수 있는 것과는 또 다른 기쁨이다. 이 기쁨을 알게 되면 그 모든 수고와 귀찮음에도 불구하고 반려동물을 기르지 않을 수 없게 된다.

개와 고양이 각각 큰 매력이 있지만 둘 다 오랫동안 길러 본

●

경험자로서 말한다면 혼자 사는 사람에게는 개보다는 고양이가 좀 더 적합한 반려동물이다. 초기부터 배변 훈련이 거의 필요 없고, 목욕과 미용도 거의 필요가 없다. 산책을 시켜 주거나 의무적으로 놀아 주지 않아도 된다. 엄청나게 빠지는 털만 아니면 현대인의 반려동물로서는 거의 완벽한 존재다.

개는 고양이보다 상대적으로 손이 많이 간다. 배변 훈련도 초기에 꾸준히 해 줘야 하고 목욕도 일주일에 한 번은 시켜 줘야 한다. 산책도 꾸준히 나가야 함은 물론이다. 그럼에도 불구하고 많은 사람들이 개를 키우는 이유는 개의 노골적인 애정 공세가 무척 사랑스럽기 때문일 것이다.

어쨌든 반려동물 키우기는 삶에서 선택할 수 있는 큰 기쁨 중 하나이고, 가끔 찾아오는 쓸쓸함을 몰아내 주는 데 최고의 처방이다. 단, 개와 고양이의 평균 수명은 보통 15년 내외이기에 그 기간을 확실히 책임지겠다는 각오 없이 키워서는 안 된다. 개와 고양이 아니더라도 모든 반려동물이 다 마찬가지다.

15년이라고 하면 꽤 긴 세월 같지만 인간의 수명에 비해서는 매우 짧은 시간이다. 동물은 인간보다 수명이 짧기에 특별한 일이 없다면 그 죽음을 지켜보게 된다. 누군가는 그것이 싫어서 동물을 기를 수가 없다고 한다. 살면서 많은 동물들을 길러 보았기에 가족처럼 기르던 반려동물의 죽음이 너무나 가슴 아픈 일이라는 것은 잘 안다. 하지만 헤어질 때의 아픔 때문에 함께하는 시간들의 기쁨을 누리지 못하는 것은 안타까운 일이다. 슬픔은 결국엔 지나가고, 반려동물들과 함께했던 행복한 기억들은 보석처럼 남아 결국 긴 인생을 살아가는 데 소중한 동반자가 된다는 것을 경험을 통해 알게 되었다.

내게 있어 가장 기억에 남는 반려동물의 죽음은 자취를 하게 된 뒤 대학로에서 운명처럼 주워 와 11년을 함께 살았던 고양이 쿠로이다. 꼭 고양이를 키우고 싶다는 생각은 없었지만 추운 겨울날 오들오들 떨고 있는 새끼 고양이를 보니 그대로 두면 안 될 것 같아 데리고 왔고, 쿠로라는 이름을 붙여 준 뒤 함께 11년간 다양한 자취방을 전전했다. 쿠로는 열한 살이 될 때까지 건강하게 살았지만 병원에서 비교적 간단한 수술을 하다 심장마비로 죽었다.

전혀 예기치 못했고, 그래서 더욱 충격이 큰 죽음이었다. 쿠로는 내 친구이자 동지였다. 이전에도 동물들을 많이 길렀지만 쿠로는 특별했다. 20대의 길고 어두운 터널을 지날 때 언제나 옆에서 가장 힘이 되어 주었고, 힘든 일을 하고 험한 집에서 잠들 때에도 쿠로가 있어서 따뜻했다. 그렇게 쿠로도 나도 젊은 날을 보내고 같이 나이를 먹어 갔다. 조금씩 나아지고 편해지고 행복해지면서 계속 같이 있을 수 있을 거라고, 영원할 순 없지만 그래도 함께 보낼 날들이 많이 남아 있을 거라고 생각했다. 하지만 그저 내 바람이었을 뿐이다. 아침에 일어나면 반갑

게 인사를 하고, 문을 열어 주면 복도로 나가 뒹굴거리고, 자주 내게 말을 걸어 이것저것 고양이 말로 종알거리고, 손님이 오면 배를 보여 주며 살갑게 굴던 쿠로가 사라지니 집은 너무 춥고 조용해졌다. 아무리 보일러 온도를 올려도 따뜻해지지 않았고, 너무 적막해서 내 집이 낯설었다. 자기 전까지 음악이나 라디오를 틀어 놓지 않으면 잠을 잘 수가 없었다.

주워 온 동물을 키운 것이 처음은 아니었다. 부모님에게 많이 혼났지만 도저히 데려오지 않을 수 없던 녀석들이 있었다. 초등학생 때 바싹 말라 쓰레기장을 뒤지는 모습을 보고 데려온 메리는 우리 가족과 5년을 살다가 어느 겨울날 새끼를 낳고 죽었다. 그때 가족들은 모두 울었다. 혹시나 개장수가 죽은 메리를 파 갈까 봐 산에 올라가 얼어붙은 땅을 손에 물집이 잡히도록 깊게 파고 메리를 묻었다. 메리가 남긴 새끼들 네 마리를 살리기 위해 밤마다 한 시간 간격으로 일어나 분유를 먹이고 학교에 가기를 한 달, 네 마리 모두 다 건강하게 자라났다.

고등학교 때 자뎅 커피숍 앞에서 뒷다리를 쓰지 못하는, 버려진 말티즈를 주운 적도 있다. 조금이라는 이름을 붙였다. 학교에 다녀온 나를 반기기 위해 전혀 움직이지 않는 뒷다리를 질질 끌며 대문까지 나왔던 조금이. 얼마 안 되는 통장 잔액을 모두 털어 수술을 했지만 결국 안락사를 택해야 했다.

그리고 동물 병원에 버려졌던 치와와 잡종 우캉이. 안락사를 시켜야 한다는 말에 데려왔고, 그 후로 우캉이는 8년을 같이 살면서 많은 사랑을 받았지만 아버지가 산보를 데리고 나간 길로 사라져 버려 마지막 모습도 볼 수 없었다. 우캉이는 굉장히 똑똑한 녀석이었다. 집 정도는 쉽게 찾아왔고, 집에서는 절대 용변도 보지 않고 산책 나갈 때까지 기다렸다. 슈퍼마켓에 들어가면 앞에 반듯이 앉아 주인을 기다리고, 다른 사람이 만지려고 하면 으르렁거렸다. 그런 놈이 아버지가 슈퍼마켓에 들어가자 뒷모습을 물끄러미 보더니 갑자기 뒤돌아 미친 듯이 뛰어갔다고 했다. 마치 자신의 마지막 모습을 보여 주고 싶지 않다는 듯이. 슈퍼 앞 평상에 앉아 있던 아주머니들의 얘기였다. 이미 늙고 눈도 잘 보이지 않았던 우캉이는 그렇게 사라졌다. 우리 가족은 꽤 오랫동안 아파트 주변을 뒤지며 우캉이를 찾아 다녔지만 찾을 수 없었다. 그리고 99년, 대학로에서 눈과 칼바람을 맞으며 반쯤 죽어 가던 어린 쿠로를 주웠다.

어릴 때부터 동물들에게 배운 것은 애정에는 죽음을 붙잡을 힘이 없고, 동물은 스스로를 연민하지 않는다는 것이다. 나는 그저 평범하고 못난 사람이라 소중한 존재를 잃는 것을 좀처럼 견디기 힘들었다. 스스로를 연민하지 않고, 좋아하는 상대에게는 함께하는 동안에 애정을 쏟아야 한다는 것을 쿠로뿐만 아니라 다른 동물들도 내게 가르쳐 주었지만 그럼에도 불구하고 상실감을 견디기 힘들었다.

그래도 시간이 지날수록 슬펐던 감정보다는 함께 보내서 좋았던 일들이 많이, 훨씬 더 많이 기억이 난다. 쿠로가 내게 많은 것을 해 주었듯이 나도 쿠로에게 많은 것을 해 주었다고 믿는다. 쿠로를 만나서 참 좋았다고, 그리고 쿠로도 나를 만나서 참 좋았을 거라고. 그러니까 괜찮다. 이 슬픔 또한 지나가고, 좋았던 기억들만 잔뜩 남아 나를 다시 행복하게 할 테니.

쿠로가 죽고 몇 년의 시간이 지났고, 나는 지금 다른 고양이 두 마리를 기른다. 국도변에서 주워 온 두 마리의 어린 고양이는 이제 네 살이 되었다. 이 두 마리가 쿠로를 대신할 수는 없지만 내 마음의 방은 생각보다 넓어서 쿠로의 자리를 그대로 두고도 새로운 두 고양이를 위한 공간이 생겼다. 이 아이들이 자라나 어엿한 어른 고양이가 되는 모습을 보면서 아주 오래 전의 쿠로를 떠올린다. 슬픔은 잦아들고, 행복했던 기억들이 반짝거린다.

동물을 키우지 않았다면 알지 못했을 모든 것들이 내 삶을, 이 세상을 또 한 번 버텨 나가게 해 준다. 정말이지 그렇다.

잘 놀고
잘 쉬고

●   나이가 들수록 자신의 몸에 대해 겸허해져야 한다. 예전에는 참 잘 놀았다. 친구들과 1차, 2차, 3차를 찍어 가며 술을 잔뜩 마시고 아침 첫 차 다닐 때까지 노래방에서 노래를 부르며 신나게 놀았다.

이미 전설 같은 이야기다. 지금 누가 나한테 그때와 똑같이 놀아 보라고 하면 새벽이 오기 전에 노래방 탁자에 피를 토하고 거꾸러져 죽을 게 틀림없다. 나이가 들면 여기저기 골골해진 노구를 챙기느라 놀지도 못하게 된다. 안 믿긴다고?

건강해지고 싶으면 잘 먹고 잘 쉬고 과로하지 말고 스트레스 받지 말라. 이 말은 언제나 진리지만 사회생활이 그렇게 아름답고 행복할 리 없다. 현실은 출근하는 5일 내내 탈탈 털린 뒤, 주말 동안 어찌어찌 지친 몸을 수습해 다가올 5일 동안 새롭게 털릴 준비를 하는 것에 가깝다. 주말은 점점 노는 날이 아니라 쉬는 날이 되어 간다. 밖에 나가 신나게 놀고 싶어도 주말에 집에서 조용히 쉬어야만 다시 시작될 지옥 같은 5일을 버틸 수 있기 때문이다.

나이가 들며 외출이나 취미 생활이 점점 귀찮아지는 건 내가 유별나서가 아니라 인간이 살아남기 위한 생리가 아닐까 한다. "이불 밖은 위험해"라는 농담 안에 담긴 진심을 절절히 깨닫게 된다고나 할까. 특히 겨울이면 이불을 뒤집어쓰고 모로 누워 스마트 폰만 들여다봐도 하루 종일 즐겁게 보낼 수 있다. 그러다 보니 점점 이불 밖으로 나가기가 싫어진다. SNS며 인터넷 커뮤니티들이 흥하는 이유도 손가락만 두들기면 되니 칼로리 소모가 적고 힘이 덜 들어서 그런 것 아닐까?

그러니 지금 체력이 받쳐 주어 발바닥이 닳도록 여기저기 돌아다니고 내일이 없는 듯 놀다가 문득 '이래도 되나' 자책하는 사람이 있다면, 그것도 한때이니 마음껏 즐기라고 말하고 싶다. 하지만 나이가 들고 체력이 달리는데도 불구하고 "내가 왕년엔 안 이랬는데! 정말 잘 놀았는데!" 같은 말을 외치며 관성대로 달리려는 사람들은 이제 슬슬 연소를 멈추기를⋯⋯. 지금 내 몸에 남아 있는 체력을 바닥까지 꺼내 쓰면, 쓸 때는 그렇다 쳐도 그 다음 수습은 어떻게 할 것인가? 이제는 좋은 음식을 적당량만 먹고, 제때 쉬고 제때 자면서 보석도 아닌 몸뚱이지만 갈고 닦고 아낄 때다. 그러지 않으면 못 버티는 시기가 누구에게나 온다. 노화란 그런 것이다.

사람이 놀 수 있을 때는 노는 게 좋고, 그것이 힘들어지면 노는 대신 쉬는 게 낫다. 그러나 한국 사회는 놀 수 있을 나이에는 "공부해라, 취업 준비해라" 하면서 못 놀게 하고, 나이가 들면 일과 회사의 노예로 만들어 제대로 쉬지도 못하게 한다. 그럴수록 나만은 최대한 내 몸에 대해 겸허한 태도를 보이고 내 몸을 곱게 아껴 써야 한다. 누군가 나를 마구잡이로 굴리고 소모시키려고 한다면 나를 지킬 사람은 나밖에 없지 않을까? 가족과 함께 살면 누군가 밥을 챙겨 주고 생활을 돌봐 주며 재충전을 조금쯤 도와줄지도 모르지만 혼자 사는 사람은 얄짤 없다. 놀 수 있을 땐 놀자. 하지만 조금이라도 그게 무리가 된다면 이제는 겸허하게 몸을 쉬게 해 주어야 하는 타이밍이라는 걸 인정하자. 잘 노는 것만큼 잘 쉬는 것도 중요하다는 사실을 잊지 말기를.

삶의
대차 대조표

●   어느 새 마흔이 넘었다. 삶은 상실과 재조립의 역사이기에 무언가를 새로 손에 넣기보다 가지고 있던 것들을 잃는 일이 많다. 무언가를 잃어버린 뒤 새로 보충되는 것들과 아직 남아 있는 것들을 어찌어찌 조립해 구멍 난 곳을 메우고 굳혀가면서 살다 보면 나이를 먹게 된다. 하지만 잃어버린 뒤 새로 보충되는 것들은 잃어버린 것과는 달라서 완전히 똑같은 것으로 대체할 수는 없다. 그렇기 때문에 사람은 나이가 들며 변해간다.

내 30대는 운이 좋은 편이었다. 많은 것을 잃어버렸지만 그 이상으로 온전하게 새로 채워진 것들도 많다. 직업적으로 안정되었고, 누군가에게 빚지지 않고, 따뜻하고 아늑한 방에서 두꺼운 가운을 입고 따스한 차를 마시며 좋아하는 음악을 듣고 책을 읽는, 사랑하는 고양이가 옆에 있는 삶.

나는 30대를 지나며 그것을 손에 넣었다. 좋은 친구들을 잃기도 했지만 새로운 친구들도 많이 만났다. 헤어짐을 예견하며 만나는 남자친구보다는 오래가는 남자 사람 친구가 내게는 좀 더 어울린다는 사실도 알았고, 사랑하고 좋아하는 사람들에게 맛있는 밥을 해 주고 작은 선물을 줄 수 있을 만큼의 경제적 여유도 생겼다. 툭하면 빈혈로 쓰러지던 20대 때에 비해 믿기지 않을 정도로 건강해지기도 했다. 아주 오래전부터 누구에게도 의존하지 않아도 되는, 조금씩 나아지는 삶을 사는 것이 목표였다. 그 바람이 제법 자리를 잡은 기간이 나의 30대였다.

대체로 괜찮다. 아니 상당히 좋은 편이다. IMF의 폭격을 정면으로 맞은 채 정신없이 독립을 하고, 어둡고 작은 반지하 방에서 자고 일어나 출근을 했던 고된 나날은 이제 찾아오지 않을 것만 같다.

물론 삶은 모른다. 무언가가 다시 내 삶을 할퀴는 일은 앞으로도 충분히 일어날 수 있다. 아래에서 위로 기어 올라갈 수 있는 것처럼 위에서 아래로 떨어질 수도 있는 것이다. 그것이 삶이다. 그래도 이제는 무방비하게 서 있다가 한두 대 맞았다고 금방 쓰러질 것 같지는 않다. 30대는 그 맷집을 키우는 시간이었던 것 같다. 경제적으로든 정서적으로든.

가끔은 상실에 대해 생각한다. 내가 잃어버린 것들과 포기해야 하는 것들, 한국 사회에서 40대의 싱글 여성으로 살아가기 위해 버려야만 하는 것들에 대해서. 나는 아직도 예전의 수많은 희망찬 이야기들을 기억하고 있으며 그중에서는 진심으로 믿는 것들도 있지만 그럼에도 불구하고 나의 내면 어딘가가 조금씩 천천히 굳어 간다.

그래도 좋다. 어쨌든 지금의 삶은 내가 바라는 바였으니. 삶에 대차 대조표가 있다면 30대가 평균 흑자라는 것만으로도 괜찮지 않을까? 앞으로도 흑자로 운영해 보겠다. 웰컴 40대!

오늘보다
나은
내일

●   친척 모임처럼 '내가 선택하지 않은' 집단 속에 가면 나는 흡사 남극의 펭귄 사이에 끼어 있는 아프리카 원숭이가 된 기분이다. 부모도 이미 포기한 내 결혼을 친척들은 포기하지 못한 듯하다. "능력 있으면 연하를 만나고 안 되면 재취라도 해야지"로 요약되는 강력한 결혼 공격을 듣고 있노라면 절로 실소가 나온다. 여기서 정색을 하고 화를 내면 노처녀 히스테리라는 말이나 듣기 십상이니 역시 최대한 만나지 않는 것이 답이다. 나는 다행히 혼자 살지만 부모와 함께 살면서 매일같이 이런 말을 들으면 모르는 사이 신경이 망가질 수도 있을 것 같다. 많은 현대 싱글 여성들이 자기도 모르는 사이 몸에 독을 쌓고 있지 않을까.

어쨌든 친척들의 얘기를 듣고 있자면 나는 나라 걱정하지 않는 매국노에 자기 몸 하나만 편하면 다인 이기적인 쌍년이고, 정치 · 경제 · 사회에도 관심이 없는 무식한 여자다. 결혼해서 아이를 낳지 않고 혼자 사는 게 쌍년이라면 나는 기꺼이 쌍년이 될 준비가 되어 있음에도 불구하고 막상 손가락질 당하며 너는 나쁜 년이라는 소리를 듣게 되면 기분이 좋을 수는 없다.

비단 친척들만의 얘기는 아니다. 뉴스를 보고 있노라면 결혼하지 않고 혼자 사는 여성은 이기적인 젊은이의 샘플처럼 그려지기도 하고, 사회나 정치 문제와는 유리된 존재처럼 취급되기도 한다. 국가 유지와 발전을 위해서는 결혼해서 아이를 낳아야 하는데 여성들이 이기적이라 결혼을 기피한다고 한다. 출산율이 떨어진다는 불평은 툭하면 나오지만 왜 점점 많은 여성들이 비혼을 택하는지, 한국 사회에서 결혼이 여성에게 어떤 의미인지에 대해서는 아무도 제대로 이야기하지 않는다. 여성에 비해 남성의 수가 너무 많아 결혼이 힘들다, 결혼을 하지 않으려는 여자들 때문에 농촌 총각들은 외국에서 신부를 수입해 온다는 뉘앙스의 기사를 보면 기가 막힌다. 애초에 남성의 숫자가 여성에 비해 많은 이유는 아들을 부르짖으며 딸이면 낙태를 종용했던 대규모 젠더사이드 때문이 아닌가? 단지 적령기의 여성이라는 이유만으로 여자들이 농촌이든 어디든 가서 결혼을 하고 애를 '낳아 주고' 온갖 부조리와 불합리를 견디며 살아야 한다는 이야기인가? 이걸 말이라고 하는 소린가?

그러나 사람으로 태어난 이상 완전한 고립은 선택할 수 없고, 저런 속 터지는 이야기를 하는 사람들과 같은 세상에서 함께 살아가야 한다. 결혼을 하지 않고, 아이가 없고, 혼자 살고 있다고 해도 사회에 속해 살고 있는 한 사회 문제는 남의 일이 아니다. 젊을 때는 젊음과 체력으로 혼자 버틸 수 있지만 나이가 들수록 시스템이 받쳐 주지 않으면 나락으로 떨어지는 것은 한 순간이라는 걸 점점 체감하게 된다.

그래서 우리는 정치에 더 많은 관심을 가져야 한다. 정치가 혼자 사는 여성의 복지, 세금, 안전을 위한 공약을 제시하고 적극적으로 사회를 개선하도록 유도해야 한다. 여성 권익에 관심을 가지는 사람들이 뭉쳐 공동의 목표를 갖고 그에 관련해 목소리를 내고 투표로 보여 주면 당장은 아니더라도 조금씩은 바꿔 나갈 수 있다. 꼬박꼬박 선거에 참여하고, 정치와 사회, 경제 관련 기사 등에 관심을 갖고, 나쁜 기업이 있으면 입소문을 내고 불매하고, 불합리한 일들에 대해 소리 내어 이야기해야만 한다. 이것은 정의가 아닌 생존의 문제이다. 약자가 불공평하고 불합리한 일을 당하는 사회 구조를 외면한다면 그 다음 순서는 내가 될지도 모른다는 걸 잊어서는 안 된다. 여성의 생존을 위해 바삐 뛰고 있는 시민 단체나 법조인들, 정치가들은 다른 사람이 아닌 바로 나의 대변인이다. 내가 어떤 단체에 후원을 하거나 힘을 보태는 것은 내가 선의를 품고 일방적으로 그들을 돕는 것이 아니며 언젠가 내가 도움 받을 그때를 미리 대비하는 행위이다.

우리는 이상한 나라에 살고 있다. 남들과 다른 삶을 선택하면 비난을 받고 사회적 약자가 되는 나라, 약자에게 위급한 상황이 닥쳐 입을 열려고 하면 "가만히 있으라"고 하는 나라, 그래서 정말 가만히 있으면 몰살되는 나라, 자기보다 약한 대상을 착취하고 괴롭히는 것이 어느덧 당연해진 나라, 이 모든 것들이 사회 구조의 문제가 아닌 개인의 능력 부족으로, 개인의 문제로 치환되는 나라.

이 이상한 나라에서 살다 보면 여자라는 이유로, 혼자 산다는 이유로, 방패막이가 없어 보인다는 이유로 온갖 부조리한 일을 당하고 차마 버티기 힘든 순간들을 겪게 된다. 그리고 그것들은 흔히 여성 개인의 문제로 해석된다. "그러니까 진작 결혼을 하지 그랬어.", "여자가 그러게 어딜 밤길을 쏘다녀.", "나이 먹고 혼자 사니 무시를 당하지.", "원래 집에 남자가 없으면 쉽게 보게 되어 있어." 이런 식이다.

우리들은 각자 혼자지만 사회는 그런 각자가 모여 살아가며 만들어진다. 이 사회를 만든 것도, 살아가는 것도 나 혼자가 아닌 우리 모두이다. 그렇기에 불완전하고 느슨한 연대일지언정 내가 살아가는 세상의 구조에 관심을 가지고 꾸준히 목소리를 내는 데는 의미가 있다. 원치 않는 행동을 종용하고 약자를 자연스레 도태시키는 사회가 아닌, 자신과 다른 삶을 살고 있는 사람들을 존중하는 사회, 시스템이 약자를 보살펴 주는 사회, 나아가 강자와 약자의 격차를 줄여 약자 또한 동등하게 살아갈 수 있는 사회를 우리는 느리게라도 만들어 가야 한다.

지금은 이런 얘기들이 전부 꿈같이 느껴진다. 한국에서 여성으로 사는 것은 갑갑하고 힘들고 미래가 어두워 보이는 일이다. 여성 혐오 정서는 자꾸 수면 위로 떠오르고, 페미니즘에 대해 얘기하면 공격을 당하기까지 한다. 바꾸기 위해 노력을 한다고 해서 노력이 항상 통하는 것도 아니다.

하지만 교육조차 받기 어려웠고 자립은 꿈도 꿀 수 없었던 우리 전 세대와 지금을 비교하면 확실히 조금씩은 나아지고 있다. 여전히 많은 문제가 있지만 그래도 우리는 좋은 방향으로 변해 왔고, 그 변화는 절대 그냥 이루어진 것이 아니다. 누군가를 대신하여 싸워 주는 사람들, 그 사람들에게 힘을 보태 준 사람들이 있었기에 세상은 여기까지 왔다. 그렇다면 지금 우리가 바라는 것들도 아주 허무맹랑한 기대만은 아니지 않을까. 지금 당장은 아니더라도 시간이 흐르면 언젠가는 더 나은 환경에서 살 수 있으리라는 희망을 가지고 살아가도 되지 않을까. 앞날이 어둡다고 해서 아무것도 하지 않는다면 뭐가 달라질 수 있을까.

많은 고민과 괴로움을 뒤로 하고, 나는 오늘보다 나은 내일을 꿈꾸며 힘껏 이 시대를 살아간다.

혼자 산다고 해서 이벤트를 모른 척할 필요 없다!
자기만의 방식으로 마음껏 즐기기.

집안 구석구석 꽃을 놓아두는 것만으로
삶을 더 사랑할 수 있게 된다.

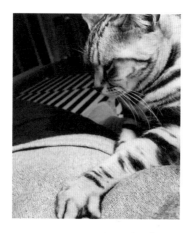

떠나간 반려동물들도, 지금 내 곁에 함께 있는 반려동물들도
내 생애 마지막 날까지 기억 속에서 반짝일 것이다.

。 이케아 www.ikea.com/kr/ko/

자취생의 친구 이케아. 이케아에서 가장 추천하고픈 물품은 각종 패브릭과 조명이다. 커튼, 침구 등이 비교적 합리적인 가격으로 다양하게 준비되어 있고, 플로어 스탠드와 펜던트 조명 등도 가격 대비 성능이 뛰어나다. 물건을 구입하지 않더라도 이케아 카탈로그나 쇼룸 등을 살펴보면 원룸이나 작은 집을 꾸밀 때 도움 될 만한 팁들이 상당히 많다.

。 모던하우스 www.modernhouse.co.kr

해외에 이케아가 있다면 한국에는 모던하우스가 있다. 비록 이케아처럼 물건이 다양하진 않지만 시즌별로 간단한 소품이나 저렴하면서도 깔끔한 식기류를 사기에는 모던하우스만 한 곳도 별로 없다. 가구보다는 소품에 메리트가 있는 곳.

。 무인양품 www.mujikorea.net

심플하고 깔끔한 물건들을 좋아한다면 들러볼 만한 무인양품. 의류나 소품도 퀄리티가 좋은 편이지만 가장 만족스럽게 사용 중인 건 의외로 수납 가구들이다. 일본 브랜드라 그런지 군더더기 없이 깔끔하고, 사용하기 편하면서 작은 집에도 어울리는 가구들이 많아 원룸 등에도 무난하게 잘 어울린다.

。 다이소몰 www.daisomall.co.kr

자취인의 친구 다이소. 각종 생활 잡화를 저렴한 가격으로 장만할 때 꼭 살펴봐야 하는 곳이다. 근처에 다이소가 없거나 찾는 물건이 없다면 온라인으로도 구입할 수 있다. 퀄리티를 기대할 수는 없지만 소모품을 부담 없이 사서 쓰기엔 이만한 곳도 없다.

。 리모드 www.remod.co.kr

일본 가구 가리모쿠, 영국의 조명 브랜드 앵글로포이즈 등을 정식으로 수입하는 업체. 원래도 저렴한 가격대의 제품들은 아니며 한국에 들어오면서 좀 더 비싸진 제품들이 대부분이라 주머니가 가벼운 싱글족들이 선뜻 구입하기는 힘들다. 하지만 디자인 요소가 훌륭하고 오리지널리티를 가진 좋은 제품들이 많다 보니 구경만 해도 즐겁다. 좀 부담되더라도 돈을 모아 하나 정도 장만해 보는 것도 즐거울 것.

◦ **웰즈** www.wellz.co.kr

오리지널 디자인인 크레아 제품 및 다양한 수입 디자이너 가구와 조명 등을 판매하는 편집 매장. 가격은 매우 비싼 편이지만 독창성과 아름다움이 두드러지는 브랜드 제품들을 다양하게 취급한다. 고급 인테리어 잡지에서 보았던 제품들을 한곳에서 볼 수 있다. 미술관에 있어도 이상하지 않은 멋진 디자이너 가구와 소품을 보고 싶다면 꼭 방문해 볼 것.

◦ **브라운팩토리** www.brownfactory.co.kr

핸드메이드 원목 가구가 가득한 곳. 원목으로 만든 심플하면서도 귀여운 디자인에 컬러풀한 페인트칠이 되어 있는 제품들이 많다. 색상, 크기, 디자인, 높이 등의 변형이 가능하므로 내 방에 딱 맞는 사이즈의 가구를 만들 수 있다.

◦ **플로어 플래너** www.floorplanner.com

집 평면도를 그리고 가구 배치를 시뮬레이션 할 수 있는 프로그램. 방의 실측을 재고 2D로 먼저 가구 배치를 해 본 뒤 3D로 바꿀 수 있어 배치한 결과를 평면과 입체로 모두 확인이 가능하다. 특히 원룸처럼 한 공간에 용도가 다른 다양한 가구들을 배치할 때 유용하다.

◦ **디자인 스폰지** www.designsponge.com

DIY에 도전하고픈 싱글족에게 꼭 권하는 사이트. 원래는 인테리어 블로그였는데 지금은 디자인 소품을 판매하기도 하고, 다양한 사람들의 셀프 인테리어 사진, 직접 만들거나 리폼한 가구와 소품의 사진이 잔뜩 올라온다.

◦ **아파트먼트 테라피** www.apartmenttherapy.com

미국 전역의 네티즌들이 자신의 집을 직접 꾸민 사진을 올리는 블로그. 거실, 침실, 주방, 욕실 등 공간별로 분류가 잘 되어 있고 비포&애프터 사진을 볼 수 있다. 다양한 DIY 팁도 제공한다.

◦ **키티버니포니** www.kittybunnypony.com

패브릭 소품과 침구류에 관심이 있는 사람들 사이에서는 이미 유명한 곳. 다른 곳에서 찾아

보기 힘든 직접 디자인한 아름다운 패턴의 직물들이 많고, 무엇보다도 품질이 좋다. 특히 리넨 소재의 침구류가 고급스럽고 색상도 아름다워 침구 하나로 방 분위기를 세련되게 바꾸고 싶다면 가장 먼저 체크해 볼 만한 곳이다.

○ 데일리라이크 www.dailylike.co.kr

예쁜 패브릭과 그릇, 소품을 판매하는 쇼핑몰. 개성 있는 자체 제작 디자인 상품들이 많다. 귀여운 문구류와 패브릭 등도 훌륭하지만 특히 눈길을 끄는 건 행남자기와 콜라보레이션한 자체 디자인 그릇들. 전체적으로 묵직하고 고급스러운 디자인들보다 팬시한 느낌의 귀엽고 적당히 부담 없는 가격대의 제품들이 많은 편.

○ 네스홈 www.nesshome.com

자체 제작한 패브릭 및 러그, 침구류, 각종 인테리어 소품 등을 취급하는 쇼핑몰. 이곳만의 개성 있는 원단들이 많고, 그런 원단들을 이용한 완제품들도 질이 좋고 만듦새가 꼼꼼하다. 컬러풀하면서 레트로한 느낌의 누빔 러그나 패드를 특히 추천. 원단을 사서 커튼으로 이용해도 아주 예쁘다. 빈티지 레트로풍 제품들이 많은 것이 포인트.

○ 스칸디나비안 디자인 센터 www.scandinaviandesigncenter.com

다양한 북유럽 브랜드 및 현재 유행의 최전선에 있는 해외 디자인 제품들을 취급하는 사이트. 해외 사이트지만 한국까지의 배송료가 20달러가 되지 않아 매우 저렴한 편이고, 249달러 이상 구매 시 무료배송을 해 준다. 다양한 도자기 브랜드, 커트러리, 유명 조명 제품과 백화점에서 비싸게 판매되고 있는 디자인 주방용품, 소품들을 한국보다 훨씬 저렴한 가격에 구입할 수 있어 인기가 높다.

○ 어플 '오늘의 집', '집 꾸미기'

디자인 스폰지나 아파트먼트 테라피가 해외 사이트라서 아쉽다면 한국에는 '오늘의 집'과 '집 꾸미기' 어플이 있다. 다양한 사람들의 인테리어 사진, 사진 속 제품 정보 등 다양한 정보들이 가득하고, 질문과 답변 코너가 있어 인테리어에 대한 궁금증을 해결할 수 있으며, 가구나 소품 추천도 받을 수 있다.

◦ **아이허브** www.iherb.com

미국 사이트지만 국내 사이트처럼 빠른 배송이 기본인 아이허브. 한글 지원이 되고 사용이 간단하며, 40불 이상 구매시 한국까지 무료 배송 행사를 거의 항상 하는 곳. 영양제로 특히 유명하지만 싱글에게는 각종 식료품과 살림용품 등으로 너무나 매력적인 곳이기도 하다. 나는 아이허브에서 주로 주방 세제와 세탁 세제, 고무장갑 등 잡다한 가사용품과 감기 예방 용품, 비누 등 욕실용품, 화장품, 각종 향신료, 카레, 시리얼 등을 구매한다.

◦ **마켓컬리** market.kurly.com

질 좋고 다양한 식재료 편집 매장. 공산품부터 현재 한국에서 유명세를 떨치고 있는 각종 가게의 다양한 식재료들을 엄선해 한곳에 모아 두었다. 요리에 관심이 많은 사람이라면 꼭 방문해 보자. 지역에 따라 택배 발송이 아닌 샛별 배송 제도를 운영하고 있어 밤 열 시 전까 지 주문하면 그 다음 날 아침 일곱 시 전에 문 앞에 배달된 식재료들을 만날 수 있다는 것도 큰 장점이다.

◦ **짱구몰** babyleaf.co.kr

온라인으로 각종 특수채소를 구입할 때 가장 먼저 찾게 되는 짱구몰. 다양한 샐러드를 자주 만들어 먹는 편인데 시중에서는 구입하기 힘든 루꼴라나 바질 등을 저렴한 가격에 구입할 수 있다. 냉동이 아닌 생 껍질콩, 스위트피, 각종 허브, 엔다이브 등 다양한 특수 채소가 한 자리에 모여 있다.

◦ **사러가 수퍼 온라인 장보기** www.saruga.com/shop

연희동에 있는 슈퍼마켓으로 식재료에 관심있는 사람들 사이에서 알음알음 입소문이 난 곳. 이곳에서 가장 유명한 건 역시 쇠고기. 호주산 글래스 피드 유기농 쇠고기를 판매하는 데 제품 질도 좋고 가격도 상당히 싸다.

혼자서도 괜찮아

초판 1쇄 발행   2016년 9월 30일
초판 2쇄 발행   2016년 10월 28일

지은이   쿄코
펴낸이   연준혁
편집인   정보배
편 집   김재은
디자인   송윤형

펴낸곳   이마
등록   2015년 12월 8일 제2014-000225호
주소   410-380 경기도 고양시 일산동구 정발산로 43-20 센트럴프라자 6층
전화   031) 936-4000   팩스   031) 903-3895
홈페이지 www.yima.co.kr   전자우편   yima2015@naver.com
페이스북 www.facebook.com/yima2015   트위터 twitter.com/yima2015
ⓒ정성숙, 2016

ISBN   979-11-86940-13-6 03810
값 14,000원

이 도서의 국립중앙도서관 출판예정도서목록(CIP)은 서지정보유통지원시스템
홈페이지(http://seoji.nl.go.kr)와 국가자료공동목록시스템(http://www.nl.go.kr/kolisnet)에서
이용하실 수 있습니다.(CIP제어번호: CIP2016020859)